फ़ीनिक्स ट्रांसफ़ॉरमेशन

फ़ीनिक्स ट्रांसफ़ॉरमेशन

करियर और जीवन में बेहद सफल लोगों के 12 गुण

ब्रायन ट्रेसी

अनुवाद : सुधीर दीक्षित

MANJUL
मंजुल पब्लिशिंग हाउस

MANJUL

मंजुल पब्लिशिंग हाउस

कॉरपोरेट एवं संपादकीय कार्यालय

• द्वितीय तल, उषा प्रीत कॉम्प्लेक्स, 42 मालवीय नगर, भोपाल-462 003

विक्रय एवं विपणन कार्यालय

• सी-16, सेक्टर 3, नोएडा, उत्तर प्रदेश, 201301

वेबसाइट : www.manjulindia.com

वितरण केन्द्र

अहमदाबाद, बेंगलुरू, भोपाल, कोलकाता, चेन्नई,
हैदराबाद, मुम्बई, नई दिल्ली, पुणे

ब्रायन ट्रेसी द्वारा लिखित मूल अंग्रेजी पुस्तक
फ़ीनिक्स ट्रांसफ़ॉरमेशन का हिन्दी अनुवाद

The Phoenix Transformation by Brian Tracy – Hindi edition

Original English edition published in the US by G&D Media

यह हिन्दी संस्करण 2023 में पहली बार प्रकाशित

ISBN 978-93-5543-423-4

अनुवाद : सुधीर दीक्षित

मुद्रण व जिल्दसाज़ी : पार्कसन्स ग्राफ़िक्स प्रा.लि.

अनुक्रम

प्रस्तावना

फ़ीनिक्स का मिथक चिर-परिचित है। एक बैंगनी-लाल पक्षी, जो चमकता-दमकता है और सैकड़ों साल जीता है और लपटें बिखेरकर मर जाता है। फिर राख़ में से यह दोबारा पैदा होता है और एक नया जीवन शुरू करता है।

महान रोमन कवि ओविद अपनी पुस्तक *मेटामॉरफ़ोसिस* में एक थोड़ी अलग कहानी बताते हैं :

एक पक्षी है, जिसे असीरियन लोग फ़ीनिक्स कहते हैं,
जो ख़ुद को नया करता है और पुनर्जन्म लेता है।
यह फलों या सब्ज़ियों पर जीवित नहीं रहता,
बल्कि सुगंध और इलायची रस की बूँदों पर रहता है।
जब यह इसके जीवन के पाँच सौ साल जी लेता है,
तो अपनी चोंच और पंजे के नाख़ूनों से यह अपने लिए घोंसला बनाता है,
एक लहराते खजूर के ऊपर की शाखाओं पर,
और इसमें दालचीनी और गुलमेंहदी की पतली टहनियाँ रखता है,
दालचीनी की पपड़ियों और पीली लोबान से सुसज्जित।
इसलिए यह कहा जाता है कि एक छोटा फ़ीनिक्स, जो उतने ही साल जीता है, अपने पिता की लाश से पैदा होता है
जब उम्र छोटे पक्षी को अपना बोझ उठाने की शक्ति देती है,
तो यह ऊँचे पेड़ की शाखाओं को अपने वज़न से राहत देता है
और अपने पालने को सम्मान के साथ उठाता है,

जो इसके पिताका मकबरा था,
हल्की हवाओं के बीच, जब तक कि यह हाइपेरियन देवता के शहर नहीं पहुँच जाता
और पवित्र द्वार के सामने यह घोंसला हाइपेरियन की वेदी पर रख देता है।

–ओविद, मेटामॉरफ़ोसिस,
15:392–407

फ़ीनिक्स इतिहास का हिस्सा भी है। महान रोमन इतिहासकार टैसिटस कहते हैं कि इसे मिस्र में सन् 34 में देखा गया (अन्य प्राचीन स्रोत सन् 36 लिखते हैं)। इस पक्षी के लंबे जीवनकाल को देखते हुए इसके दिखने से एक नए युग का आविर्भाव माना जाता है।

ज़ाहिर है, हर युग यह विश्वास करता है कि यह एक नया युग है और हर युग सही है – क्योंकि हर एक के सामने अनूठी स्थितियाँ, मुश्किलें और अवसर होते हैं। हमारा युग भी अपवाद नहीं है।

एक पुरानी अरब सूक्ति है, ''पुरुष अपने पिता के बजाय अपने युग के ज़्यादा अनुरूप होते हैं।'' इसका अर्थ है कि बचे रहने और समृद्ध होने के लिए हममें से प्रत्येक को अपने युग को समझना होता है और उसके अनुरूप ढलना होता है। फ़ीनिक्स की तरह हमें भी ख़ुद को अपने नए युग के अनुरूप दोबारा ढालना होता है।

1983 में मैंने एक ऑडियो प्रोग्राम बनाया, *द साइकोलॉजी ऑफ़ अचीवमेंट।* यह इतिहास में व्यक्तिगत सफलता और उपलब्धि पर सबसे लोकप्रिय प्रोग्राम्स में से एक बन चुका है और इसे दस लाख से ज़्यादा लोगों ने सुना है। इसका अनुवाद बीस से ज़्यादा भाषाओं में हुआ है और इसने असंख्य लोगों की ज़िंदगी बदली है।

द साइकोलॉजी ऑफ़ अचीवमेंट ने सफलता के अंदरूनी खेल के बारे में बताया – आप अपने विचारों, नज़रियों और व्यक्तित्व को कैसे व्यवस्थित करते हैं और आप कैसे लक्ष्य तय करते हैं, दूसरों के साथ मिल–जुलकर रहते हैं, ख़ुद को कैसे समझते हैं और असाधारण चीज़ें हासिल करने के लिए अपने व्यक्तिगत ब्रेक पर से कैसे पैर हटाते हैं।

1983 के बाद समय नाटकीय रूप से बदला है। इंटरनेट आ चुका है। हमने डॉट–कॉम बबल देखा है। हमने तीव्र प्रौद्योगिकी क्रांति देखी है। हम कई राजनीतिक परिवर्तनों और राष्ट्रपतियों के काल से गुज़रे हैं। 1983 में चीन लगभग अनजान था। आज यह विश्व की सबसे अग्रणी अर्थव्यवस्थाओं में से एक है।

आप आज अक्सर सुनते हैं कि लोग ''ख़ुद को ढालने'' के बारे में बात करते हैं। आम तौर पर इसका संबंध उनकी बाहरी छवि से होता है – वास्तविक या काल्पनिक आवश्यकता, ताकि वे ज़्यादा आधुनिक, ज़्यादा फ़ैशनेबल दिखें और नवीनतम प्रौद्योगिकी उपकरणों के बारे में ज़्यादा ज्ञानी दिखें।

हाँ, आपको ख़ुद को गढ़ने की ज़रूरत है, लेकिन अपनी छवि को बदलना काम का छोटा-सा हिस्सा है – और यह सबसे महत्त्वपूर्ण भी नहीं है। क्या आप ऐसे परिणाम चाहते हैं, जो अतीत के परिणामों से अलग और बेहतर हों। इसके लिए नए डिज़ाइनर चश्मे से ज़्यादा की ज़रूरत होती है। फ़ीनिक्स की तरह आपको भी अपने पुराने स्वरूप के ''घोंसले'' से ख़ुद को नया करना होता है और ढालना होता है।

इस पुस्तक में मैं आपको दिखाने वाला हूँ कि यह कैसे करें। मैंने अपनी *साइकोलॉजी ऑफ़ अचीवमेंट* को अद्यतन (Updated) किया है और इसमें नवीनतम शोध तथा नवाचारी विचारों को शामिल किया है। इस पुस्तक में शक्तिशाली विचारों की श्रृंखला है, जिसे मैंने विकसित किया है, ताकि आपको इस नए संसार में प्रतिस्पर्धा करने में मदद मिले – ऐसे विचार, जिनका इस्तेमाल करके आप आगे आने वाले हफ़्तों, महीनों और वर्षों में अपने सपनों से ज़्यादा सफलता हासिल कर सकें।

मैं असाधारण उपलब्धि के बारह क़दम बता रहा हूँ – हर एक के लिए एक अलग अध्याय है। क्या वे रहस्य हैं? नहीं, वे मशहूर सिद्धांत हैं, लेकिन चूँकि बहुत कम लोग उनका इस्तेमाल करते हैं, इसलिए उन्हें रहस्य भी माना जा सकता है। सिर्फ़ बहुत कम लोग ही अपने जीवन में इन अवधारणाओं को उतार पाते हैं। उन सभी में एक बात समान होती है : वे हर क्षेत्र में सफल होते हैं।

बेहद सफल लोगों के बारह गुण

1. वे मस्तिष्क की शक्ति को समझते हैं – और उसका इस्तेमाल करते हैं।
2. वे मनचाही चीज़ों पर ध्यान केंद्रित करके अपने शिखर प्रदर्शन का ताला खोलते हैं।
3. वे शिखर प्रदर्शन के लिए ख़ुद को प्रेरित करने के लिए आशावाद का इस्तेमाल करते हैं।
4. वे जानते हैं कि दूसरों की पसंदगी और सम्मान कैसे हासिल किया जाए।
5. वे लक्ष्य तय करते हैं और उन्हें हासिल करने के लिए निरंतर काम करते हैं।
6. वे आदर्श कार्यकुशलता से अपने समय को व्यवस्थित करते हैं।
7. वे जानते हैं कि ख़ुद के लिए दौलत का सृजन कैसे करें।
8. वे वित्तीय स्वतंत्रता की राह पर चलते हैं।
9. वे उद्यमिता की कुंजियों को जानते हैं और उनका इस्तेमाल करते हैं।
10. उन्होंने आत्म-अनुशासन में महारत हासिल की है।
11. उनमें समस्या सुलझाने की उत्कृष्ट योग्यताएँ होती हैं।
12. वे अपने जीवन को उन चीज़ों पर ध्यान केंद्रित करके सरल बनाते हैं, जो उन्हें ख़ुशी देती हैं।

1

अपनी सोच बदलें, अपना जीवन बदलें

पहला क़दम शक्ति के उस सबसे असाधारण स्रोत तक पहुँचना है, जो आपके या किसी के पास भी हो सकता है : मस्तिष्क।

मेरी ज़िंदगी ग़रीबी में शुरू हुई थी। मैं हाई स्कूल की पढ़ाई पूरी नहीं कर पाया। मुझे बारहवें ग्रेड में स्कूल से बाहर निकाल दिया गया। नतीजा यह हुआ कि मैं केवल मज़दूरी के काम ही कर सकता था। सबसे पहले तो मैंने एक छोटे होटल के पीछे बर्तन धोने का काम किया। जब मेरी वह नौकरी चली गई, तो मुझे कार धोने की नौकरी मिली। जब मेरी वह नौकरी भी चली गई, तो मुझे एक फ़र्राश सेवा कंपनी के माध्यम से फ़र्श धोने की नौकरी मिली। मैंने सोचा कि मेरे भविष्य में कुछ न कुछ धोना ही लिखा था। लेकिन जैसा आप देख सकते हैं, मैं ढलान पर नीचे की ओर जा रहा था।

युवावस्था इच्छा के बिना करियर बदलने का नाम है। यहाँ आपको अप्रत्याशित रूप से नए करियरों में जाने का मौक़ा मिलता है। आजकल कंपनियाँ जब कर्मचारियों को निकालती हैं, तो इसके बाद उन्हें सप्ताह या महीने के अंत तक काम करने दिया जाता है। उन दिनों यह घंटे के अंत में किया जाता था और मालिक आपको 11.55 या 4.55 पर नौकरी से निकाल देते थे। वे आपके पास आते थे और मौत जैसे गंभीर अंदाज़ में आपको देखकर कहते थे, ''यह रहा तुम्हारा वेतन, वह रहा दरवाज़ा; अब हमें तुम्हारी सेवाओं की ज़रूरत नहीं है।''

मैं नौकरी की तलाश में एक जगह से दूसरी जगह तक भटकता रहता था। मैं कहता था, ''मैं काम की तलाश कर रहा हूँ,'' और मुझे हर जगह यही जवाब सुनने को मिलता था, ''हमें इस समय ज़्यादा मदद की ज़रूरत नहीं है।'' मैं कहता था, ''तब तो फिर मैं आपके लिए सही कर्मचारी हूँ, क्योंकि मैं ज़्यादा मदद करना भी नहीं चाहता।'' ज़ाहिर है, इससे मेरे करियर में कोई मदद नहीं मिली। मैंने इमारतें बनाने वाले मज़दूर का काम किया और एक जगह से दूसरी जगह तक भारी चीज़ें उठाईं। मैंने आरा मशीनों पर लकड़ी चीरने और पटियों को तराशने का काम किया। एक गर्मी में मैंने कुआँ खोदने का काम भी किया। मैंने जंगल में आरी से पेड़ काटने का काम किया। मैंने एक फ़ैक्ट्री में नट-बोल्ट कसने का काम किया। मैंने उत्तर अटलांटिक में एक जहाज़ पर काम किया। मैंने खेतों और रैंचों पर काम किया। एक समय मुझे अपनी कार में भी रहना पड़ा।

जब मैं तेईस साल का हुआ, तो मैं खेतों में काम करने वाला घुमंतू मज़दूर था, जो फ़सल कटाई के दौरान काम करता था। मैं किसान के खलिहान में पुआल पर सोता था। हम गहरे अँधेरे में सुबह पाँच बजे उठ जाते थे। मैं किसान के परिवार के साथ नाश्ता करता था। हम सूरज की पहली किरण के साथ खेतों में बाहर चले जाते थे, ताकि हम फ़सल को पहले पाले से बचा सकें। मैं अशिक्षित था, मेरे पास कोई हुनर नहीं था और फ़सल कटने के बाद मैं एक बार फिर से बेरोज़गार हो गया।

कारण और परिणाम का नियम

जब मुझे मज़दूरी का कोई काम नहीं मिला, तो मुझे बेचने का काम मिल गया। मुझे जो बिक्री प्रशिक्षण योजना बताई गई, उसके तीन हिस्से थे : ''ये रहे तुम्हारे कार्ड, ये रहे तुम्हारे ब्रोशर, दरवाज़ा वहाँ है,'' बस इतना ही। मैं पूरे दिन अजनबियों के दरवाज़े खटखटाता रहा और अपनी कार का स्टियरिंग व्हील घुमाता रहा। मैं लंबे समय तक काफ़ी कुंठित रहा।

लगभग छह महीने बाद मैंने ग़ौर किया कि हमारी कंपनी का एक सेल्समैन बाक़ी लोगों से दस गुना ज़्यादा सामान बेच रहा था। मैंने उसके पास जाकर पूछा, ''आप मुझसे क्या अलग कर रहे हैं?'' उसने मुझे बता दिया, मैंने उसकी सलाह पर अमल किया और इससे मेरी ज़िंदगी बदल गई।

उस दिन के बाद मैं यह पूछने लगा, कुछ लोग बाक़ी से ज़्यादा सफल क्यों होते हैं? कुछ लोगों का जीवन बेहतर क्यों होता है, वे ज़्यादा क्यों कमाते हैं, सुंदर घरों में क्यों रहते हैं, अच्छे रेस्तराँओं में क्यों जाते हैं और प्यारी छुट्टियाँ क्यों मनाते हैं? जबकि ज़्यादातर लोग – लगभग 80 प्रतिशत – शांत हताशा का जीवन जीते

हैं। उन्हें महसूस होता है कि वे वर्तमान से काफ़ी बेहतर प्रदर्शन कर सकते हैं, लेकिन उन्हें यह पता नहीं होता कि वे ऐसा कैसे कर सकते हैं।

मुझे अंततः जवाब मिल गए और मैंने उन्हें अपने जीवन में लागू कर दिया।

मुझे कारण और परिणाम के नियम का पता चला। बिक्री के क्षेत्र में कारण और परिणाम का नियम बहुत सरल है : अगर आप वही करते हैं, जो बाक़ी सफल सेल्सपीपल करते हैं, तो आपको वही परिणाम मिलते हैं, जो बाक़ी सफल सेल्सपीपल को मिलते हैं।

अरस्तू ने 350 ई.पू. में इस नियम का सबसे पहले उल्लेख किया था, जब ज़्यादातर लोग देवताओं और संयोग तथा क़िस्मत में विश्वास करते थे। अरस्तू ने कहा था, ''नहीं, नहीं। हर चीज़ का एक कारण होता है। हर चीज़ किसी कारण से होती है, चाहे हमें कारण मालूम हो या ना हो; हमारी सृष्टि नियम से संचालित है।''

जब मैंने इस सिद्धांत का अध्ययन शुरू किया, तो मैंने एक और गहन खोज की – मैंने यह खोजा कि विचार कारण हैं और परिस्थितियाँ परिणाम हैं, यानी आपके विचार आपके जीवन की परिस्थितियाँ उत्पन्न करते हैं।

मैं यहाँ वह बुनियादी सिद्धांत बताना चाहता हूँ, जो अंततः सभी महान लोगों को पता चलता है : *अगर आप अपनी सोच बदल लेते* हैं, तो *आप अपनी ज़िंदगी बदल लेते हैं।* अगर आप कारण बदल लेते हैं, तो आप परिणाम बदल लेते हैं। और कोई दूसरा तरीक़ा नहीं है। आपकी सोच की गुणवत्ता से आपकी ज़िंदगी की गुणवत्ता जितनी ज़्यादा तय होती है, उतनी किसी दूसरी चीज़ से नहीं होती। वास्तव में आप वही बन जाते हैं, जिस बारे में आप ज़्यादातर समय सोचते हैं। जब आप अपनी सोच को बदल लेते हैं, तो आप अपनी ज़िंदगी बदल लेते हैं।

पेनसिल्वेनिया युनिवर्सिटी ने 22 साल तक 3,50,000 व्यवसायियों, सेल्सपीपल, उद्यमियों और पेशेवरों का अध्ययन किया। इन लोगों से पूछा गया, ''आप सबसे ज़्यादा समय किस बारे में सोचते हैं?'' आप जानते हैं कि सफल लोग ज़्यादातर समय किस बारे में सोचते हैं? ज़्यादा आमदनी वाले शीर्ष 10 प्रतिशत लोग इस बारे में सोचते हैं कि वे क्या चाहते हैं और वे उसे कैसे पा सकते हैं। वे इस बारे में सोचते हैं कि वे कहाँ जा रहे हैं और वे वहाँ कैसे पहुँच सकते हैं।

क्या आप जानते हैं कि असफल लोग ज़्यादातर समय किस बारे में सोचते हैं? वे उस बारे में सोचते हैं, जो वे नहीं चाहते। वे उन चीज़ों के बारे में सोचते हैं, जिनकी वे चिंता करते हैं – अतीत की ऐसी चीजें, जो उन्हें परेशान और नाराज़ करती हैं। वे ख़ास तौर पर इस बारे में सोचते हैं कि वे अपनी स्थिति के लिए किसे दोष दें।

शीर्षस्थ लोग इस बारे में सोचते हैं कि वे क्या चाहते हैं और उसे कैसे पा सकते हैं। आम लोग इस बारे में सोचते हैं कि वे क्या नहीं चाहते और किसे दोष देना है।

यह आंतरिक ज्ञान सर्चलाइट को एक जगह से दूसरी जगह पर घुमाने जैसा है। जब आप अपनी मानसिक सर्चलाइट को अपनी मनचाही चीज़ों और उन्हें हासिल करने की ओर घुमाते हैं, तो आपकी पूरी ज़िंदगी बदलकर बेहतर होने लगती है। आप इस सच्चाई को जानकर अपनी सोच बदलते हैं कि आप एक उल्लेखनीय इंसान हैं, आपमें अविश्वसनीय योग्यताएँ तथा क्षमताएँ है और आप जीवन में हर मनचाही चीज़ हासिल करने में सक्षम है।

पूरे संसार में यात्राएँ करने के दौरान मैं बेहद सफल लोगों से मिलता हूँ। मैं उनसे पूछता हूँ, ''आपका बचपन कैसा था?'' वे आम तौर पर अपनी माँ या पिता या दोनों का ज़िक्र करते हैं, जिन्होंने उनसे बार-बार कहा था, ''तुम जिस भी चीज़ की ठान लो, तुम कुछ भी कर सकते हो।''

यह बात बचपन में इन लोगों के छोटे मस्तिष्क में गूँजती रही। जब वे बड़े हुए, तो यह उनका सूत्रवाक्य बन गया : ''मैं जो भी ठान लूँ, मैं कुछ भी कर सकता हूँ।''

आपको भी ख़ुद से यही कहना चाहिए : ''मैं जिस चीज़ की ठान लूँ, मैं कुछ भी कर सकता हूँ। मुझमें असीमित क्षमता है।''

आपकी *आत्म-अवधारणा* ही तय करती है कि आप ज़्यादातर समय किस बारे में सोचते हैं। आत्म-अवधारणा की खोज बीसवीं सदी की महानतम मनोवैज्ञानिक खोज थी। आपकी आत्म-अवधारणा अपने बारे में, आपकी योग्यताओं तथा आपके संसार के बारे में विश्वासों का समूह है, जिससे वह दृष्टिकोण तय होता है, जिससे आप अपने आस-पास के संसार को देखते हैं। आप संसार को उस तरह नहीं देखते, जैसा यह है। इसके बजाय आप तो संसार को उस तरह देखते हैं, जैसे आप होते हैं। आप संसार को अपनी आत्म-अवधारणा के माध्यम से देखते हैं।

आत्म-अवधारणा

आपकी आत्म-अवधारणा तीन हिस्सों से बनती है। पहला हिस्सा है आपका *आत्म-आदर्श* : जीवनमूल्यों, आदर्शों, गुणों, सद्गुणों और लक्ष्यों का मिश्रण, जो आप अपने जीवन में बनना, पाना या हासिल करना चाहते हैं। दूसरे शब्दों में, आपका आत्म-आदर्श वह है, जो आप आदर्श व्यक्ति के रूप में ख़ुद की कल्पना करते हैं - जिन सर्वश्रेष्ठ गुणों को आप हासिल कर सकते हैं, उनसे संपन्न सर्वश्रेष्ठ व्यक्ति - जो जीवन में अपने लिए सबसे महत्त्वपूर्ण चीज़ें कर रहा है और पा रहा है। यह आपका आत्म-आदर्श है। अपने आदर्शों के बारे में आप जितने ज़्यादा

स्पष्ट होते हैं, आपके लिए अल्पकाल में सर्वश्रेष्ठ निर्णय लेना ज़्यादा आसान होता है, ताकि आप वैसे इंसान बन सकें, जैसे आप लंबे समय में बनना चाहते हैं।

श्रेष्ठ लोग – महिला और पुरुष जिनकी हम प्रशंसा और सम्मान करते हैं – अपने आदर्शों के बारे में बहुत स्पष्ट होते हैं। असफल और नाख़ुश लोग अपने आदर्शों के बारे में अस्पष्ट होते हैं। शीर्ष लोग किसी चीज़ के लिए अपने आदर्शों और जीवनमूल्यों से कभी समझौता नहीं करते। आम लोग छोटे से या अल्पकालीन लाभ के लिए समझौता करने को तैयार रहते हैं। इसलिए महान सफलता का शुरुआती बिंदु आपकी आत्म-अवधारणा को आकार देने का शुरुआती बिंदु होता है, ताकि यह उस सर्वश्रेष्ठ व्यक्ति के सामंजस्य में रहे, जो आप संभवत: बन सकते हैं। यह शुरुआती बिंदु इस बारे में स्पष्टता हासिल करना है कि आप कौन हैं, आप किसमें विश्वास करते हैं, आप सचमुच किसके बारे में परवाह करते हैं और आप किसके लिए खड़े होते हैं।

आपकी आत्म-अवधारणा का दूसरा हिस्सा आपकी *आत्म-छवि* है। यानी आप ख़ुद को किस तरह से देखते हैं और इस पल अपने बारे में कैसा सोचते हैं। आपकी आत्म-छवि काफ़ी हद तक किसी ख़ास काम या गतिविधि में आपके प्रदर्शन और कार्यकुशलता को तय करती है। जब आप ख़ुद को देखने का तरीक़ा बदल लेते हैं, तो आप अपने प्रदर्शन और अपनी कार्यकुशलता को भी बदल लेते हैं। आप ख़ुद को जैसा देखते हैं, वैसे ही आप बन जाएँगे।

मनोवैज्ञानिक कई बार आपकी आत्म-छवि को आपका *आंतरिक दर्पण* भी कहते हैं : जब भी आप किसी सामाजिक स्थिति में जाते हैं, तो आप यह सोचते हैं कि आपसे कैसे व्यवहार की अपेक्षा की जाती है। जब आपके मन में अपने सर्वश्रेष्ठ स्तर पर प्रदर्शन करने की स्पष्ट तसवीर होती है, तो आप अंदर जाते हैं और आप तनावरहित अंदाज़ में आत्मविश्वास से मुस्कराते हैं। आश्चर्य, आश्चर्य! आपकी आंतरिक तसवीर आपकी बाहरी वास्तविकता बन जाती है।

यहाँ आत्म-छवि के विकास के संदर्भ में एक रोचक खोज बताना चाहता हूँ : हर व्यक्ति किसी स्थिति में जाने से पहले अपने मन में एक तसवीर चलाता है। सफल लोग किसी पुरानी सफलता की तसवीर चलाते हैं; असफल लोग किसी पुरानी असफलता की तसवीर चलाते हैं। आपका अवचेतन मन यह नहीं जानता कि आपको सचमुच अनुभव हो रहा है या आप सिर्फ़ कल्पना कर रहे हैं। अगर आपको किसी क्षेत्र में सकारात्मक अनुभव हुआ है और आप अपने मन में इसे बार-बार रील की तरह चलाते हैं, तो आप जब भी ऐसा करेंगे, हर बार आपका अवचेतन इसे एक नए सफल अनुभव की तरह रिकॉर्ड करेगा। अंतत: जब आप किसी निश्चित स्थिति में जाते हैं, तो आपका अवचेतन कहता है, ''वाह, मैं यहाँ

पहले रह चुका हूँ। आप इस क्षेत्र में सचमुच सफल हैं, क्योंकि मैंने आपको पचासों बार सफल होते देखा है।'' आप आत्मविश्वास, संतुलन और शांति की ज़बर्दस्त भावना महसूस करते हुए उस स्थिति में जाते हैं।

आप हमेशा चुन सकते हैं कि आप अपने मन में कौन-से विचार और तसवीरें चलाएँ। हर घटना से ठीक पहले अपने सर्वश्रेष्ठ अनुभवों के बारे में सोचने का विकल्प चुनें।

आपकी आत्म-अवधारणा का तीसरा हिस्सा है आपका *आत्म-गौरव।* यह आपकी आत्म-अवधारणा का मूल केंद्र है। आपका आत्म-गौरव इस बात से परिभाषित होता है कि आप ख़ुद को कितना पसंद करते हैं। यह आपके व्यक्तित्व की शक्ति है। यह आपकी ऊर्जा, उत्साह, नज़रिये, व्यक्तित्व और ख़ुशी का स्रोत है।

जब भी आप ऐसे तरीक़े से व्यवहार करते हैं, जो आपके आत्म-आदर्श के ज़्यादा क़रीब होता है, तो हर बार आपका आत्म-गौरव बढ़ जाता है। दूसरे शब्दों में, जब आप उस सर्वश्रेष्ठ व्यक्ति की तरह व्यवहार करते हैं, जो आप संभवत: हो सकते हैं, तो आप ख़ुद को ज़्यादा पसंद करते हैं। जब आप ख़ुद को ज़्यादा पसंद करते हैं, तो आपका आत्म-गौरव बढ़ता है, आपका व्यक्तित्व बेहतर बनता है, आप ज़्यादा ख़ुश महसूस करते हैं, आपमें ज़्यादा उत्साह होता है और आप दूसरे लोगों को ज़्यादा पसंद करते हैं।

जब आप अपने लिए स्पष्ट लक्ष्य तय करते हैं और हर दिन उनकी दिशा में काम शुरू करते हैं, तो आप ख़ुद को ज़्यादा पसंद करते हैं और अपना ज़्यादा सम्मान करते हैं। मूल्य और व्यक्तिगत महत्त्व का आपका अहसास बढ़ जाता है। आपके अंदर आत्म-सम्मान और व्यक्तिगत गर्व की ज़्यादा भावनाएँ आती हैं। बड़े लक्ष्य तय करने की वजह से आप ख़ुद को ज़्यादा पसंद करते हैं और ख़ुद को ज़्यादा सकारात्मक अंदाज़ में देखते हैं।

संक्षेप में, यह दरअसल अपने बारे में बेहतर सोचने, बेहतर महसूस करने और अपने जीवन के हर क्षेत्र में बेहतर प्रदर्शन करने के बारे में है। आपके बुनियादी आधार वाक्य आपके जीवन की दिशा को तय करते हैं। हर व्यक्ति के दिमाग़ में अपने बारे में कुछ विचार होते हैं, जो काफ़ी हद तक यह तय करते हैं कि वह ख़ुद को और संसार से अपने संबंध को किस तरह से देखता है।

अपनी व्याख्या की शैली बदलें

दुर्भाग्य से, सबसे आम और शायद सबसे बुरा बुनियादी आधार वाक्य यह है ''मैं पर्याप्त अच्छा नहीं हूँ'' : अयोग्यता की भावनाएँ, अक्षमता की भावनाएँ, दूसरों से

अपनी नकारात्मक तुलना। हमारी ज़्यादातर समस्याएँ और अप्रसन्नता इस कारण उत्पन्न होती है, क्योंकि हम गहराई से यह महसूस करते हैं कि हम दरअसल, पर्याप्त अच्छे नहीं हैं।

मनोविश्लेषक अल्फ्रेड एडलर ने निष्कर्ष दिया था कि हममें से प्रत्येक में हीनता की भावनाएँ होती हैं। इसका मतलब हीन ग्रंथि नहीं है। ग्रंथि स्थायी होती है; आप इसे हिला या हटा नहीं सकते। यह सफ़ेद काग़ज़ पर स्याही की तरह अमिट होती है। इसके विपरीत, हीनता की भावना ऐसी चीज़ है, जिसे आप बदल सकते हैं और हटा सकते हैं।

लोग कुछ मायनों में, प्राय: कई मायनों में, दूसरों से हीन महसूस करते हैं। भले ही यह अहसास सच ना हो, लेकिन फिर भी इससे हमारा प्रदर्शन प्रभावित होता है। आपके जीवन को बदलने और आपके बाहरी संसार को बेहतर बनाने की कुंजी यह है कि आप अपने अवचेतन मन की दोबारा प्रोग्रामिंग करें और अपने आंतरिक संसार को बदलें।

आपकी नकारात्मक भावनाएँ आपके सर्वश्रेष्ठ प्रदर्शन – ख़ुशी, स्वास्थ्य और हर चीज़ जो आप हासिल करना चाहते हैं – की राह में सबसे बड़ी बाधा है। ज़्यादातर मामलों में ये डर और शंका पर आधारित होती हैं। वे आम तौर पर बचपन में एक या दोनों अभिभावकों की विनाशकारी आलोचना के कारण उत्पन्न होती हैं। सच तो यह है कि किसी वयस्क में आज जो गड़बड़ी है, लगभग हमेशा उसका कारण उसके ख़राब बचपन में खोज सकते हैं, जब बच्चे के अभिभावकों ने उसकी आलोचना की थी और उसे शारीरिक या भावनात्मक दंड दिया था।

दो नकारात्मक आदतों के पैटर्न ज़्यादातर लोगों को पीछे रोककर रखते हैं। ये हैं असफलता का डर और अस्वीकृति या आलोचना का डर। बहाने बनाना और दूसरे लोगों को दोष देना ज़्यादातर नकारात्मक भावनाओं की जड़ है। आप जो हैं और आप जो हासिल करते हैं, उसके लिए शत-प्रतिशत ज़िम्मेदारी स्वीकार करें, क्योंकि तभी आप अपनी नकारात्मक भावनाओं से मुक्ति पा सकते हैं और अपने आत्म-गौरव को नियंत्रित कर सकते हैं।

अपनी व्याख्यात्मक शैली को बदलना अपनी सोच बदलने का शुरुआती बिंदु है। व्याख्यात्मक शैली का मतलब यह है कि आप मन ही मन अपने अनुभव की किस तरह व्याख्या करते हैं। दो लोग कार से ऑफ़िस जा रहे हैं और दोनों ट्रैफ़िक जाम में अटक जाते हैं। एक व्यक्ति नाराज़ और कुंठित होकर स्टियरिंग व्हील को ठोकने लगता है। दूसरा व्यक्ति कहता है, ''यह सोचने, शैक्षणिक ऑडियो प्रोग्राम सुनने और दिन की योजना बनाने का अवसर है।'' दो लोग एक ही स्थिति में हैं, लेकिन उनकी व्याख्यात्मक शैली अलग-अलग है। जब आप सकारात्मक तरीक़े

से अपने सामने चीज़ों की व्याख्या करते हैं, तो आप उनके बारे में सकारात्मक महसूस करने लगते हैं।

आप जब चाहें, ख़ुश बचपन पा सकते हैं। इसका मतलब यह है कि ज़्यादातर लोगों के मन में उनके बचपन को लेकर जो नकारात्मकता है, वह उनकी व्याख्या के कारण है। कल्पना करें कि आपका बचपन आपको मूल्यवान सबक़ सिखाने के लिए भेजा गया था, जिन्हें सीखे बिना आप वयस्क जीवन में सफल और सुखी नहीं बन सकते थे या बेहतरीन परिवार नहीं बना सकते थे। इस दृष्टिकोण से सोचने पर आप अपने बचपन को पलटकर देखेंगे और कहेंगे, ''वाह, मैं ख़ुशक़िस्मत था कि ये मुश्किल चीज़ें हुईं, क्योंकि उनकी मदद से मैंने वह ज्ञान हासिल किया, जिनसे मैं अपने परिवार में और अपने वयस्क जीवन में बेहतर बना।'' आप अपने बचपन की दोबारा व्याख्या कर सकते हैं और इसके बारे में नए दृष्टिकोण से सोचने का निर्णय लेकर इसे सुखद बना सकते हैं। आप हमेशा विकल्प चुनने के लिए स्वतंत्र हैं।

असफलता फ़ीडबैक है

ज़िंदगी में असफलता जैसी कोई चीज़ नहीं होती, सिर्फ़ फ़ीडबैक होता है। याद रखें, आपके साथ जो कुछ भी होता है, किसी कारण से होता है। यदि आपको असफलता मिलती है, तो इसे फ़ीडबैक के रूप में देखें; आपको फ़ीडबैक मिल रहा है, ताकि आप अपनी दिशा में सुधार करें, सबक़ सीखें और अगली बार ज़्यादा तेज़ी से और सफलतापूर्वक आगे बढ़ें। अगर आप हर नकारात्मक अनुभव को फ़ीडबैक के रूप में देखेंगे, जो आपको भविष्य में बेहतर बनने के लिए दिया जा रहा है, तो आप ज़्यादा सकारात्मक और सफल बनेंगे।

बड़े सपने देखना आपकी सोच और ज़िंदगी बदलने का शुरुआती बिंदु है।

यहाँ मैं आपसे कुछ सवाल पूछना चाहता हूँ। *वह कौन-सी एक चीज़ है, जिसका सपना देखने की आप हिम्मत करेंगे, अगर आपको पता हो कि आप असफल नहीं हो सकते?* अगर आप जादू की छड़ी लहरा सकें और आपको किसी एक लक्ष्य को हासिल करने की गारंटी हो, चाहे यह अल्पकालीन हो या दीर्घकालीन, बड़ा हो या छोटा, तो यह कौन-सा होगा? इस प्रश्न का जवाब अक्सर आपको बता देता है कि आपको इस धरती पर क्या करने के लिए भेजा गया है। यह प्रश्न का जवाब प्राय: आपके बड़े, निश्चित उद्देश्य को आपके सामने प्रकट कर देता है।

दूसरा सवाल यह है : *आप ख़ुद के लिए कौन-से लक्ष्य तय करेंगे, अगर किसी तरह की सीमाएँ ना हों?* मैं पहले ही बुनियादी आधार वाक्यों की बात कर

चुका हूँ। कुछ लोगों का बुनियादी आधार वाक्य यह होता है कि वे सीमित हैं : वे दूसरों जितने सृजनात्मक नहीं हैं, दूसरों जितने स्मार्ट नहीं हैं, शैक्षणिक दृष्टि से उतने योग्य नहीं हैं, दूसरों जितना आईक्यू नहीं है। क्या हो, अगर आपके पास दुनिया भर का दिमाग़, योग्यता, बुद्धि, धन, दोस्त और संपर्क होते और आप जो चाहे वह कर सकते हैं, बन सकते हैं या पा सकते हैं? आप अपने लिए कौन-से लक्ष्य तय करेंगे? आप क्या अलग तरीक़े से करेंगे?

तीसरा सवाल यह है : *अगर आप आज वित्तीय दृष्टि से स्वतंत्र होते और आप जीवन में कुछ भी कर, बन या पा सकते, तो आप तुरंत कौन-से परिवर्तन करेंगे?* आइए मान लेते हैं कि आपने लॉटरी जीत ली और आप अचानक बहुत दौलतमंद बन गए। अब बताएँ कि आप अपने जीवन में कौन-से परिवर्तन तुरंत करेंगे? आज ही वे परिवर्तन करने के बारे में सोचना शुरू करें, क्योंकि या तो वे आपकी सफलता की बाधाओं की कुंजियाँ हैं या फिर वे उस काम की कुंजियाँ हैं, जिसे करने के लिए आपको इस धरती पर भेजा गया था।

इन प्रश्नों के आपके जो भी जवाब हों, उन्हें लिख लें। यह तय करें कि उन्हें हासिल करने के लिए आप क्या क़ीमत चुकाएँगे और फिर उस क़ीमत को चुकाने में जुट जाएँ। महान तेल अरबपति एच. एल. हंट से एक बार पूछा गया था, ''सफलता की कुंजियाँ क्या हैं?'' उन्होंने जवाब दिया था, ''सफलता की कुंजियाँ ये हैं। सबसे पहले तो आपको सटीकता से पता होना चाहिए कि आप क्या चाहते हैं। दूसरे, आपको यह तय करना चाहिए कि आप क्या क़ीमत चुकाएँगे। तीसरे, आपको उस क़ीमत को चुकाने का संकल्प लेना चाहिए। सफलता बहुत आसान है। यह तब मिलती है, जब आप क़ीमत चुका देते हैं। सबसे पहले, आप वह करते हैं, जो आपको करना चाहिए और इसके बाद आपको परिणाम मिलते हैं; यह इसके विपरीत तरीक़े से नहीं होता।''

कई लोग कहते हैं, ''जैसे ही मुझे मनचाही चीज़ें मिलेंगी, मैं क़ीमत चुका दूँगा।'' लेकिन जैसा प्रेरक पथप्रदर्शक अर्ल नाइटिंगेल ने इसे कहा है, यह चूल्हे से यह कहने जैसा है, ''जैसे ही मुझे थोड़ी गर्मी मिलेगी, मैं थोड़ी लकड़ी डाल दूँगा।'' यह इस तरह से काम नहीं करता।

वैसे आप यह कैसे बता सकते हैं कि आपने सफलता की कितनी क़ीमत चुका दी है? आसान है : अपने जीवन की परिस्थितियों को देखें। कारण और परिणाम के नियम के अनुसार, आपने जो अंदर डाला है, वही आपको बाहर मिला है। आप आज जो फ़सल काट रहे हैं, वह आपके द्वारा पहले बोए गए बीजों का परिणाम है।

अमीर बनने का निर्णय लें

आप वर्तमान में क्या बोते हैं, उस पर आपका पूरा नियंत्रण होता है। अगर आप भविष्य में कुछ अलग चाहते हैं, तो आपको इस समय कुछ अलग करने की ज़रूरत है। अमीर बनने का निर्णय लें। लोग दौलतमंद इसलिए बनते हैं, क्योंकि वे दौलतमंद बनने का निर्णय लेते हैं। लोग जीवन भर पैसे की चिंता इसलिए करते हैं, क्योंकि उन्होंने कभी दौलतमंद बनने का निर्णय नहीं लिया।

जब मैं पैसे के बारे में अपने श्रोताओं से बात करता हूँ, तो वे थोड़े चिढ़ जाते हैं। मैं कहता हूँ, ''आप इसलिए ग़रीब हैं, क्योंकि आपने ग़रीब बनने का निर्णय लिया है। अमीर लोग इसलिए अमीर हैं, क्योंकि उन्होंने अमीर बनने का निर्णय लिया है। इसलिए अगर आप वित्तीय दृष्टि से स्वतंत्र बनना चाहते हैं, तो वित्तीय दृष्टि से स्वतंत्र बनने का निर्णय लें।''

लोग जवाब देते हैं, ''देखिए, मैंने निर्णय ले लिया है।''

मैं कहता हूँ, ''नहीं, आपने निर्णय नहीं लिया है। आपने तो इच्छा की है, आशा की है, प्रार्थना की है और ऐसी पुस्तकें पढ़ी हैं, जो आपको बताती हैं कि काम किए बिना अमीर बनना संभव है, लेकिन आपने अमीर बनने या वित्तीय दृष्टि से स्वतंत्र बनने का करो-या-मरो वाला निर्णय नहीं लिया है, क्योंकि जब एक बार आप इस निर्णय को ले लेते हैं, तो आप अपनी ज़िंदगी की दिशा बदल लेते हैं।''

आज के ज़्यादातर मिलियनेअर और बिलियनेअर पहली पीढ़ी के अमीर हैं : उन्होंने शून्य से शुरुआत की थी और सही विचार सोचकर तथा सही तरीक़े से काम करके उन्होंने अपने जीवनकाल में एक मिलियन या एक बिलियन डॉलर के आँकड़े को पार कर लिया।

अपने लिए लक्ष्य तय करें कि आप अगले दस या बीस सालों में 1 मिलियन डॉलर की नेटवर्थ हासिल करेंगे। इसे लिख लें। एक समयसीमा तय करें, जिससे आपके सामने यह स्पष्ट हो जाए कि आपको अपने लक्ष्य तक पहुँचने के लिए हर साल कितना हासिल करने की ज़रूरत होगी।

एक बार जब आप यह निर्णय ले लें कि आप एक मिलियन डॉलर की नेट वर्थ हासिल करना चाहते हैं, तो अपनी वर्तमान नेट वर्थ का गहन वित्तीय विश्लेषण करें। आपकी नेट वर्थ आज कितनी है? आपको सटीकता से यह पता होना चाहिए कि आप कहाँ से शुरू कर रहे हैं। फिर उन बीस अलग-अलग चीज़ों की सूची बनाएँ, जो आप वित्तीय स्वतंत्रता की ओर बढ़ने के लिए तुरंत शुरू कर सकते हैं। एक बार जब आपके पास यह सूची आ जाए, तो उनमें से किसी एक चीज़ को चुनें और उस पर तुरंत काम करने में जुट जाएँ।

इंग्लैंड के मेरे मित्र पीटर थॉमसन एक बेहतरीन अभ्यास सिखाते हैं : कल्पना करें कि आप अपनी डेडलाइन तक पहुँच गए हैं और आपकी नेट वर्थ एक मिलियन डॉलर हो चुकी है। आप एक काग़ज़ लेते हैं और उसमें सबसे ऊपर लिखते हैं, ''मेरी नेट वर्थ आज एक मिलियन डॉलर है, क्योंकि मैंने...'' और फिर बीस चीज़ें लिखें, जो आप एक मिलियन डॉलर की नेट वर्थ हासिल करने के लिए करेंगे।

इसे *भावी सोच से पीछे आना* कहा जाता है। जब आप यह करते हैं, तो आप उन सारी चीज़ों के बारे में सोचने लगते हैं, जो एक मिलियन डॉलर हासिल करने के लिए करेंगे। इससे आपको ऐसे विचार तथा जानकारी मिलेगी, जो आपको किसी दूसरे अभ्यास से नहीं मिल सकती।

द मिलियनेअर नेक्स्ट डोर और *द मिलियनेअर माइंड जैसी पुस्तकें पढ़ें।* हर वह चीज़ सीखें जो बताती हों कि मिलियनेअर कैसे सोचते हैं, कैसे निर्णय लेते हैं और कैसे काम करते हैं। कल्पना करें कि आप पहले से ही मिलियनेअर हैं और उसी अनुरूप व्यवहार करें।

उत्कृष्टता के प्रति वचनबद्ध हों

उत्कृष्टता के प्रति वचनबद्धता अद्भुत जीवन की एक और कुंजी है। जिस भी इंसान ने जीवन में वित्तीय और व्यक्तिगत दोनों तरह की महान सफलता हासिल की है, उसने उत्कृष्ट बनने में समय लगाया है और इसकी क़ीमत चुकाई है। दशकों के शोध के अनुसार, चाहे आप न्यूरोसर्जन हैं या डीजल मैकेनिक, आपको अपने क्षेत्र में महारत हासिल करने में पाँच से सात साल का समय लगता है। (उत्कृष्ट सेल्सपर्सन बनने में भी इतना ही समय लगता है।) बहुत सारे लोग अपने वित्तीय जीवन के बारे में फटाफट-अमीर-बनो वाला नज़रिया रखते हैं। वे हमेशा दौलतमंद बनने के आसान शॉर्टकट की तलाश करते रहते हैं, लेकिन ऐसा कोई शॉर्टकट नहीं है, जो लंबे समय में कारगर हो।

ख़ुद से यह सवाल नियमित रूप से पूछें : वह कौन-सी एक योग्यता है, जिसे अगर मैं उत्कृष्ट अंदाज़ में विकसित करूँ, तो उससे मुझे अपना वित्तीय लक्ष्य हासिल करने में सबसे ज़्यादा मदद मिलेगी? कौन-सी एक योग्यता मेरे करियर में या मेरे सपने साकार करने में सबसे ज़्यादा मदद करेगी?

आपका जवाब जो भी हो, उस क्षेत्र में उत्कृष्टता हासिल करने का लक्ष्य तय करें, इसे लिख लें, इसकी योजना बनाएँ और फिर हर दिन उस क्षेत्र में बेहतर बनने पर काम करें, जब तक कि आप यह लक्ष्य हासिल नहीं कर लें।

कई बार लोग आकर मुझसे कहते हैं कि उनके क्षेत्र में महारत हासिल करने में पाँच-सात साल का समय लगेगा, जो काफ़ी लंबा समय है। देखिए, सच तो यह

है कि समय तो वैसे भी गुज़र ही रहा है। पाँच-सात साल बाद पाँच-सात साल गुज़र जाएँगे; आपकी उम्र पाँच-सात साल ज़्यादा होगी। आप इन वर्षों के अंत में कहाँ होंगे? क्या आप अपने क्षेत्र में शिखर पर पहुँचेंगे या आप औसत लोगों के साथ तलहटी में ही रहेंगे, जो बेहतर बनने के लिए कभी कोई अतिरिक्त प्रयास नहीं करते? आज ही अपने क्षेत्र के शीर्ष 10 प्रतिशत में शामिल होने का निर्णय लें। याद रखें, शीर्ष 10 प्रतिशत में आज जो भी इंसान है, उसने सबसे नीचे के 10 प्रतिशत वाले समूह से शुरुआत की थी।

ख़ुद को मानसिक रूप से फ़िट रखने के लिए अपने दिमाग़ को नियमित रूप से सकारात्मक ख़ुराक दें। आप जो खाते हैं, वही बन जाते हैं। इसी तरह आप वही बन जाते हैं, जिसके बारे में आप सोचते हैं। आप अपने मन को जैसी नियमित ख़ुराक देंगे, आप वैसे ही बन जाएँगे। हर दिन 30 से 60 मिनट तक कोई शैक्षणिक, आध्यात्मिक या उत्साहवर्धक चीज़ पढ़ें। अपने दिन की शुरुआत में अपने दिमाग़ को अख़बारों और टेलीविज़न की कैंडी नहीं दें, बल्कि बेहद पोषक अध्ययन का मानसिक प्रोटीन दें। अगर आप अपने क्षेत्र में हर दिन 30 से 60 मिनट पढ़ते हैं, तो इसका मतलब होगा कि आप एक सप्ताह में एक पुस्तक पढ़ लेंगे। यानी एक साल में पचास पुस्तकें। अगर आप हर साल अपने क्षेत्र में पचास पुस्तकें पढ़ते हैं, तो आप एक तरह से हर साल पीएच.डी. कर रहे हैं। हर दिन एक घंटा पढ़ने मात्र से ही आप दो या तीन साल में अपने क्षेत्र में सबसे ज्ञानी और सबसे ज़्यादा वेतन वाले लोगों में से एक बन जाएँगे।

अपनी कार में नियमित रूप से शैक्षणिक ऑडियो प्रोग्राम सुनें। जब आप कार से कहीं जा रहे हों, तो कभी संगीत या रेडियो नहीं बजाएँ। अगर आप व्यवसाय में अपनी कार का इस्तेमाल करते हैं, तो आप हर साल पाँच सौ से लेकर एक हज़ार घंटे तक कार में बैठते हैं। इसका मतलब है चालीस घंटे प्रति सप्ताह के हिसाब से तीन महीने का समय। यानी कार यात्रा में आपका जो समय लगता है, वह एक-दो पूर्णकालिक युनिवर्सिटी सेमेस्टर के बराबर होता है। अपनी कार में शैक्षणिक ऑडियो सुनकर आप उतना ही सीख जाते हैं, जितना किसी पूर्णकालिक युनिवर्सिटी में सीखते। अगर आप यात्रा के समय को सीखने का समय बना लेते हैं, तो आप अपने क्षेत्र में सबसे स्मार्ट तथा सबसे ज्ञानी व्यक्तियों में से एक बन सकते हैं। तब आपकी कार मोबाइल क्लासरूम या पहियों पर चलने वाली युनिवर्सिटी बन जाती है। यथासंभव हर कोर्स और सेमिनार में शामिल हों।

सही लोगों को चुनें

दूसरे सकारात्मक और सफलता केंद्रित लोगों के साथ रहें। विजेताओं के साथ उठें-बैठें और उन लोगों के साथ समय बरबाद करना छोड़ दें, जो अपने जीवन में कहीं नहीं जा रहे हैं।

बेहतरीन सफलता हासिल करने वाले लोगों को अपनी प्राथामिकता में रखें। अपने व्यक्तिगत जीवन में चुनिंदा लोग रखें। आप किन लोगों के साथ उठने-बैठने का चुनाव करते हैं, यह आपके जीवन और सफलता पर इतना ज़्यादा प्रभाव डालेगा, जितना शायद कोई दूसरी चीज़ नहीं डालेगी।

सकारात्मक, लक्ष्य-केंद्रित और महत्त्वाकांक्षी तीन से पाँच लोगों का मास्टरमाइंड समूह बनाएँ। हर सप्ताह कम से कम एक बार नाश्ते या लंच पर अपने मास्टर माइंड समूह के साथ बैठने की व्यवस्था करें। यह बताएँ कि आप क्या कर रहे हैं और पिछले सप्ताह आपके दिमाग़ में कौन से सबसे अच्छे विचार आए थे। पुस्तकों और लेखों की जानकारी दें; ज़्यादा सफल होने के लिए एक-दूसरे की सहायता करें और प्रोत्साहन दें। प्रेरक अमर पुस्तक *थिंक ऐंड ग्रो रिच* के लेखक नेपोलियन हिल ने सैकड़ों दौलतमंद लोगों पर शोध किया था। उन्हें पता चला कि वे उनकी पूरी क्षमता तक पहुँचना सिर्फ़ तभी शुरू कर पाए, जब उन्होंने मास्टर माइंड समूह बना लिया और सकारात्मक, आशावादी तथा सृजनात्मक मानसिकता वाले दूसरे सफल लोगों से नियमित रूप से मिलने लगे।

जब भी आप किसी दूसरे सकारात्मक व्यक्ति से मिलते हैं, तो आपको ऐसे विचार, जानकारी और प्रेरणा मिलेगी, जिनका इस्तेमाल करके आप ज़्यादा ख़ुश और ज़्यादा सफल बन सकते हैं। एक पुरुष और एक महिला के बीच का सकारात्मक संबंध सफलता हासिल करने में सबसे ज़्यादा शक्तिशाली मास्टरमाइंड समूह हो सकता है।

सात नीतियाँ

1. भावी नीति
2. लक्ष्य नीति
3. उत्कृष्टता नीति
4. परिणाम नीति
5. समाधान नीति
6. विकास नीति
7. कार्य नीति

सात नीतियाँ

आप अगर अपने जीवन को बदलना चाहते हैं, तो सोचने के सात तरीक़े हैं - जिन्हें हम *नीतियाँ* कह सकते हैं - जिनका अभ्यास सबसे सुखी और सबसे सफल लोग करते हैं। नीति या दिशाबद्धता की परिभाषा विचार की सामान्य प्रवृत्ति है : आप कभी-कभार पटरी से दूर हो सकते हैं, लेकिन आप दोबारा उसी विचारशैली पर लौट आते हैं। इन नीतियों का अभ्यास हर क्षेत्र के शीर्षस्थ 10 प्रतिशत लोग करते हैं।

पहली है *भावी नीति।* आप अपने भविष्य का एक स्पष्ट, सकारात्मक, रोमांचक स्वप्न विकसित करते हैं, पाँच साल की फ़ंतासी कि आप भविष्य में अपने लिए कैसा जीवन चाहते हैं। यह भविष्य का स्वप्न आपको सकारात्मक भावी सोच के शक्तिशाली प्रेरक बल के रूप में काम करता है। लीडर्स के पास स्वप्न होता है; बाक़ी लोगों के पास नहीं होता। जब आप अपने भविष्य के लिए रोमांचक स्वप्न तैयार करते हैं, तो आप अपने ख़ुद के जीवन में एक लीडर बन जाते हैं।

दूसरी नीति है *लक्ष्य नीति।* लक्ष्य नीति बनाने का मतलब है दस लक्ष्यों की सूची बनाना, जिन्हें आप अगले साल हासिल करना चाहते हैं। उस सूची के सबसे महत्त्वपूर्ण लक्ष्य को चुन लें। इस तक पहुँचने की योजना बनाएँ और फिर अपनी योजना पर हर दिन काम करें, जब तक कि आप उस लक्ष्य तक पहुँच नहीं जाएँ। यह एक अभ्यास आपके जीवन को बदल देगा और मैं इसके बारे में बाद में विस्तार से बात करूँगा।

तीसरी नीति है *उत्कृष्टता नीति।* आप जो करते हैं, आज ही उसमें सर्वश्रेष्ठ बनने का संकल्प लें। अपने क्षेत्र के शीर्षस्थ 10 प्रतिशत लोगों के समूह में शामिल हों। उस एक योग्यता को चुनें, जो आज किसी दूसरी योग्यता से ज़्यादा मदद कर सकती हो और उस एक क्षेत्र में उत्कृष्ट बनने के लिए समर्पित हो जाएँ। एक समय में एक योग्यता को बेहतर बनाएँ।

चौथी है *परिणाम नीति।* अंतिम विश्लेषण में आपको हमेशा उन परिणामों के लिए पैसे मिलते हैं, जो आप दूसरे लोगों के लिए हासिल करते हैं। सूची के साथ हर दिन की योजना बनाएँ। अपनी सूची को प्राथमिकता के हिसाब से व्यवस्थित करें। हमेशा अपने समय के सबसे मूल्यवान उपयोग पर ध्यान केंद्रित करें। ख़ुद से लगातार पूछते रहें, "मैं और सिर्फ़ मैं क्या कर सकता हूँ, जिससे मेरे जीवन में सच्चा फ़र्क़ पड़ेगा?" उस पर एकाग्र मानसिकता से काम करें।

पाँचवीं नीति है *समाधान नीति।* जीवन समस्याओं, मुश्किलों, चुनौतियों, फ़ेरबदल, विपत्तियों और अस्थायी असफलताओं की श्रृंखला है। आप इन उतार-चढ़ावों पर जिस तरह प्रतिक्रिया करते हैं, काफ़ी हद तक उसी से आपकी सफलता

और ख़ुशी तय होती है। हमेशा समस्याओं के बजाय समाधानों पर ध्यान केंद्रित करें। आप समाधानों के बारे में जितना ज़्यादा सोचते और बात करते हैं, आप उतने ही ज़्यादा समाधान-केंद्रित बनेंगे और लक्ष्य की तरफ़ बढ़ते समय आने वाली समस्याओं को सुलझाने के लिए आप उतने ही ज़्यादा समाधान सोच पाएँगे।

छठी नीति है *विकास नीति।* आजीवन सीखने के प्रति समर्पित हो जाएँ। ज़्यादा कमाने के लिए आपको ज़्यादा सीखना चाहिए। हर साल अपने दिमाग़ में कम से कम उतना निवेश करें, जितना अपनी कार में करते हैं। आप अपनी कार में जितना निवेश करते हैं, अगर आप अपने क्षेत्र में बेहतर होने में उतना ही ख़र्च करते हैं, तो आप अमीर, सुखी और सफल बन जाएँगे।

सातवीं नीति, जो हर चीज़ की कुंजी है, *कार्य नीति* है। कर्म ही सब कुछ है। तात्कालिकता का अहसास विकसित करें। अवसरों और समस्याओं पर तेज़ी से काम करें। कर्म का रुझान विकसित करें। अपने लक्ष्यों की ओर निरंतर गति में रहें। ख़ुद से बार-बार कहते रहें : ''इसे अभी करो। इसे अभी करो। इसे अभी करो।''

आप एक संभावित जीनियस हैं। आपका काम अपनी मनचाही चीज़ों और भावी दिशा के बारे में लगातार सोचकर और बातें करके अपनी मानसिक शक्तियों का ताला खोलना है। उन चीज़ों के बारे में ना सोचें, ना ही बात करें, जो आपको दुखी करती हों। अपनी समस्याओं और मुश्किलों के बारे में भी बात नहीं करें। अपने सबसे महत्त्वपूर्ण लक्ष्यों, कामों और गतिविधियों पर एकाग्रता से ध्यान केंद्रित करने की आदत डालें। समाधानों और अवसरों के संदर्भ में सोचें और बात करें। सबसे बढ़कर, आप अपने जीवन में सचमुच जो चाहते हों, उसकी दिशा में सारे दिन, हर दिन निरंतर काम करते रहें।

2

अपनी क्षमता का ताला खोलें

आपके भीतर इतनी ज़्यादा क्षमता है कि आप सौ जन्मों में भी उसका पूरा इस्तेमाल नहीं कर सकते। और आप अपनी क्षमता का जितना ज़्यादा इस्तेमाल करते हैं, उतनी ही ज़्यादा क्षमता आपको मिल जाती है। जब तक आप कोशिश नहीं करते, तब तक आपको दरअसल, पता ही नहीं होता कि आप क्या हासिल करने में सक्षम हैं। शायद जीवन में आपकी सबसे महत्त्वपूर्ण ज़िम्मेदारी – अपने प्रति भी और दूसरों के प्रति भी – ख़ुशी, सफलता और उपलब्धि की अपनी पूरी क्षमता का इस्तेमाल करना है।

इस अध्याय में मैं आपको कुछ सर्वश्रेष्ठ विचार बताऊँगा, जिनका इस्तेमाल संसार के सबसे सुखी और सबसे सफल लोग अपना सर्वश्रेष्ठ प्रदर्शन करने के लिए करते हैं।

जीवित रहने के लिए आज जितना अच्छा समय है, उतना मानव जीवन के समूचे इतिहास में कभी नहीं रहा। अर्थव्यवस्था और राजनीति में अल्पकालीन उतार–चढ़ावों के परे इतिहास के इस अद्भुत समय में आपके पास वह बनने, करने और पाने की योग्यता है, जितनी पहले कभी नहीं रही है।

तीन अभ्यास

यहाँ तीन फटाफट अभ्यास दिए जा रहे हैं। पहला अभ्यास : कल्पना करें कि आपमें आगे के वर्षों में अपनी आमदनी को दोगुना, तीन गुना या दस गुना भी बढ़ाने की योग्यता है।

कई बार श्रोताओं से बात करते समय मैं कहता हूँ, ''हर एक को पैसे संबंधी चिंताएँ होती हैं। कल्पना करें कि मैं एक जादू की छड़ी घुमा सकता हूँ और इस कमरे में बैठे हर व्यक्ति की आमदनी को दोगुना कर सकता हूँ। क्या इससे आपकी वित्तीय समस्याएँ सुलझ जाएँगी?''

लोग कहते हैं, ''हाँ, हाँ।''

''अगर मैं आपकी आमदनी को तीन गुना कर दूँ तो?''

''हाँ, हाँ।''

''अगर मैं आपकी आमदनी को पाँच या दस गुना कर दूँ तो?''

''हाँ, हाँ, हाँ।''

''अब मैं आप लोगों से एक सवाल पूछता हूँ : यहाँ ऐसे कितने लोग हैं, जिन्हें इस समय अपनी पहली नौकरी के वेतन से दोगुनी आमदनी हो रही है?''

कमरे में हर हाथ ऊपर चला जाता है। अगर मैं पूछता हूँ कि क्या उन्होंने अपनी आमदनी को तीन गुना कर लिया है, तो 80 प्रतिशत हाथ ऊपर चले जाते हैं। कमरे में बहुत से हाथ दिखते हैं, जब मैं उनसे पूछता हूँ कि क्या उन्होंने अपनी आमदनी पाँच या दस गुना कर ली है।

दूसरे शब्दों में, आप ये चीज़ें अतीत में पहले ही हासिल कर चुके हैं और अगर आप उन्हें अतीत में हासिल कर चुके हैं, तो आप जानते हैं कि भविष्य में यह काम दोबारा कैसे करना है।

नंबर दो : हर मायने में आदर्श स्वास्थ्य और फ़िटनेस होने की कल्पना करें। कल्पना करें कि आप एक जादू की छड़ी लहरा सकें और हर मायने में बेहतरीन फ़िट और स्वस्थ बन जाएँ। यह कैसा लगेगा? आपको कैसा महसूस होगा?

नंबर तीन, जो शायद सबसे महत्त्वपूर्ण है : हर मायने में आदर्श संबंध और अद्‌भुत पारिवारिक जीवन होने की कल्पना करें : प्रेम, सद्‌भाव, ख़ुशी, शांति और हँसी से भरपूर। यह आज से किस तरह अलग होगा?

आइंस्टाइन ने कहा था, ''कल्पना तथ्यों से ज़्यादा महत्त्वपूर्ण होती है।'' प्रेरक वक्ता डेनिस वेटली ने कहा है, ''आपकी कल्पना जीवन के आगामी आकर्षणों की झलकी है।'' आपकी कल्पना जितनी ज़्यादा रोमांचक होगी, आपका आत्म-गौरव भी उतना ही ज़्यादा ऊँचा होगा। आपकी आत्म-छवि जितनी बेहतर होती है, आपका आत्म-आदर्श जितना महान होता है, आप व्यक्ति के रूप में कुल मिलाकर उतने ही ज़्यादा आत्मविश्वासी और सकारात्मक होते हैं।

अपने जीवन के हर क्षेत्र में जादू की छड़ी की तकनीक का अभ्यास करें। कल्पना करें कि आप आमदनी, स्वास्थ्य और संबंधों के क्षेत्र में जादू की छड़ी

लहरा सकते हैं और हर क्षेत्र में तीन इच्छाएँ पूरी कर सकते हैं। आप किन चीज़ों की इच्छा करेंगे? जीवन में सारी सफलता इस बात के रोमांचक स्वप्न से शुरू होती है कि आपके लिए क्या संभव है। स्वप्न बनाने के लिए आपको अपनी कल्पना की शक्ति का दोहन करना होगा।

"मैं ख़ुद को पसंद करता हूँ"

जैसा मैं पहले ही बता चुका हूँ, मानवीय क्षमता के विकास में सबसे बड़ी खोज आत्म-अवधारणा की खोज है।

आप जो भी करते हैं, आपकी आत्म-अवधारणा हर चीज़ से पहले आती है और आपकी कार्यकुशलता के स्तर की भविष्यवाणी करती है। यह इस बात को तय करती है कि आप बाहर कैसा प्रदर्शन करते हैं। आपके जीवन में समूचा सुधार बेहतर आत्म-अवधारणा यानी अपने बारे में आपकी बेहतर राय के साथ शुरू होता है।

आपकी आत्म-अवधारणा आपके बारे में विश्वासों का समूह है। ये बचपन से शुरू होने वाले वे सारे विश्वास हैं, जो आपके अपने बारे में हैं। विश्वासों का यह समूह काफ़ी हद तक व्यक्तिपरक होता है : यह तथ्य नहीं होता। यह उस जानकारी पर आधारित होता है, जिसे आपने ग्रहण किया और सत्य के रूप में स्वीकार किया है, ख़ास तौर पर अपने तथा अपनी योग्यताओं के बारे में।

आत्म-गौरव आपके व्यक्तित्व का सबसे अहम हिस्सा और भावनात्मक केंद्र है और इसकी सर्वश्रेष्ठ परिभाषा यही दी जा सकती है कि आप ख़ुद को कितना ज़्यादा पसंद करते हैं।

अगर आप बार-बार कुछ शब्द दोहराएँ, तो आप अपनी आत्म-अवधारणा को बदल सकते हैं, अपने आत्म-गौरव को बढ़ा सकते हैं, अपनी आत्म-छवि को बेहतर बना सकते हैं और अपने लक्ष्यों तथा स्वप्नों की ओर ज़्यादा तेज़ी से आगे बढ़ सकते हैं। ये शब्द हैं : *मैं ख़ुद को पसंद करता हूँ। मैं ख़ुद को पसंद करता हूँ। मैं ख़ुद को पसंद करता हूँ।*

एक बहुत ख़ुश महिला एक बार मेरे पास आई। उसने कहा कि जब उसने यह बात मुझसे पहली बार सुनी, तो उसने *मैं ख़ुद को पसंद करती हूँ*, कहने की कोशिश में दो साल लगाए, लेकिन वह बचपन में ख़ुद पर लादे गए नकारात्मकता के बोझ से उबर नहीं पाई और ये शब्द नहीं कह पाई। एक दिन वह जागी और बोली, "मैं ख़ुद से प्यार करती हूँ। मैं ख़ुद से प्यार करती हूँ।" बाँध टूट गया और सूरज बाहर निकल आया। तब से वह बहुत ख़ुश रहती है।

जब आप सुबह उठते हैं, तो आप जो सर्वश्रेष्ठ चीज़ कह सकते हैं, वे यही शब्द हैं, *मैं ख़ुद को पसंद करता हूँ। मैं ख़ुद को पसंद करता हूँ। मैं ख़ुद को पसंद करता हूँ।* किसी तरह की मीटिंग में जाने से पहले यह बोलकर ख़ुद को मनोवैज्ञानिक रूप से उत्साहित कर लें : *मैं ख़ुद को पसंद करता हूँ। मैं ख़ुद को पसंद करता हूँ। मैं ख़ुद को पसंद करता हूँ।* यह आश्चर्यजनक है कि इसके फलस्वरूप आप कितने ज़्यादा ख़ुश महसूस करेंगे और आप दूसरे लोगों को भी कितना ज़्यादा पसंद करेंगे।

सफलता का महान नियम यह है कि हर चीज़ मायने रखती है। आप जो भी चीज़ करते हैं, वह या तो मदद करती है या फिर नुक़सान पहुँचाती है। हर चीज़ या तो आपको अपने लक्ष्यों की ओर बढ़ाती है या फिर उनसे दूर ले जाती है। हर चीज़ आपके आत्म-गौरव को या तो बढ़ाती है या फिर घटाती है। मनोवैज्ञानिक कहते हैं कि हम जीवन में जो भी चीज़ करते हैं, हर चीज़ अपने आत्म-गौरव को बढ़ाने और इसकी रक्षा करने के लिए करते हैं। इसलिए आपको तथ्यों के प्रति सजग रहना चाहिए : आप कौन-सी चीज़ें करते हैं, आप कौन-सी पुस्तकें पढ़ते हैं, आप किन लोगों के साथ रहते हैं, आप किस तरह की बातचीत करते हैं। वे आपके आत्म-गौरव को बढ़ाती हैं या घटाती हैं?

आत्म-गौरव के लाभ

आत्म-गौरव के बहुत से लाभ हैं। सबसे पहले, आप ख़ुद को जितना ज़्यादा पसंद करते हैं, आप अपने हर काम में उतना ही बेहतर प्रदर्शन करते हैं। मनोविज्ञान ने खोजा है कि आत्म-गौरव दरअसल, आत्म-प्रभावोत्पादकता के सिक्के का ही दूसरा पहलू है। इसका क्या मतलब है? इसका मतलब यह है कि आप कोई चीज़ जितनी ज़्यादा अच्छी तरह करते हैं, आप ख़ुद को उतना ही ज़्यादा पसंद करते हैं। आप ख़ुद को जितना ज़्यादा पसंद करते हैं, आप उस काम को उतने ही अच्छे तरीक़े से करते हैं। जब आप अपने आत्म-गौरव को बढ़ाते हैं, तो आपकी सक्षमता, आपका प्रदर्शन, आपकी योग्यता लगभग तुरंत ही बढ़ जाती है।

दूसरा लाभ है, आप ख़ुद को जितना ज़्यादा पसंद करते हैं, आप दूसरों को भी उतना ही ज़्यादा पसंद करते हैं और वे भी आपको उतना ही ज़्यादा पसंद करते हैं। आप ख़ुद को जितना ज़्यादा पसंद करते हैं, आप अपने परिवार के सदस्यों को उतना ही ज़्यादा पसंद करेंगे। उच्च आत्म-गौरव वाले माता-पिता उच्च आत्म-गौरव वाले बच्चों को पालते हैं। उच्च आत्म-गौरव वाले बच्चे बड़े होकर दूसरे उच्च आत्म-गौरव वाले बच्चों से शादी करते हैं और वे बदले में आपको उच्च आत्म-गौरव वाले नाती-पोते देते हैं और उनके उच्च आत्म-गौरव वाले जीवन

होते हैं। यह आग की गर्मी फैलने जैसा होता है : आपके आत्म-गौरव का दूसरों पर सकारात्मक प्रभाव पड़ता है।

यह घटक ख़ास तौर पर बिक्री, संवाद, राज़ी करने और सौदेबाज़ी करने में महत्त्वपूर्ण होता है। बिक्री के क्षेत्र में आपके आत्म-गौरव के स्तर और आपकी बिक्री के स्तरों के बीच सीधा संबंध होता है। आपका आत्म-गौरव जितना ज़्यादा ऊँचा होता है, आप किसी भी बाज़ार में उतना ही ज़्यादा सामान बेच सकेंगे। क्यों? ऐसा इसलिए है, क्योंकि लोग उन लोगों से चीज़ें ख़रीदते हैं, जिन्हें वे पसंद करते हैं। और वे आपको जितना ज़्यादा पसंद करते हैं, वे आपसे उतना ही ज़्यादा ख़रीदेंगे, दोबारा ख़रीदेंगे और अपने मित्रों को भी आपसे ही ख़रीदने की सलाह देंगे।

संवाद, राज़ी करने और सौदेबाज़ी में हम सामने वाले को जितना ज़्यादा पसंद करते हैं, हम उस व्यक्ति से प्रभावित होने के लिए उतने ही ज़्यादा खुल जाते हैं। आप ख़ुद को जितना ज़्यादा पसंद करते हैं, आप ज़्यादा आत्मविश्वास से उतने ही ज़्यादा बड़े लक्ष्य तय करेंगे। आप ख़ुद को जितना ज़्यादा पसंद करते हैं, आप उतने ही ज़्यादा लंबे समय तक जुटे रहेंगे और आप विपत्ति से उतनी ही ज़्यादा तेज़ी से बाहर निकलेंगे।

उच्च आत्म-गौरव आपके जीवन के हर हिस्से को समृद्ध बनाता है। आप ज़्यादा आशावादी होंगे और आपका मानसिक नज़रिया सकारात्मक होगा। आप कम आत्म-गौरव के साथ जैसा जीवन जीते थे, अब उससे अलग तरीक़े से जीवन जिएँगे। आपमें ज़्यादा आत्मविश्वास और साहस होगा।

जो चीज़ें हमें रोकती हैं, वे बहुत बड़े डर हैं : असफलता का डर और अस्वीकृति का डर। यह बच्चों के झूले जैसा है : आपका आत्म-गौरव जितना ज़्यादा ऊँचा होता है, आपके डर उतने ही नीचे होते हैं; आप ख़ुद को जितना ज़्यादा पसंद करते हैं, आप असफलता से उतना ही कम डरते हैं और आप आलोचना को उतना ही कम महसूस करते हैं। आप ख़ुद को जितना ज़्यादा पसंद करते हैं, आप अलग चीज़ें आज़माने के उतने ही ज़्यादा इच्छुक होते हैं, क्योंकि आप जानते हैं कि अस्थायी असफलताएँ या नापसंदगी आपका मूल्य तय नहीं करती हैं।

एक और मुख्य लाभ यह है कि उच्च आत्म-गौरव की बदौलत आपका व्यक्तित्व सकारात्मक, लोकप्रिय और पसंद करने योग्य हो जाता है। आप ख़ुद को जितना ज़्यादा पसंद करते हैं, आप उतने ही ज़्यादा सकारात्मक और आशावादी होते हैं, उतने ही ज़्यादा ख़ुशनुमा होते हैं, आपमें उतनी ही ज़्यादा ऊर्जा होती है और उतने ही ज़्यादा लोग आपको पसंद करते हैं तथा सामाजिक व व्यावसायिक रूप से आपके आस-पास रहना चाहते हैं।

सात मानसिक नियम

1. कारण और परिणाम का नियम
2. नियंत्रण का नियम
3. विश्वास का नियम
4. अपेक्षा का नियम
5. आकर्षण का नियम
6. अनुरूपता का नियम
7. अतिचेतन गतिविधि का नियम

सात मानसिक नियम

सात मानसिक नियम आपके जीवन और आपकी क्षमता को तय करते हैं। जैसा मैंने पहले ज़िक्र किया है, पहला नियम है *कारण और परिणाम का नियम।* यह बताता है कि हर चीज़ किसी कारण से होती है। हम संयोग नहीं, बल्कि नियम से शासित सृष्टि में रहते हैं। सफलता संयोग नहीं है; ना ही असफलता है।

कारण और परिणाम का नियम कहता है कि अगर आप वही करते हैं, जो सफल लोग करते हैं, तो आपको भी अंतत: वही सफलता मिलेगी, जो उन्हें मिली है। इससे अलग कुछ हो ही नहीं सकता। संसार ऐसे लोगों से भरा है, जो वही काम कर रहे हैं, जो असफल लोग करते हैं और फिर वे हैरान होते हैं कि उन्हें वे परिणाम क्यों मिल रहे हैं, जो असफल लोगों को मिलते हैं। अगर आप सफल बनना चाहते हैं, तो पता लगाएँ कि सफल लोग क्या करते हैं और उसे बार-बार, हमेशा करें, जब तक कि आप वही परिणाम हासिल ना कर लें।

एक बार फिर, कारण और परिणाम के नियम का सबसे महत्त्वपूर्ण उपयोग यह है कि विचार कारण हैं और परिस्थितियाँ परिणाम हैं। विचार सृजनात्मक होता है; यह आपके जीवन का सृजन करता है। आपके विचार आपके जीवन की परिस्थितियों का सृजन या निर्माण करते हैं। अगर आप अपने बाहरी जीवन में नई परिस्थितियाँ उत्पन्न करना चाहते हैं, तो आपको अंदर नई सोच उत्पन्न करनी होगी।

दूसरा नियम है *नियंत्रण का नियम।* यह कहता है कि आप अपने बारे में उतने ही सकारात्मक महसूस करते हैं, जितना आप यह महसूस करते हैं कि आप अपने जीवन के नियंत्रण में हैं।

आपके नियंत्रण का केंद्र या तो आंतरिक होता है या फिर यह बाहरी होता है। आंतरिक केंद्र का मतलब है कि आप महसूस करते हैं कि आप नियंत्रण में हैं, आप अपने ख़ुद के निर्णय लेते हैं – आप ड्राइवर की सीट पर बैठे हैं और आप ही तय करते हैं कि आपके साथ क्या होता है। बाहरी नियंत्रण का केंद्र इस भावना से आता है कि आपके पास कोई नियंत्रण नहीं है। आप निष्क्रिय हैं, आप शिकार हैं, दूसरों की इच्छाएँ या बातें आपको नियंत्रित करती हैं, या फिर आप अपने अतीत के अनुभवों, ख़र्चों या वर्तमान स्थिति से नियंत्रित हो रहे हैं।

बाहरी लोग और परिस्थितियाँ आपको नियंत्रित कर रहे हैं, यह महसूस करने से तनाव होता है। आप अपने जीवन के नियंत्रण में हैं, यह महसूस करने से ख़ुशी होती है और आपका प्रदर्शन बेहतर होता है।

जब आप नियंत्रण के नियम के अनुसार जीते हैं, तो आप अपने साथ होने वाली हर चीज़ पर पूरा नियंत्रण ले लेते हैं, जिससे हम एक रोचक निष्कर्ष पर आते हैं : संसार में सिर्फ़ एक ही चीज़ है, जिस पर आपका पूरा नियंत्रण है और वह है आपकी सोच। सौभाग्य से प्रकृति ने आपको इस तरह बनाया है कि अगर आप अपनी सोच पर पूरा नियंत्रण ले लें, तो आप हर दूसरी चीज़ पर भी पूरा नियंत्रण हासिल कर लेते हैं।

आपकी क्षमता या संभावना को तय करने वाला तीसरा नियम है *विश्वास का नियम।* यह सारे धर्मों, दर्शनों और रहस्यवाद की बुनियाद है। यह कहता है कि आपके प्रबल विश्वास आपकी वास्तविकता बन जाते हैं। विश्वास का नियम कहता है कि आप जो विश्वास करते हैं, आप हमेशा उसके सामंजस्य में ही काम करते हैं। आपके विश्वास आपके कामों को तय करते हैं और आपके काम आपके परिणामों को तय करते हैं।

सबसे बुरे विश्वास ख़ुद को सीमित करने वाले विश्वास हैं, जो सच्चाई पर आधारित नहीं हैं। वे झूठे बुनियादी आधारवाक्य हैं, जिन्हें आपने अपने और अपनी क्षमता के बारे में स्वीकार कर लिया है। क्या आपने कभी सोचा है कि आप किसी चीज़ में ख़ास अच्छे नहीं थे, लेकिन फिर जब आपने उसे किया, तो आपको पता लगा कि उस क्षेत्र में आपके पास नैसर्गिक योग्यता है? इससे पहले आप एक झूठे विश्वास को थामे हुए थे।

कई लोगों के झूठे विश्वास जीवन भर क़ायम रहते हैं। एक मल्टीमिलियनेअर ने कहा कि जब वह बड़ा हो रहा था, तो उसके पिता बार-बार कहते थे, ''हमारे परिवार के लोग कामकाजी लोग हैं। हमारे परिवार के लोग कभी वित्तीय सफलता हासिल नहीं करते। हम जीवन भर रोज़ी-रोटी के लिए काम करते हैं। हम हमेशा मेहनत-मज़दूरी करने वाले कर्मचारी रहे हैं।''

बड़े होते समय इस आदमी ने इन विश्वासों को स्वीकार कर लिया। उसने ज़्यादा कोशिश किए बिना हाई स्कूल की पढ़ाई छोड़ दी। उसे जो पहला काम मिला, वह मज़दूरी का था। हाई स्कूल से निकलने के दो-तीन साल बाद एक दिन वह हाईवे पर एक नाली खोद रहा था। उसके पास से गाड़ियाँ बहुत धीरे-धीरे निकल रही थीं। उसने अचानक एक व्यक्ति को देखा, जिसके साथ वह हाई स्कूल गया था। वह व्यक्ति बहुत स्मार्ट नहीं था और उसे बहुत अच्छे ग्रेड भी नहीं मिले थे, लेकिन वह एक नई कार चला रहा था।

उस आदमी ने फावड़ा हाथ में लेकर अपने पुराने सहपाठी से बात की : ''हाय बिल। कैसे हो?''

''हाय सैम। क्या चल रहा है?''

''तुम आजकल क्या कर रहे हो?''

''ओह, मेरी नौकरी लग गई और सब कुछ अच्छा है। मुझे एक नई कार मिल गई है। दो महीने में मैं नया घर ख़रीदने वाला हूँ।''

उस आदमी ने अपने पुराने सहपाठी की तरफ़ देखा और उसे ऐसा महसूस हुआ, जैसे उसके चेहरे पर दरवाज़ा धड़ाम से आकर पड़ा हो। उसे अहसास हुआ कि उसने अपने पिता के झूठे विश्वासों को ख़ामख़्वाह सच मान लिया था। उसने अपने पिता के विश्वासों और आधारवाक्यों को सच मानकर ग्रहण कर लिया था। यहाँ यह बंदा बेहतरीन जीवन जी रहा था और दूसरी तरफ़ वह ख़ुद धूप में नाली खोद रहा था। उसने फावड़ा नाली में फेंक दिया, उठकर खड़ा हुआ और बोला, ''अब मैं वह करने जा रहा हूँ, जो तुम करते हो।'' कुछ साल बाद वह मल्टीमिलियनेअर बन गया। उसके जीवन का निर्णायक बिंदु तब आया, जब उसने ख़ुद को रोककर रखने वाले नकारात्मक, ख़ुद को सीमित करने वाले विश्वासों को चुनौती दी।

चौथा है *अपेक्षा का नियम।* यह कहता है कि आप विश्वास से जिसकी भी अपेक्षा करते हैं, वह स्वयं पूरी होने वाली भविष्यवाणी बन जाती है। पुस्तकालयों में ऐसी पुस्तकें भरी हैं, जिनमें अपेक्षा सिद्धांत बताया गया है। बुनियादी तौर पर वे कहती हैं कि पूरा शेयर बाज़ार अपेक्षाओं के हिसाब से घटता-बढ़ता है। हम जिन लोगों से शादी करते हैं, जो नौकरी करते हैं, जो लक्ष्य तय करते हैं और प्रयास के जो क्षेत्र चुनते हैं, वे भी निश्चित अपेक्षाओं पर आधारित होते हैं। कम उपलब्धि और असफलता के मामले में नकारात्मक अपेक्षाएँ होती हैं; सफलता और उपलब्धि के मामले में सकारात्मक अपेक्षाएँ रहती हैं।

आपको जीवन में वह नहीं मिलता, जिसकी आप इच्छा करते हैं। आपको तो वह मिलता है, जिसकी आप अपेक्षा करते हैं। नियम यह है कि हमेशा हर स्थिति

में सर्वश्रेष्ठ की अपेक्षा करें। जिस भी व्यक्ति से मिलें, हर एक से सर्वश्रेष्ठ की अपेक्षा करें, लेकिन सबसे बढ़कर स्वयं से सर्वश्रेष्ठ की अपेक्षा करें।

पाँचवाँ नियम है *आकर्षण का नियम,* जो कहता है कि आप एक जीवित चुंबक हैं। आप हमेशा अपने जीवन में उन लोगों और परिस्थितियों को आकर्षित करते हैं, जो आपके प्रबल विचारों के सामंजस्य में होते हैं।

हाल में आकर्षण के नियम के बारे में बहुत कुछ लिखा और कहा गया है। यह आपके जीवन को तय करने वाले तीस से ज़्यादा नियमों में से एक है। यह बहुत सहायक है, लेकिन यह एकमात्र नियम नहीं है, ना ही यह सबसे महत्त्वपूर्ण नियम है। बुनियादी तौर पर यह कहता है कि अगर आप प्रबल भाव और पूरी स्पष्टता से किसी चीज़ के बारे में सोचें, इस पर अपने दिमाग़ को केंद्रित रखें और हर दिन इसकी दिशा में काम करें, तो आप अपने जीवन में ऐसे लोगों और परिस्थितियों को आकर्षित करने लगते हैं, जो ज़्यादा तेज़ी से आगे बढ़ने में आपकी मदद करते हैं।

छठा नियम है *अनुरूपता का नियम।* मैंने पिछले तीस सालों में जो भी पढ़ा है, वह इसी नियम की व्याख्या है। यह कहता है कि आपके बाहरी संसार में आपके आंतरिक संसार जैसा बनने की प्रवृत्ति होती है, लगभग दर्पण की तरह। आप जहाँ भी देखते हैं, वहाँ आप ही आप होते हैं। आपका काम ऐसा आंतरिक संसार बनाना है, जो उस बाहरी संसार के अनुरूप हो, जिसका आप आनंद लेना चाहते हैं।

महान रहस्यवादी एम्मेट फ़ॉक्स ने कुछ साल पहले एक छोटा पैंफ़लेट लिखा था, द *मेंटल इक्विवैलेंट।* यह कहता है कि जीवन में आपका बुनियादी काम उस बाहरी संसार का मानसिक समतुल्य बनाना है, जिसका आप आनंद लेना चाहते हैं। उस मानसिक समतुल्य को बनाने के बाद प्रकृति और सृष्टि की सारी शक्तियाँ आपकी मदद के लिए आ जाएँगी, लेकिन आपके मन में एक स्पष्ट तसवीर होनी चाहिए कि आप बाहरी जीवन में क्या चाहते हैं। इसके बाद हर चीज़ अपने आप होने लगेगी।

बाइबल कहती है कि आपकी आस्था के अनुरूप आपको मिलेगा। एक कहावत है, जैसा भीतर, वैसा बाहर। जब आप इस बारे में स्पष्ट होते हैं कि आप क्या चाहते हैं, तो आपका बाहरी संसार तीन क्षेत्रों में इसका प्रतिबिंब दिखाने लगता है। सबसे पहले तो आपके संबंधों में। आप अपने बारे में जैसा सोचते और महसूस करते हैं, वह बाहर प्रक्षेपित होता है और तय करता है कि आप किन लोगों के साथ रहते हैं और किनके प्रति आकर्षित होते हैं। आपका आंतरिक संसार आपकी जीवनशैली, आपके जीवन की परिस्थितियों और आपकी आमदनी में भी प्रतिबिंबित होगा। आपकी आंतरिक तसवीर आपकी कमाई धनराशि को तय करती है। जाहिर है, सोचने और काम करने का आपका आंतरिक संसार आपके स्वास्थ्य और फ़िटनेस को भी तय करता है। शुरुआती बिंदु है ड्रॉइंग बोर्ड की तरफ़ लौटना

और उस मानसिक समतुल्य पर काम शुरू करना, जो आपके चारों तरफ़ के संसार को बना रहा है।

अंतिम नियम मेरा प्रिय नियम है : *अतिचेतन गतिविधि का नियम।* कोई विचार, योजना या लक्ष्य जिसे आप अपने चेतन मन में लगातार रखते हैं, उसे आपका अतिचेतन मन वास्तविकता में बदल देता है। दूसरे शब्दों में, सृष्टि की इस महान शक्ति के कारण आपको कोई भी चीज़ मिल सकती है, जिसे आप लगातार अपने दिमाग़ में रख सकें।

यहाँ अतिचेतन मन की कुछ विशेषताएँ बताई जा रही हैं, जिनकी वजह से यह इतना शक्तिशाली है : सबसे पहले, एक बार जब आप अपने अतिचेतन मन को कोई लक्ष्य दे देते हैं, तो यह दिन में चौबीस घंटे उस पर लगातार काम करता है। दूसरे, आपका अतिचेतन मन आपके लक्ष्य की राह में आने वाली हर समस्या को सुलझा देता है, बशर्ते आपका लक्ष्य स्पष्ट हो। जब आपके सामने कोई बाधा या मुश्किल या चुनौती आती है, तो कोई न कोई द्वार खुल जाता है। आपको कोई जानकारी मिलती है; आपके मन में किसी विचार या ज्ञान की कौंध आती है; आपके अंदर एक सहज बोध या गट फ़ीलिंग आती है; जब आप अपने लक्ष्य की दिशा में बढ़ते हैं, तो हर समस्या व्यवस्थित रूप से सुलझ जाती है।

तीसरे, आपका अतिचेतन मन आपको सटीकता से सही समय पर वही जवाब देता है, जिसकी आपको ज़रूरत होती है। मुझे ऐसे अनुभव हुए हैं, जब मैं बहुत भारी पशोपेश में किसी बहुत गंभीर बैठक में जा रहा था। जब मैंने दरवाज़े की चौखट लाँघी, तो मुझे आदर्श जवाब मिल गया। मैंने इसे कह दिया और पूरी स्थिति सुलझ गई।

अतिचेतन मन आपके पास ऐसे जवाब ले आएगा, जिनकी आपको ज़रूरत है, लेकिन नियम यह है : अतिचेतन का जवाब समयबद्ध होता है। आपको इस पर तुरंत काम करना होता है। अगर आप कार चला रहे हैं और आपके मन में किसी को फ़ोन करने का सहज बोध हो, तो आपको तुरंत कार बग़ल में रोक देना चाहिए और तुरंत फ़ोन करना चाहिए। अगर आप किसी पुस्तक को देख रहे हैं और आप महसूस करते हैं कि आपको इसे ख़रीदना चाहिए, तो इसे ख़रीद लें। अगर आप किसी पत्रिका को देख रहे हैं और आपको महसूस होता है कि आपको कोई लेख पढ़ना चाहिए, तो उसे पढ़ लें। अगर आप किसी व्यक्ति को देखते हैं, जिसके बारे में आपको महसूस होता है कि आपको अपना परिचय देना चाहिए, तो दे दें – क्योंकि अक्सर यह आपके जीवन का निर्णायक बिंदु होता है।

चौथी बात, आपके अतिचेतन मन को काम करने के लिए स्पष्ट लक्ष्यों की ज़रूरत होती है; लिखे हुए लक्ष्य बेहतर होते हैं। वास्तव में, आप दरअसल किसी

चीज़ को तब तक नहीं जानते या समझते हैं, जब तक कि आप इसे स्पष्टता से ना लिख लें।

अगर आप दिमाग़ और हाथ के बीच संबंध बनाते हुए किसी विचार को लिखते नहीं हैं, तो शायद आप इसे पूरी तरह नहीं समझ पाते हैं। आपका अतिचेतन मन आपके लक्ष्य पर तब तक काम नहीं कर सकता, जब तक कि आप इसे पूरी स्पष्टता से नहीं लिख लें।

आपका लक्ष्य इतना स्पष्ट होना चाहिए कि कोई बच्चा इसे पढ़कर किसी दूसरे बच्चे को समझा सके। यह इतना स्पष्ट होना चाहिए कि कोई बच्चा भी इसे पढ़कर आपको बता सके कि क्या आपने इसे हासिल कर लिया है या आप इसे हासिल करने के कितने क़रीब हैं। अगर आपका लक्ष्य इतनी स्पष्टता से नहीं लिखा गया है कि कोई बच्चा इसे समझ सके, तो इसे दोबारा लिख लें। आपका लक्ष्य जितना ज़्यादा स्पष्ट होता है और यह जितनी ज़्यादा स्पष्टता से लिखा जाता है, आपकी सारी मानसिक शक्तियाँ उतनी ही तेज़ी से इसे आपके जीवन में साकार करने के लिए काम करती हैं।

पाँचवीं बात, आपका अतिचेतन आपके चेतन मन द्वारा आपके अवचेतन मन को दिए गए सकारात्मक आदेशों और मानसिक चित्रण से सक्रिय होता है, ख़ास तौर पर इन शब्दों से, *मैं ख़ुद को पसंद करता हूँ।* जब भी आप अपने लक्ष्य के बारे में सोचते हैं और कहते हैं, *मैं ख़ुद को पसंद करता हूँ, मैं ख़ुद को पसंद करता हूँ,* तो इससे आपकी मानसिक शक्तियाँ सक्रिय हो जाती हैं।

छठी बात, आपका अतिचेतन मन शांत, आत्मविश्वास से भरी अपेक्षा के मानसिक नज़रिये के साथ सबसे अच्छी तरह काम करता है। आप शायद ऐसे लोगों को जानते होंगे, जो चीज़ों के ग़लत होने पर कहते हैं, ''ओह, चिंता ना करें, कोई न कोई चीज़ हो जाएगी। हर चीज़ बिलकुल सही हो जाएगी, सब कुछ ठीक होगा।'' आश्चर्य, आश्चर्य – इन लोगों के लिए कोई न कोई चीज़ हमेशा हो जाती है; सब कुछ हमेशा ठीक हो जाता है। आप जितने शांत और आत्मविश्वासी होते हैं कि हर चीज़ ठीक हो जाएगी, आपका लक्ष्य उतनी ही तेज़ी से आपके जीवन में प्रकट होगा।

अंत में, सातवीं बात : आपका अतिचेतन मन लक्ष्य हासिल करने के लिए विचार और ऊर्जा लगातार प्रदान करता है। जब आप किसी ऐसी चीज़ के लिए काम कर रहे हों, जो आपके लिए सचमुच महत्त्वपूर्ण है, तो आपमें ऊर्जा और विचारों का सतत प्रवाह नज़र आता है। कई बार तो आप थके बिना लंबे घंटे काम कर सकते हैं। जब आप किसी चीज़ के बारे में सचमुच रोमांचित होते हैं, तो आप सप्ताह के सातों दिन उस पर सोलह घंटे काम कर सकते हैं और आपको सोने की

ज़रूरत नहीं होती, क्योंकि आपका अतिचेतन मन मुक्त ऊर्जा का स्रोत है। इस ऊर्जा को आप सृष्टि से अपनी ओर आकर्षित करते हैं, जो आपको अपने लक्ष्य की ओर संचालित करती है। यह आपको सभी तरह के विचार और जानकारी भी प्रदान करती है, जिसकी बदौलत लक्ष्य साकार होता है।

लक्ष्य केंद्रित होना आपकी क्षमता का ताला खोलने की कुंजी है, जिससे ये सारे मानसिक नियम आपके पक्ष में काम करने लगते हैं और आपको आपकी मनचाही चीज़ की ओर आगे बढ़ाते हैं। आपको इन नियमों के बारे में सोचना नहीं पड़ता, क्योंकि जब आपके पास एक स्पष्ट लक्ष्य होता है, तो कारण और परिणाम का नियम काम करने लगता है। कारण आपके लक्ष्य के बारे में आपके विचार हैं और परिणाम उनकी ओर आगे बढ़ना है। फिर नियंत्रण का नियम काम करने लगता है। आप अपनी सोच को कैसे नियंत्रित करते हैं? आप अपने लक्ष्यों के बारे में सोचते हैं। एक बार जब आप विश्वास करते हैं कि आप जो भी कर रहे हैं, हर चीज़ आपको अपने लक्ष्यों की ओर ले जा रही है, तो फिर विश्वास का नियम काम करने लगता है। अपेक्षाओं का नियम तब शुरू होता है, जब आप यह अपेक्षा करते हैं कि हर चीज़ लक्ष्य हासिल करने में आपकी मदद करेगी। आकर्षण का नियम ऐसे लोगों, परिस्थितियों और विचारों को लगातार आकर्षित करने में आपकी मदद करता है, जो लक्ष्य हासिल करने के लिए आवश्यक होते हैं। फिर अनुरूपता का नियम आता है, जिसमें आपका बाहरी संसार आपके लक्ष्यों के अनुरूप बनता है। और ज़ाहिर है, अतिचेतन गतिविधि का नियम भी सक्रिय हो जाता है, जो दिन में चौबीस घंटे काम करके आपको अपने लक्ष्यों की ओर ज़्यादा तेज़ी से आगे बढ़ाता है और उन्हें आपकी ओर खींचता है।

- लक्ष्य विचार और ऊर्जा मुक्त करते हैं तथा आपकी संभावना या क्षमता का ताला खोलते हैं।
- लक्ष्य आपकी आत्म-अवधारणा को बेहतर बनाते हैं, आपके आत्म-गौरव को बढ़ाते हैं और उनकी वजह से आप ख़ुद को ज़्यादा पसंद करते हैं।
- लक्ष्य आपके आत्मविश्वास को बढ़ाते हैं और आपको लक्ष्य का पीछा करने में अबाध बनाते हैं।

मैं अध्याय 5 में लक्ष्य तय करने और हासिल करने के बारे में ज़्यादा विस्तार से बात करूँगा।

1,000 प्रतिशत का फ़ॉर्मूला

मैं आपको बताना चाहता हूँ कि आप अपनी उत्पादकता, अपने प्रदर्शन और आमदनी को 1,000 प्रतिशत कैसे बढ़ा सकते हैं - आने वाले वर्षों में इसे दस गुना कैसे कर सकते हैं। मैं इसे *1,000 प्रतिशत का फ़ॉर्मूला* कहता हूँ। यह क्रमशः बेहतरी के नियम पर आधारित है, जो कहता है कि लोग धीरे-धीरे बेहतर होते हैं। कोई भी औसत या दोयम से तुरंत असाधारण उत्कृष्ट नहीं बनता। याद रहे, अपने क्षेत्र में उत्कृष्ट बनने, महारत हासिल करने और शीर्ष 10 प्रतिशत में पहुँचने के लिए पाँच से सात साल का समय लगता है। चूँकि इसमें लंबा समय लगता है, इसलिए बेहतर है कि आप यह काम अभी शुरू कर दें।

1,000 प्रतिशत का फ़ॉर्मूला संचय के नियम पर भी आधारित है। संचय का नियम कहता है कि सफलता सैकड़ों-हज़ारों छोटे-छोटे प्रयासों व त्यागों का परिणाम है, जिन्हें कोई कभी नहीं देखता या महत्त्वपूर्ण नहीं मानता।

हेनरी वैड्सवर्थ लॉन्गफ़ेलो ने एक अच्छी पंक्ति लिखी है : ''महान स्त्री-पुरुष जिन ऊँचाइयों पर पहुँचे और बने रहे, वे अचानक उड़ान से हासिल नहीं की गई थीं, बल्कि जब उनके साथी सो रहे थे, तब वे रात को मेहनत करके ऊपर चढ़ रहे थे।'' जब ज़्यादातर लोग टेलीविज़न देख रहे हैं, सामाजिक मेलमिलाप कर रहे हैं और मज़े कर रहे हैं, तब भविष्य में महान बनने वाले लोग काम करने और अपने ज्ञान का विस्तार करने में जुटे रहते हैं। वे एक बार में थोड़े-थोड़े बेहतर बन रहे हैं। सफलता की कुंजी आसान है : हर दिन थोड़े बेहतर बनना - लगातार और अंतहीन सुधार करते रहना।

यहाँ प्रश्न यह है : क्या आप अपनी उत्पादकता, प्रदर्शन और आउटपुट को एक दिन में 0.1 प्रतिशत बढ़ा सकते हैं? क्या आप थोड़ा जल्दी शुरू कर सकते हैं, थोड़ी ज़्यादा मेहनत से काम कर सकते हैं, थोड़ी ज़्यादा देर तक रुक सकते हैं, ज़्यादा ऊँची प्राथमिकताओं पर ध्यान केंद्रित कर सकते हैं और एक दिन में 1/1000 ज़्यादा उत्पादक बन सकते हैं?

मैं अपने श्रोताओं से यह प्रश्न पूछता हूँ और हर व्यक्ति कहता है, ''बिलकुल। आप यह काम तीस सेकेंड में कर सकते हैं।'' मैं कहता हूँ, ''अच्छी बात है। तो पहले दिन यह करने के बाद क्या आप इसे दूसरे दिन भी कर सकते हैं?'' वे कहते हैं हाँ। तीसरे, चौथे, पाँचवें दिन के बारे में क्या विचार है? वे कहते हैं हाँ, तो इसका मतलब है कि आप इसे एक पूरे सप्ताह तक कर सकते हैं। देखिए, 0.1 प्रतिशत को पाँच दिनों तक करने का मतलब है 0.5 प्रतिशत। क्या आप अगले सप्ताह 0.5 प्रतिशत ज़्यादा उत्पादक बन सकते हैं, अगर आप सचमुच चाहें? लोग कहते हैं, ''ज़ाहिर है।'' पहले सप्ताह यह करने के बाद क्या आप इसे दूसरे सप्ताह

भी कर सकते हैं? लोग कहते हैं हाँ। तीसरे और चौथे सप्ताह के बारे में क्या विचार है? वे कहते हैं हाँ।

यहाँ कोई रोचक चीज़ होने लगती है : इसे *गति का सिद्धांत* कहा जाता है। आप इसकी लय में आ जाते हैं। यह सुबह उठकर व्यायाम करने जैसा है : यह आसान होता जाता है। जब आप इसे पहले सप्ताह कर लेते हैं, तो क्या आप इसे दूसरे, तीसरे, चौथे सप्ताह तक भी कर सकते हैं? यानी एक महीने में यह 2 प्रतिशत हो जाता है।

क्या आप दूसरे, तीसरे और चौथे महीने में भी ख़ुद को बेहतर बना सकते हैं? लोग कहते हैं हाँ। इसका मतलब है कि आप इसे एक पूरे साल कर सकते हैं। देखिए एक साल में 52 सप्ताह होते हैं, यानी 4 सप्ताह के 13 महीने। हर महीने 2 प्रतिशत बेहतर अगर आप 13 महीनों तक करते हैं, तो इसका मतलब है कि आप एक साल में 26 प्रतिशत बेहतर बन जाते हैं।

क्या ख़ुद पर काम करके, अपने समय का बेहतर प्रबंधन करके और उच्च मूल्य के कामों पर ध्यान केंद्रित करके एक साल में 26 प्रतिशत ज़्यादा उत्पादक बनना आपके लिए संभव है? ज़ाहिर है, इसका जवाब है, हाँ। अगर आप सचमुच चाहें, तो आप एक महीने में दोगुने ज़्यादा उत्पादक बन सकते हैं, इसलिए एक साल में 26 प्रतिशत बेहतर बनना तार्किक है। इसे पहले साल करने के बाद क्या आप इसे दूसरे साल भी कर सकते हैं? ज़ाहिर है। तीसरे और चौथे साल? हाँ।

अगर आप अपनी उत्पादकता, प्रदर्शन और आउटपुट को हर साल 26 प्रतिशत बढ़ाते हैं, तो आपकी आमदनी भी इतनी ही बढ़ जाएगी। फलस्वरूप आप 2.7 वर्षों में अपनी उत्पादकता, प्रदर्शन और आमदनी को दोगुना कर लेंगे। 10 वर्ष तक चक्रवृद्धि करने पर इससे आपकी उत्पादकता, प्रदर्शन, आउटपुट और आमदनी 1,004 प्रतिशत बढ़ जाएगी।

यह सबसे उल्लेखनीय चीज़ है : हर दिन 0.1 प्रतिशत बेहतर बनकर, 5 दिनों में 0.5 प्रतिशत बेहतर बनकर, हर महीने 2 प्रतिशत बेहतर बनकर, हर साल 26 प्रतिशत बेहतर बनकर आप एक दशक में 10 गुना बेहतर बन जाएँगे और आपकी आमदनी भी उतनी ही बढ़ जाएगी।

मैं हाल में सिएटल में एक सेमिनार में था और क्रिस नामक युवा मित्र मेरे पास आया। वह बोला, ''सात साल पहले मैं आपके सेमिनार में गया था। मैंने आपके 1,000 प्रतिशत के फ़ॉर्मूले का हर दिन अभ्यास किया है और यह काम नहीं करता।'' मैंने कहा, ''आपका क्या मतलब है?'' उसने कहा, ''देखिए, मैं हर दिन उठा हूँ, मैंने हर दिन सात चीज़ें की हैं, जिनकी आपने सलाह दी है और आपका फ़ॉर्मूला काम नहीं करता। दस सालों में मेरी आमदनी दस गुना नहीं बढ़ी।''

"सचमुच?"

फिर वह मुस्कराया और बोला, "मेरी आमदनी सात सालों में ही दस गुना बढ़ गई। जब मैं आपसे पहली बार मिला था, तब मेरी जितनी आमदनी थी, इस साल यह उससे दस गुना थी। यह वह सबसे उल्लेखनीय चीज़ है, जो मैंने कभी सुनी है। इसने मेरी ज़िंदगी बदल दी। इसकी बदौलत मेरा परिवार वैभवशाली जीवन जी रहा है, सुंदर घर में रहता है और मेरे बच्चे निजी स्कूलों में पढ़ रहे हैं। यह सचमुच आश्चर्यजनक है।"

यहाँ 1,000 प्रतिशत के फ़ॉर्मूले के सात घटक हैं।

1. हर सुबह ऑफ़िस जाने या अपॉइंटमेंट के समय से दो घंटे पहले उठें और आधे घंटे से एक घंटे तक कोई ऐसी चीज़ पढ़ें, जो शैक्षणिक, प्रेरक या उत्साहवर्धक हो। सबसे अच्छी बात, इस बारे में पढ़ें कि अपने वर्तमान काम में बेहतर कैसे बनें। जैसा मैं पहले ही बता चुका हूँ, एक दिन में आधे से एक घंटे तक पढ़ने का मतलब है कि आप एक सप्ताह में एक पुस्तक पढ़ लेते हैं। एक पुस्तक हर सप्ताह का मतलब है एक साल में पचास पुस्तकें। एक साल में पचास पुस्तकों का मतलब है दस साल में पाँच सौ पुस्तकें। (अगर आप ऐसा करते हैं, तो आपको पुस्तकें रखने के लिए ही एक बड़े घर की ज़रूरत पड़ेगी।) अब अगर आप अपने क्षेत्र में हर दिन एक घंटे ही पढ़ें, तो सिर्फ़ इसी से आपकी आमदनी अगले दस सालों में 1,000 प्रतिशत बढ़ जाएगी यानी दस गुना हो जाएगी।

2. हर सुबह शुरू करने से पहले अपने मुख्य लक्ष्यों को दोबारा लिखें और उनकी समीक्षा करें। मेरा सुझाव है कि आप एक स्पाइरल नोटबुक ख़रीद लें। पेज पर सबसे ऊपर आज की तारीख़ लिखें और हर दिन अपने दस लक्ष्य लिखें। यह आपके अवचेतन मन में इन लक्ष्यों की दोबारा प्रोग्रामिंग कर देता है, आपकी अतिचेतन शक्तियों को सक्रिय कर देता है और आपके दिन को पूरी स्पष्टता से शुरू करता है कि आप क्या हासिल करने की कोशिश कर रहे हैं।

    अगर आप हर सुबह अपने बड़े लक्ष्य दोबारा लिखते हैं और समीक्षा करते हैं, तो सिर्फ़ इसी से आपकी आमदनी अगले दस वर्षों में दस गुना हो जाएगी।

3. हर दिन की योजना पहले से बना लें। एक रात पहले सूची बना लें। एक बार फिर, अगर आप हर दिन की सटीक योजना पहले से बना लेते हैं, तो इससे आपकी उत्पादकता, प्रदर्शन और आउटपुट 25 प्रतिशत तक

बढ़ जाएगा। जब आप इसे पहले दिन करते हैं, तो यह पहले ही दिन आपकी उत्पादकता में एक साल की वृद्धि प्रदान कर देगा। अगर आप इसे हर दिन करते हैं, तो इससे आपकी आमदनी दस सालों में दस गुना बढ़ जाएगी।

4. अपने कामों की प्राथमिकता तय करें और दिन भर अपने समय के सबसे मूल्यवान उपयोग पर ध्यान केंद्रित करें। यह सफलता के सभी सिद्धांतों में सबसे बड़ा सिद्धांत है : उस सबसे महत्त्वपूर्ण चीज़ को पहचानें, जो आप कर सकते हैं और फिर पूरे दिन सिर्फ़ उसी को करें। इसका आपके जीवन पर इतना ज़्यादा प्रभाव पड़ेगा, जितनी आप कल्पना भी नहीं कर सकते। सिर्फ़ इसी से आपकी आमदनी दस सालों में दस गुना बढ़ जाएगी।

5. अपनी कार में पॉडकास्ट या ऑडियो प्रोग्राम सुनें। मैं संसार में जहाँ भी जाता हूँ, हर जगह मैं ऐसे लोगों से मिलता हूँ, जिन्होंने उन्हें सुनना शुरू किया और फिर उन्हें इसकी लत लग गई। उन्होंने लक्ष्यों, टाइम मैनेजमेंट, संबंधों, बिक्री, व्यवसाय और वित्तीय संग्रह के बारे में प्रोग्राम सुने। वे कहते हैं कि अब वे पूरी तरह बदल चुके हैं, क्योंकि जब आप सुनते हैं, तो उस जानकारी की प्रोग्रामिंग आपके अवचेतन मन में हो जाती है।

    बार-बार लोगों ने मुझे बताया है, ''मैं एक निश्चित स्थिति में था और मैं नहीं जानता था कि क्या करना है। फिर मुझे एक प्रोग्राम के शब्द याद आए, मैंने वे शब्द कहे या मैंने वह किया, जो शब्दों ने करने को कहा था और मुझे अपेक्षा के अनुरूप परिणाम मिले।'' आप कभी नहीं बता सकते कि महान विचार कहाँ से आएँगे, इसलिए आपको बहुत सारे अच्छे विचारों को ग्रहण करना होता है।

    मैं कुछ समय पहले सेंट लुइस में एक युवक से मिला, जिसने कहा था कि वह पढ़ने में तो ज़्यादा अच्छा नहीं है, लेकिन वह एक अच्छा श्रोता है। वह मेरे प्रोग्राम में आया था। वह मेरे सारे छह प्रोग्राम चाहता था, लेकिन उसके पास पैसे नहीं थे। वह दौड़कर घर गया, एक लंच ब्रेक में अपनी माँ से पैसे उधार लिए और उन्हें ख़रीद लिया। जब उसने प्रोग्राम ख़रीदे, तब वह एक पुरानी कार चला रहा था, माता-पिता के घर पर रह रहा था और उसके पास बहुत कम पैसे थे।

    ''चार साल बाद इस साल मैंने 5 लाख डॉलर से ज़्यादा कमाए,'' उसने कहा। ''मेरे पास एकदम नई कार है, मेरे पास सुंदर घर है। मेरी शादी हो चुकी है। मैं सुखी हूँ। मेरे पास ज़िंदगी में कभी इतना ज़्यादा पैसा नहीं रहा। मेरी आमदनी हर साल बढ़ रही है। मैं इस सबका श्रेय उन प्रोग्राम्स

को सुनने को देता हूँ। यह मेरे जीवन पर एकमात्र प्रभाव है, जो मेरे पहले के प्रयासों से अलग था।''

क्या यह काम करता है? हाँ। कई बार लोग मुझसे कहते हैं, ''ठीक है, लेकिन अगर यह काम ना करे, तो?'' लेकिन अगर यह करे, तो? क्या आप इसकी कोशिश किए बिना इसे छोड़ सकते हैं? सिर्फ़ ऑडियो प्रोग्राम्स को सुनने भर से ही आपकी आमदनी अगले दस सालों में दस गुना बढ़ जाएगी।

6. हर अनुभव के बाद दो जादुई प्रश्न पूछें, जो आपकी क्षमता का ताला खोल देंगे, आपको ज़्यादा तेज़ी से ज़्यादा स्मार्ट बनाएँगे और अपने प्रश्नों का जवाब देने में ज़्यादा समर्थ बनाएँगे। इनसे ज़्यादा कारगर प्रश्न दूसरे नहीं हैं।

पहला प्रश्न है, *मैंने क्या सही किया?* अगर आप कोई सेल्स कॉल या प्रस्तुति देते हैं, तो इसके तुरंत बाद प्रश्न पूछें, ''मैंने क्या सही किया?'' मैं एक पैड और कागज़ लेकर बैठता था और हर वह चीज़ लिखता था, जो मैंने सही की, क्योंकि स्पष्ट रूप से मैंने कुछ चीज़ें सही की होंगी, चाहे हालात जो भी रहे हों।

दूसरा प्रश्न है, *अगर मुझे यह दोबारा करना पड़े, तो मैं क्या अलग तरीक़े से करूँगा?* वे सारे तरीक़े लिख लें, जिनसे आप अपने प्रदर्शन को बेहतर बना सकते हैं।

इन दोनों प्रश्नों की एक ख़ास विशेषता पर ग़ौर करें : दोनों के ही जवाब सकारात्मक हैं। कई लोग सोचते हैं कि जब आप कोई ग़लती करते हैं, तो उन्हें तुरंत इसका पोस्टमार्टम करना चाहिए और पूछना चाहिए, ''मैंने कहाँ ग़लती की?'' लेकिन आप जिस पर भी मनन करते हैं, जिसकी भी आप कल्पना करते हैं, बातचीत करते हैं और याद करते हैं, उसकी प्रोग्रामिंग आप अपने अवचेतन मन में दोबारा कर रहे हैं। अगर आप अपनी ग़लतियों को याद करते हैं, तो आप भविष्य में वैसी ही स्थितियों में ज़्यादा ग़लतियाँ करने के लिए अपनी प्रोग्रामिंग कर रहे हैं।

इसके बजाय अगर आप उन सारी चीज़ों को याद करते हैं, जो आपने सही की थीं और जिन्हें आप अगली बाहर बेहतर तरीक़े से कर सकते हैं, तो आप अपने अवचेतन मन में उनकी प्रोग्रामिंग कर लेते हैं और आप अगली बार उन्हें सही करने के लिए सही स्थिति में आ जाते हैं।

ख़ुद से हमेशा ये दो प्रश्न पूछें : मैंने क्या सही किया? मैं कौन-से काम अलग तरीक़े से करूँगा?

7. आप जिससे भी मिलते हैं, हर व्यक्ति को मिलियन डॉलर का ग्राहक समझें और इसकी शुरुआत अपने परिवार के सदस्यों से करें। याद रखें, हर व्यक्ति ख़ुद को संसार का सबसे महत्त्वपूर्ण व्यक्ति मानता है। जब आप उनके साथ ऐसा व्यवहार करके इसे मान्यता देते हैं, मानो उनमें एक मिलियन डॉलर में आपके प्रॉडक्ट या सेवा ख़रीदने की योग्यता हो, तो वे भी आपके साथ उसी गर्मजोशी, स्नेह और सम्मान से पेश आएँगे।

   आप पाएँगे कि हर उद्योग में सबसे ज़्यादा भुगतान पाने वाले लोगों को उनके ग्राहक पसंद करते हैं। क्यों? क्योंकि वे अपने ग्राहकों के साथ ख़ास और महत्त्वपूर्ण लोगों जैसा बरताव करते हैं।

आपकी क्षमता की तीन कुंजियाँ

आपकी क्षमता का ताला खोलने की तीन अंतिम कुंजियाँ ये हैं :

1. सटीकता से निर्णय लें कि आप क्या चाहते हैं। आप उस निशाने पर वार नहीं कर सकते, जिसे आप देख ना सकते हों।
2. प्राथमिकताएँ तय करें और हर दिन अपने सबसे मूल्यवान कामों पर काम करें।
3. संकल्प लें कि आप हार नहीं मानेंगे, जब तक कि आप उन लक्ष्यों को हासिल ना कर लें, जो आपने ख़ुद के लिए तय किए हैं।

ख़ुद को ये अद्भुत शब्द याद दिलाते रहें : *असफलता विकल्प नहीं है।* जैसा महान आविष्कारक थॉमस एडिसन ने कहा था, "जब आप सारी संभावनाओं को ख़त्म कर लेते हैं, तो यह बात याद रखें : आपने उन्हें ख़त्म नहीं किया है।"

3

ख़ुद को शिखर प्रदर्शन के लिए प्रोत्साहित करें

फ़ीनिक्स के कायाकल्प में अब हम दो क़दम आगे बढ़ा चुके हैं। सबसे पहले तो आपने सीखा कि आपमें जो महानतम शक्ति है या किसी में भी जो महानतम शक्ति है, वह मस्तिष्क है। जब आप अपने मस्तिष्क को बदल लेते हैं, तो आप अपनी वास्तविकता को भी बदल लेते हैं। फिर आपने सीखा कि आप इस आश्चर्यजनक शक्ति को कई तरीक़ों से हासिल कर सकते हैं, जैसे अपनी मनचाही चीज़ की तसवीर देखना और इस पर आधारित स्पष्ट, मूर्त लक्ष्य तय करना।

अब आइए शिखर प्रदर्शन पर ध्यान केंद्रित करते हैं – अपने सर्वश्रेष्ठ प्रदर्शन को प्रेरित करना। आम व्यक्ति अपनी आधी क्षमता से भी कम पर काम करता है। फलस्वरूप ख़ुद को प्रेरित करके आप अपने श्रेष्ठ प्रदर्शन को प्रेरित कर सकते हैं और अपने जीवन को बेहतर बना सकते हैं।

प्रोत्साहन काफ़ी हद तक मानसिक स्वास्थ्य जैसा है। शारीरिक स्वास्थ्य के लिए आपको शारीरिक व्यायाम करनी की ज़रूरत होती है। इसी तरह, मानसिक स्वास्थ्य – व्यक्तिगत प्रेरणा – के लिए मानसिक अभ्यास करने की ज़रूरत होती है।

आपमें इसी समय पहले से कहीं ज़्यादा बनने, ज़्यादा करने और ज़्यादा पाने की क्षमता है। चाहे आपने ज़िंदगी में अब तक जो भी हासिल किया हो, यह उसका सिर्फ़ एक छोटा हिस्सा है, जो आपके लिए संभव है।

श्रेष्ठ लोग यह विश्वास करते हैं कि उनका भविष्य अतीत से बेहतर होगा। वे विश्वास करते हैं कि भविष्य उनके जीवन का सबसे बेहतरीन समय होगा। वे

विश्वास करते हैं कि उनके सर्वोच्च आमदनी के दिन उनके आगे हैं और उनकी सर्वश्रेष्ठ उपलब्धियाँ आनी बाक़ी हैं। वे विश्वास करते हैं कि उनके सबसे सुखद और सबसे प्रिय पल अब भी भविष्य में हैं। उनका जीवन के प्रति वैसा ही नज़रिया होता है, जैसा बच्चों का क्रिसमस के प्रति होता है : ''मुझसे इंतज़ार नहीं होता।'' अपेक्षाओं के नियम के कारण उनका जीवन बेहतर और बेहतर होता जाता है।

अपनी कल्पना का इस्तेमाल करें

आम इंसान अपनी सिर्फ़ 10 प्रतिशत या इससे भी कम मानसिक क्षमता का इस्तेमाल करता है। इसका मतलब है कि अगर आप अपनी ज़्यादा विद्यमान योग्यताओं और प्रतिभाओं का ताला खोल लें, तो आप वर्तमान से दो, तीन और पाँच या दस गुना भी हासिल कर सकते हैं।

यह कल्पना करके शुरुआत करें कि आप अपनी आमदनी अगले एक-दो साल में दोगुनी कर सकते हैं : यह कितनी होगी? इसे लक्ष्य के रूप में लिख लें और हर दिन उस संख्या के बारे में सोचते रहें। आपको लगभग तुरंत ही मन में आमदनी दोगुने करने के विचार आने लगेंगे और अवसर दिखाई देने लगेंगे।

यहाँ दूसरा अभ्यास है : अपनी आमदनी को दस गुना बढ़ाने की कल्पना करें। इसके लिए बस अपनी वर्तमान आमदनी में एक शून्य लगा दें। मैंने इतने वर्षों में यह खोजा है। अगर आप कहते हैं, ''मैं आज हर साल 50,000 डॉलर कमा रहा हूँ, इसलिए अगर मैं एक शून्य लगा देता हूँ, तो यह 5,00,000 डॉलर है।'' जिस तरह आपका शरीर किसी नए अंग को अस्वीकार कर देता है, आपका मस्तिष्क भी उस विचार को अस्वीकार कर देगा। यह इसे लात मारकर बाहर कर देगा और कहेगा, ''क़तई नहीं; यह असंभव है,'' क्योंकि आपका मस्तिष्क इतने अविश्वसनीय परिवर्तन को स्वीकार नहीं कर सकता। इसलिए आप इसे दोबारा अंदर धकाते हुए कहते हैं, ''देखो, बस कल्पना कर लो कि मैं 5,00,000 डॉलर कमा सकता हूँ।'' आपका मस्तिष्क इसे एक बार फिर लात मारकर बाहर निकाल देगा, लेकिन बस यह कहते रहें, ''एक्स से 10 एक्स। एक्स मेरी वर्तमान आमदनी है : 50,000 डॉलर। दस एक्स का मतलब है 5,00,000 डॉलर। एक्स से 10 एक्स तक।'' जब आप यह सोचते रहते हैं – ''50 से 500, 50 से 500'' – तो अंतत: आपका मस्तिष्क थक जाएगा और उस विचार को लात मारकर बाहर नहीं धकाएगा। एक निश्चित बिंदु पर यह कहेगा, ''ओह, ठीक है, शायद यह संभव है।''

फिर आपका अतिचेतन मन सक्रिय हो जाता है और कहता है, ''अगर आप यह कर लें, तो शायद इससे थोड़ी मदद मिलेगी।'' फिर बाँध टूटने लगता है और आपके दिमाग़ में हर तरह के विचार आने लगते हैं, जो आपकी आमदनी को

50,000 से बढ़ाकर 55,000, 55,000 से 60,000 और 60,000 से 70,000 डॉलर तक कर देते हैं।

चीज़ें होने लगती हैं, लेकिन वे धीमी होती हैं। यह उम्मीद ना करें कि बिजली चमकेगी और यह काम अचानक हो जाएगा। यह अपेक्षा रखें कि ये परिवर्तन क्रमश: होंगे, जब आप अपने मस्तिष्क को अपनी वर्तमान आमदनी से दो या तीन या दस गुना कमाने के विचार से सहमत करा लेते हैं।

अब यहाँ एक अच्छा सवाल है : क्या ये संख्याएँ संभव हैं? ज़ाहिर है, वे संभव हैं। हज़ारों-लाखों लोग पहले से ही इतनी राशि कमा रहे हैं। उनकी आमदनी शुरुआत में उससे भी कम थी, जितनी आप आज कमा रहे हैं। आप एक बात जानते हैं? कोई भी आपसे ज़्यादा स्मार्ट नहीं है; कोई भी आपसे बेहतर नहीं है। वे तो बस अलग तरीक़े से अलग चीज़ें कर रहे हैं।

मैं हैरान हुआ हूँ। मैं ऐसे सामान्य लोगों से मिला हूँ, जो औसत से बेहतर तरीक़े से काम करके मुझसे पाँच से दस गुना ज़्यादा कमा रहे हैं। मैं बस अपना सिर हिलाता हूँ कि यह कैसे संभव हो सकता है। फिर मैं देखता हूँ कि वे क्या कर रहे हैं : वे एक अलग क्षेत्र में कोई अलग चीज़ कर रहे हैं। वे जो कर रहे हैं, उसके बारे में वे मुझसे ज़्यादा जानते हैं और वे उस एक चीज़ पर ध्यान केंद्रित कर रहे हैं, जिसे वे जानते हैं। मैं ऐसे लोगों से मिला हूँ, जिनका आईक्यू कमरे के तापमान से भी कम होगा, लेकिन वे मुझसे ज़्यादा पैसे कमा रहे हैं। क्यों? ऐसा इसलिए है, क्योंकि वे बहुत सारी चीज़ों में अच्छा बनने की कोशिश नहीं कर रहे हैं। उन्होंने तो बस एक चीज़ में सचमुच अच्छा बनने की कोशिश की और इसे बार-बार किया।

क्या यह संभव है? ज़ाहिर है, यह संभव है। इतिहास में सबसे बड़ी खोज यह है कि आप वही बन जाते हैं, जिसके बारे में आप ज़्यादातर समय सोचते हैं। आत्म-गौरव, आत्मसम्मान और आत्मविश्वास के उच्च स्तरों की कुंजी ज़्यादातर समय अपने बारे में सकारात्मक सोचना है। आप वही बन जाते हैं, जो आप ख़ुद से ज़्यादातर समय कहते हैं : आपकी आत्म-चर्चा यानी आपका आंतरिक संवाद आपकी 95 प्रतिशत भावनाओं को तय करता है।

डिफ़ाल्ट सेटिंग से उबरें

यहाँ एक महत्त्वपूर्ण तथ्य है : अगर आप चेतन रूप से और जान-बूझकर ख़ुद से सकारात्मक तरीक़े से बात नहीं करते हैं, तो आप स्वत: ही नकारात्मक सोच की डिफ़ाल्ट प्रोग्रामिंग पर चले जाते हैं।

क्या आप अपनी चिंताओं और समस्याओं के बारे में सोचते हैं? क्या आप उन लोगों और स्थितियों के बारे में सोचते हैं, जिन पर आपको गुस्सा आता

है? अगर आप सावधान नहीं रहे, तो आप ऑटोमैटिक डिफ़ाल्ट सेटिंग पर पहुँच जाएँगे : घटिया सोच। आपको अपना मन अपनी मनचाही चीज़ और उसे पाने के तरीक़ों पर केंद्रित रखना होगा। लंबी अवधि तक सकारात्मक चीज़ों पर ध्यान केंद्रित रखें। अगर आप ऐसा बार-बार करते हैं, तो आप अंततः एक आदत डाल लेते हैं। आप हमेशा अपने तथा अपने जीवन के बारे में सकारात्मक तथा सृजनात्मक तरीक़े से सोचने की आदत काफ़ी जल्दी डाल लेते हैं।

हर दिन ऐसी चीज़ें कहकर ख़ुद से सकारात्मक तरीक़े से बात करें, जैसे *मैं ख़ुद को पसंद करता हूँ* या *मैं यह कर सकता हूँ* या *मैं सर्वश्रेष्ठ हूँ।* जैसा व्यवसायी और प्रेरक वक्ता डब्ल्यू. क्लीमेंट स्टोन सिखाया करते थे, ये शब्द कहें : *मैं ख़ुश महसूस करता हूँ, मैं स्वस्थ महसूस करता हूँ, मैं ज़बर्दस्त महसूस करता हूँ।*

आपका चेतन मन एक समय में केवल एक ही विचार रख सकता है, इसलिए अगर आप ये शब्द दोहराते रहते हैं, तो वे आश्चर्यजनक रूप से आपकी वास्तविकता बनने लगते हैं। आप एक नए मानसिक समतुल्य से अपनी आंतरिक रिप्रोग्रामिंग कर लेते हैं।

स्व-उत्प्रेरण और आत्मविश्वास की एक महत्त्वपूर्ण कुंजी नकारात्मक विचारों और भावनाओं को रद्द करना है। प्रकृति शून्य से नफ़रत करती है। अगर आप नकारात्मक विचारों और भावनाओं को अपने दिमाग़ से बाहर हटा देते हैं, तो आप एक मानसिक शून्य या निर्वात उत्पन्न कर देते हैं और प्रकृति इसे सकारात्मक विचारों तथा भावनाओं से भर देती है।

जैसा मैं पहले ही बता चुका हूँ, दो मुख्य डर आपको पीछे रोकने वाली भावनाओं को प्रेरित करते हैं। पहला है असफलता का डर। यह वयस्क जीवन में सफलता की राह में सबसे बड़ी अकेली बाधा है। यह नुक़सान का डर है - पैसे का नुक़सान, समय का नुक़सान, प्रेम का नुक़सान - यह ग़रीबी का डर है। हम सभी में यह डर होता है और आम तौर पर इसकी जड़ें हमारे बचपन में होती हैं।

अस्वीकृति का डर दूसरा बड़ा डर है : आलोचना, शर्मिंदगी, उपहास या दूसरों की राय का डर। क्या आप जानते हैं कि 54 प्रतिशत वयस्क सार्वजनिक भाषण देने से इतना डरते हैं, जितना मौत से नहीं डरते? क्या आप जानते हैं कि क्यों? क्योंकि वे शर्मिंदगी से डरते हैं। वे डरते हैं कि अगर वे खड़े होकर बोलेंगे, तो लोग उन पर हँसेंगे। वे खड़े होकर बोलने के बजाय मरना ज़्यादा पसंद करेंगे।

ये डर बहुत बड़े हैं : उनका हमारे जीवन पर बहुत भारी प्रभाव पड़ता है। ये दोनों ही बचपन में सीखे जाते हैं और इसका कारण हमारे एक या दोनों अभिभावकों की विनाशकारी आलोचना होती है। लेकिन चूँकि ये डर सीखे गए हैं, इसलिए उन्हें अनसीखा भी किया जा सकता है। यह आधुनिक मनोविज्ञान का चमत्कार है।

विस्थापन के नियम का इस्तेमाल करके डरों को निकाला जा सकता है। विस्थापन का नियम कहता है कि आपका मस्तिष्क एक समय में सिर्फ़ एक विचार रख सकता है, चाहे वह सकारात्मक हो या नकारात्मक। आप किसी नकारात्मक विचार की जगह पर जान-बूझकर सकारात्मक विचार रख सकते हैं। कई लोगों ने मुझे बताया है कि सिर्फ़ इसी चीज़ ने उनकी ज़िंदगी बदल दी। उन्हें अहसास ही नहीं था कि उनके पास इतना ज़्यादा नियंत्रण था। उन्हें अहसास ही नहीं था कि वे नकारात्मक विचार की जगह पर सकारात्मक विचार रखने का विकल्प चुन सकते थे और ऐसा बार-बार कर सकते थे, जब तक कि सकारात्मक विचार स्थायी रूप से स्थापित ना हो जाए और कंक्रीट की तरह जम ना जाए।

असफलता का डर और अस्वीकृति का डर - इन दोनों को ये शब्द कहकर रद्द किया जा सकता है : *मैं ख़ुद को पसंद करता हूँ।* आप ख़ुद को जितना ज़्यादा पसंद करते हैं, आप असफलता से उतना ही कम डरते हैं; आप ख़ुद को जितना ज़्यादा पसंद करते हैं, आपको दूसरों की अस्वीकृति, आलोचना और टिप्पणियों का उतना ही कम डर होता है।

जैसे-जैसे आपका आत्म-गौरव ऊपर जाता है, आपके डर नीचे आने लगते हैं। आप कुछ शब्द दोहराकर असफलता के डर को ख़ास तौर पर रद्द कर सकते हैं, जैसे बार-बार यह बोलकर, *मैं यह कर सकता हूँ, मैं यह कर सकता हूँ।* देखिए, असफलता के डर का सार इस भावना में है : *मैं नहीं कर सकता, मैं नहीं कर सकता।* मैं नहीं कर सकता ही हमें किसी नई चीज़ की कोशिश करने या जोखिम लेने से रोकता है। जब भी आपको अजनबियों को फ़ोन करने, दरवाज़े खटखटाने, जोखिम लेने का डर सताए, तो ख़ुद से बार-बार कहें, *मैं यह कर सकता हूँ, मैं यह कर सकता हूँ, मैं यह कर सकता हूँ, मैं यह कर सकता हूँ।* जब आप यह कहते हैं, तो आपका आत्मविश्वास ऊपर जाता है और आपके डर नीचे आते हैं।

अब यहाँ एक रोचक खोज है। मनोविज्ञान में इसे *बूमरैंग प्रभाव* कहा जाता है। आप जो भी करते हैं या कहते हैं, जिससे दूसरा व्यक्ति ख़ुद के बारे में बेहतर महसूस करता है, उससे आप भी अपने बारे में बेहतर महसूस करते हैं।

अगर आपके परिवार या सामाजिक दायरे में ऐसे लोग हों, जिन्हें आप सकारात्मक तरीक़े से प्रभावित करना चाहते हों, तो उनसे हमेशा कहें, *तुम यह कर सकते हो, तुम यह कर सकते हो, तुम यह कर सकते हो।* लोगों को प्रोत्साहित करें; उन्हें तमाम कारण ना बताएँ कि यह क्यों कारगर नहीं होगा। जीवन में कई लोग ऐसा ही करते हैं। हमेशा लोगों को यह बताकर प्रोत्साहित करें कि वे यह काम कर सकते हैं। कई बार तो आपके प्रोत्साहन से आप किसी इंसान की पूरी ज़िंदगी बदल सकते हैं - आप यह कर सकते हैं कहकर आप उनमें साहस भर सकते हैं। बाद में वे

आकर आपसे कहेंगे, "देखिए, मुझे सचमुच यक़ीन नहीं था, मैं दरअसल असुरक्षित महसूस कर रहा था, लेकिन जब आपने मुझे बताया कि मैं यह कर सकता हूँ, तो मैंने कहा, 'अच्छा चलो करके देखते हैं,' और इसने मेरी पूरी ज़िंदगी बदल दी।" जब आप दूसरों को प्रोत्साहित करते हैं और उनका साहस बढ़ाते हैं, तो आप भी ख़ुद के बारे में बेहतर और ज़्यादा आत्मविश्वासी महसूस करते हैं।

मानसिक क्रॉस-ट्रेनिंग

आशावाद आत्म-गौरव और स्व-अभिप्रेरण के लिए सबसे महत्त्वपूर्ण गुण है। किसी भी क्षेत्र के शीर्षस्थ 10 प्रतिशत लोग आशावादी होते हैं। वे ख़ुद पर भरोसा करते हैं। जो भी चीज़ होती है - विपत्ति, मुश्किल, चुनौती - उसे वे किसी तरह के अवसर के रूप में देखते हैं।

आशावाद मानसिक फ़िटनेस जैसा है। यह मानसिक स्वास्थ्य और सकारात्मक व्यक्तित्व का पैमाना है। अगर आप शारीरिक दृष्टि से फ़िट रहना चाहते हैं, तो आप जिम जाते हैं और वर्क आउट करते हैं। अगर आप मानसिक दृष्टि से फ़िट बनना चाहते हैं, तो आप मानसिक क्रॉस-ट्रेनिंग करते हैं। यहाँ आशावाद यानी मानसिक क्रॉस-ट्रेनिंग की चार कुंजियाँ बताई जा रही हैं।

1. इस बारे में सोचें और बात करें कि आप क्या चाहते हैं और इसे कैसे पाएँ, क्योंकि आप जिस भी बारे में सोचते और बात करते हैं, उसे आप अपने जीवन में आकर्षित करेंगे।

    आपको बहुत सावधान रहना होगा। कई बार मेरी पत्नी बारबरा और मैं किसी ऐसी चीज़ के बारे में बात करते हैं, जो कामकाज या निवेशों में गड़बड़ हो गई। बारबरा कहेगी, "सुनो, एक मिनट रुको। क्या हम इसे अपने जीवन में ज़्यादा चाहते हैं?" मैं कहता हूँ, "नहीं।" फिर हम इसके बारे में बात करना बंद कर देते हैं।

    इसे *पैटर्न को बाधित करना* कहा जाता है : किसी ऐसी चीज़ के बारे में बात करना, जो आपके दिमाग़ में घुमड़ रही है, फिर *रुको* शब्द कसकर बोलना। यह चेहरे पर थप्पड़ जैसा लगता है और सोचने के पैटर्न को रोक देता है। फिर तुरंत अपने लक्ष्यों के बारे में सोचकर इस विचार को बदल दें।

    वास्तव में ख़ुद को आशावादी रखने का एक बहुत शानदार तरीक़ा अपने लक्ष्यों के बारे में सोचना है। जब भी आपको ट्रैफ़िक में कोई कट मार जाए, तो अपने लक्ष्यों के बारे में सोचें। जब भी आप किसी चीज़ के बारे में चिंतित हों, तो अपने लक्ष्यों के बारे में सोचें। जब भी आपके सामने कोई

समस्या हो, तो अपने लक्ष्यों के बारे में सोचें। जब आप अपनी दिनचर्या से गुज़रते हैं, तो इस बारे में सोचें और बात करें कि आप क्या चाहते हैं और इसे कैसे पाया जाए। ऐसा करने पर आप ज़्यादा सकारात्मक और आशावादी बन जाते हैं।

2. आशावाद की दूसरी कुंजी यह है कि हर स्थिति में अच्छाई खोजें। जब भी कोई चीज़ ग़लत हो – जब भी आपके सामने कोई समस्या हो – तो तुरंत रुककर कहें, "अरे, यह तो अच्छा हुआ;" फिर पता लगाएँ कि क्या अच्छा हुआ है।

   जब आप हर मुश्किल में किसी अच्छी चीज़ की तलाश करेंगे, तो यह आपको हमेशा मिल जाएगी। आप इसे डिमर स्विच की तरह मान सकते हैं। आप अपने डिमर स्विच को हाथों से नियंत्रित करते हैं : आप या तो इसे ऊपर घुमाते हैं या नीचे घुमाते हैं। अगर आप इसे ऊपर घुमाते हैं, तो रोशनी तेज़ हो जाएगी। अगर आप इसे नीचे घुमा देते हैं, तो रोशनी कम हो जाएगी।

   आपके दिमाग़ में भी एक डिमर स्विच होता है। इसे आपके विचार नियंत्रित करते हैं। जब आपका मानसिक डिमर स्विच ऊपर होता है, तो आप सकारात्मक होते हैं, आप सृजनात्मक होते हैं, आप ख़ुश होते हैं, आपमें भारी ऊर्जा होती है और आपमें बेहतरीन हास्यबोध होता है। आप वह सर्वश्रेष्ठ व्यक्ति होते हैं, जो आप संभवत: हो सकते हैं। जब आपका डिमर स्विच धीमा होता है, तो आप नकारात्मक होते हैं, आप नाराज़ होते हैं, आप चिंतित होते हैं, आप डरे हुए होते हैं। आपका काम अपने डिमर स्विच को ज़्यादातर समय पूरा चालू रखना है, लेकिन आप यह कैसे करें? जब भी आप किसी ऐसी चीज़ के बारे में सोचते और बात करते हैं, जिसे आप चाहते हैं या जब भी आप किसी स्थिति में अच्छाई की तलाश करते हैं, तो आपका डिमर स्विच पूरी तरह चालू हो जाता है और आप सकारात्मक तथा सृजनात्मक बन जाते हैं।

3. हर समस्या में मूल्यवान सबक़ खोजें। सफल लोगों को इस बात का अहसास होता है कि हर समस्या, मुश्किल, झटके या बाधा में एक मूल्यवान सबक़ होता है, जो भविष्य में ज़्यादा सफल होने में हमारी मदद कर सकता है। द *पॉवर ऑफ़ पॉज़िटिव थिंकिंग* के लेखक और मेरे मित्र नॉर्मन विन्सेंट पील ने कहा था, "जब ईश्वर आपको कोई उपहार भेजना चाहता है, तो वह इसे किसी समस्या में लपेटकर भेजता है। ईश्वर आपको जितना ज़्यादा

बड़ा उपहार भेजना चाहता है, वह उसे उतनी ही ज़्यादा बड़ी समस्या में लपेटकर भेजेगा।''

आपको ऐसा महसूस हो सकता है मानो आपके मकान में चारों तरफ़ क्रिसमस की सुबह हो, जहाँ हर तरफ़ बहुत सारे उपहार हैं, लेकिन आपके पास जो भी समस्या या मुश्किल है, उसमें से हर एक में किसी न किसी तरह का उपहार शामिल है।

कल्पना करें कि सृष्टि में एक महान शक्ति है, जो आपको भविष्य में सफल और ख़ुश बनाना चाहती है। यह महान शक्ति जानती है कि आपकी प्रकृति पथभ्रष्ट है : आप अपने सफल होने के लिए आवश्यक सबक़ तब तक नहीं सीखेंगे, जब तक कि आपको कष्ट ना हो। इसलिए यह महान शक्ति आपको नियमित रूप से सबक़ भेजती है। हर एक के साथ किसी तरह का दर्द शामिल होता है। यह शारीरिक दर्द हो सकता है, वित्तीय दर्द हो सकता है या भावनात्मक दर्द हो सकता है, लेकिन इसके साथ हमेशा दर्द जुड़ा होता है और वह दर्द आपका ध्यान खींचने के लिए होता है।

जब भी आप किसी चीज़ का अनुभव कर रहे हों, जिससे आपको दर्द, तनाव या दुख हो रहा हो, तो पूछें, ''इस स्थिति में क्या सबक़ शामिल है? यहाँ मुझे क्या सीखना है?'' अगर आप ग़ौर से देखेंगे, तो आपको हमेशा एक या ज़्यादा सबक़ मिलेंगे। महान लोग वे हैं, जो छोटी घटनाओं से महान सबक़ सीखते हैं।

कुछ लोगों को कई बार सिर पर प्रहार करना पड़ता है, तब कहीं जाकर वे सबक़ सीखते हैं। जब दूसरे लोगों को दर्द का अनुभव होता है, तो वे कहते हैं, ''ओह, एक सबक़ आ रहा है; क्या पता यह क्या है।''

जब आप सबक़ की तलाश करते हैं, तो आपका डिमर स्विच पूरी तेज़ी से जलने लगता है और आप सकारात्मक इंसान बन जाते हैं। जब आप हर समस्या में सबक़ की तलाश करते हैं, तो आपको हमेशा कोई न कोई चीज़ मिल जाएगी। कई बार तो वही सबक़ आपको सफल बना सकता है। कई बार आप पलटकर देखेंगे और कहेंगे, ''ईश्वर का शुक्र है कि यह पहले हो गया, क्योंकि इसने मुझे वह सबक़ सिखाया, जिससे मैं आज इस स्थिति में सफल और सुखी बन पाया।'' हमेशा ऊँचे मार्ग पर चलें और सबक़ की तलाश करें।

साथ ही बूमरैंग सिद्धांत को भी याद रखें : अगर आप दूसरे लोगों को प्रभावित करना चाहते हैं, तो मुश्किल परिस्थितियों में अच्छाई देखने में उनकी मदद करें। जब किसी को कोई समस्या हो, तो कहें, ''जानते हैं,

जो कुछ भी होता है, हर चीज़ में कोई न कोई अच्छाई होती है। क्या पता इसमें कौन-सी अच्छी चीज़ छिपी है?'' उनके दिमाग़ को अच्छाई खोजने पर एकाग्र करें। जब किसी व्यक्ति को कोई झटका या विपत्ति आती है, तो कहें, ''हर समस्या में एक या एक से ज़्यादा सबक़ होते हैं। क्या पता इसमें क्या है?'' सबक़ पहचानने में उनकी मदद करें। दोनों ही प्रकरणों में आप वास्तविकता के संपर्क में आने में इन लोगों की मदद करते हैं, उनके डिमर स्विच को पूरी रोशनी पर लाते हैं, उन्हें सकारात्मक व सृजनात्मक बनाते हैं और उन मुश्किलों में शामिल सबक़ों को सीखने में उनकी मदद करते हैं। साथ ही आप ख़ुद को ज़्यादा सकारात्मक और सृजनात्मक व्यक्ति बनाते हैं।

4. आपके मस्तिष्क को सकारात्मक या मनोबल बढ़ाने वाली सामग्री की ख़ुराक देने का आपके मस्तिष्क पर असीमित प्रभाव पड़ता है, जैसे सकारात्मक और सृजनात्मक लोगों की पुस्तकें, ऑडियो, कोर्स, सकारात्मक चर्चाएँ, सेमिनार और सम्मेलन। ये आपको ज़्यादा ख़ुश और ज़्यादा सकारात्मक बनाते हैं, आपको ज़्यादा ऊर्जा देते हैं और आपको ज़्यादा करने के लिए प्रेरित करते हैं; यह ऑनलाइन या टीवी पर बैठकर सारी भयंकर चीज़ें देखने से नहीं होगा।

आप ज़िम्मेदार हैं

डर, शंका और चिंता से निबटने तथा ज़्यादा आशावादी बनने का एक सरल तोड़ है : सारी नकारात्मकता अंततः दोषारोपण है। आप किसी स्थिति के बारे में सिर्फ़ तभी नकारात्मक बन सकते हैं, जब आप किसी दूसरे को दोष दे रहे हों। आप सिर्फ़ तभी नाराज़ हो सकते हैं, जब आप किसी दूसरे को दोष दे रहे हों। आप सिर्फ़ तभी द्वेषपूर्ण हो सकते हैं, जब आप किसी दूसरे को दोष दे रहे हों। जब आप दोष देना छोड़ देते हैं, तो आपकी नकारात्मक भावना उसी समय रुक जाती है।

नकारात्मक भावनाओं को रद्द करने का तरीक़ा बार-बार *मैं ज़िम्मेदार हूँ* कहना है। जब भी आप कहते हैं *मैं ज़िम्मेदार हूँ*, तो आप नकारात्मक भावना को रद्द कर लेते हैं, क्योंकि आप एक साथ ज़िम्मेदार और नकारात्मक नहीं रह सकते।

मैं ज़िम्मेदार हूँ शब्द बेहद शक्तिशाली हैं। मैंने मनोविज्ञान के क्षेत्र में चार हज़ार घंटे बिताए हैं और तीन साल तक अध्ययन किया है, क्योंकि मैं इस अवधारणा के महत्त्व से अभिभूत था। जीवन में सारी ख़ुशी और सफलता सकारात्मक भावनाओं से मिलती है। सकारात्मक भावनाओं के अभाव में नकारात्मक भावनाएँ स्वतः

उत्पन्न हो जाती हैं। लेकिन आप नकारात्मक भावनाओं को सिर्फ़ यह कहकर रद्द कर सकते हैं, *मैं ज़िम्मेदार हूँ। मैं किसी को दोष नहीं दूँगा। मैं शिकार नहीं हूँ। चीज़ें गड़बड़ हो गईं। मैं शिकायत या आलोचना नहीं करूँगा, मैं रोऊँगा नहीं। नहीं। मैं ज़िम्मेदार हूँ।*

जब आप कहते हैं *मैं ज़िम्मेदार हूँ*, तो आप अपने जीवन में एक शक्ति जैसी महसूस करते हैं। आप अपने साथ होने वाली चीज़ों पर नियंत्रण थाम लेते हैं, आपका मस्तिष्क शांत हो जाता है और आपके पास इस बारे में स्पष्ट विचार होते हैं कि आगे क्या करना है।

सभी लीडर बेहद ज़िम्मेदार होते हैं। सफलता पर हर पुस्तक, चाहे यह जैक कैनफ़ील्ड की *सक्सेस प्रिंसिपल्स* हो या स्टीफ़न कवी की *सेवन हैबिट्स ऑफ़ हाइली इफ़ेक्टिव पीपल* हो, इस चीज़ से शुरू होती है, ''प्रभारी बनें; ज़िम्मेदारी लें; बहाने बनाना छोड़ें। निर्णय लें कि आप क्या चाहते हैं और फिर जुट जाएँ।''

ज़िम्मेदारी बचपन और वयस्कता के बीच की विभाजक रेखा है। जब आप बच्चे होते हैं, तो आप अपनी समस्याओं का दोष अपने माता-पिता पर डाल देते हैं और उन्होंने जो किया या नहीं किया, उसके लिए उन्हें दोषी ठहराते हैं। लेकिन जब आप वयस्क बन जाते हैं, तो जैसा बाइबल में कहा गया है, आप ''बचकानी चीज़ों को दूर हटा देते हैं'' (1 कोरिन्थियन्स 13:11)। जब आप वयस्क बन जाते हैं, तो आप उस रेखा के पार क़दम रखते हैं और कहते हैं, ''मैं वयस्क हूँ। अब से मैं अपने साथ होने वाली चीज़ के लिए ज़िम्मेदार हूँ।'' इसके बाद आपका जीवन अलग होगा।

अगर आप अपने आस-पास के लोगों से प्रेम करते हैं और उनका सम्मान करते हैं, तो उन्हें भी ज़िम्मेदारी स्वीकार करने के लिए प्रोत्साहित करें। मेरी कंपनी में मैं कहता हूँ, ''हर व्यक्ति अपने ख़ुद के व्यक्तिगत सेवा कॉरपोरेशन का प्रेसिडेंट है। आप ज़िम्मेदार हैं। अगर कोई चीज़ ग़लत हो जाती है, तो आप इसे सुलझाने के लिए ज़िम्मेदार हैं।'' कर्मचारी मेरे ऑफ़िस में आकर कहते हैं, ''मेरे पास एक समस्या है, लेकिन मैं अपनी ख़ुद की कंपनी का प्रेसिडेंट हूँ। मेरा प्रस्ताव है कि हम यह करें।''

मैं अपने बच्चों को भी यही चीज़ कहता हूँ : हमेशा ज़िम्मेदारी स्वीकार करो। अगर वे मेरे पास आते हैं और कोई चीज़ गड़बड़ हो गई है, तो मैं पूछता हूँ, ''क्या हुआ?'' वे कहते हैं, ''मेरे पास यह समस्या है, मेरे पास यह मुश्किल है, लेकिन मैं ज़िम्मेदार हूँ और मैंने यह सीखा है।''

कम उम्र से ही मेरे बच्चे ज़िम्मेदार हैं और सबक़ सीख रहे हैं। बड़े होने पर उनका आत्मविश्वास और आत्म-गौरव बढ़ा है। वे जानते हैं कि वे किसी भी स्थिति

से निबट सकते हैं, क्योंकि वे ज़िम्मेदारी लेते हैं तथा सबक़ की तलाश करते हैं और आप भी ऐसा ही कर सकते हैं।

नकारात्मक भावनाएँ आपको बुरा महसूस कराती हैं और इनकी वजह से आप ख़ुद को शिकार के रूप में देखने लगते हैं। ज़िम्मेदारी स्वीकार करने से आप शक्तिशाली महसूस करते हैं और ख़ुद के तथा अपने जीवन के नियंत्रण में महसूस करते हैं। ज़िम्मेदारी स्वीकार करने और नियंत्रण का अहसास होने के बीच सीधा संबंध होता है। जैसा मैं पहले ही बता चुका हूँ, नियंत्रण का अहसास होने और सकारात्मक भावनाओं के बीच भी सीधा संबंध होता है। आप ख़ुद के बारे में उसी हद तक बेहतरीन महसूस करते हैं, जिस हद तक आप अपने जीवन के नियंत्रण में महसूस करते हैं। जब आप ज़िम्मेदारी स्वीकार करते हैं, तो आप पूरा नियंत्रण लेते हैं। जब आप पूरा नियंत्रण लेते हैं, तो आप ख़ुश महसूस करते हैं।

सकारात्मक दृढ़-कथन का मतलब है, वे सकारात्मक कथन जो आप भावना के साथ ख़ुद से कहते हैं। इन्हें कहना अपनी भावनाओं पर पूरा नियंत्रण रखने और भावी सफलता के लिए ख़ुद की प्रोग्रामिंग करने का तरीक़ा है।

सकारात्मक दृढ़ कथन आपको इतने ऊँचे स्तर पर आपकी क्षमता का ताला खोलने में सक्षम बनाते हैं, जिसकी आप कल्पना भी नहीं कर सकते। सबसे शक्तिशाली आत्मविश्वास बढ़ाने वाले कथन हैं : मैं *ख़ुद को पसंद करता हूँ। मैं ख़ुद को पसंद करता हूँ। मैं ज़िम्मेदार हूँ। मैं यह कर सकता हूँ।*

अक्सर सुबह उठने पर आप यह नहीं कहेंगे, ''गुड मॉर्निंग, भगवान।'' आप तो कहेंगे, ''अच्छे ईश्वर, सुबह हो गई।'' आप ख़ुद को यह कहकर तुरंत उत्साहित कर सकते हैं, मैं ख़ुद को पसंद करता हूँ। मैं अपने काम से प्रेम करता हूँ। मैं ख़ुद को पसंद करता हूँ। मैं अपने काम से प्रेम करता हूँ। जल्दी ही आप अच्छा महसूस करने लगेंगे; आप ख़ुश महसूस करने लगेंगे। आपका मस्तिष्क एंडोर्फ़िन्स मुक्त करता है, जो प्रकृति की ख़ुशी की दवा है। आपका लिवर ग्लाइकोजन मुक्त करता है, जो ऊर्जा का रूप है और आप उत्साहित व चलने के लिए तैयार महसूस करते हैं।

सकारात्मक नज़रिये के पाँच तरीक़े

ज़्यादा आशावाद, आत्मविश्वास और सकारात्मक मानसिक नज़रिया बनाने के पाँच तरीक़े हैं :

1. अपने आदर्श भविष्य का रोमांचक स्वप्न बनाएँ, मानो आपकी कोई सीमाएँ ना हों। रोमांचक भविष्य के बारे में सोचने भर से ही आपका आत्मगौरव बढ़ जाता है और आपकी आत्म-छवि बेहतर होती है। अद्भुत जीवन की

कल्पना करने मात्र से ही आप प्रेरित और ख़ुश हो जाएँगे। कल्पना करें और मानसिक चित्रण करें कि आप वर्तमान से दोगुना कमा रहे हैं। फिर तीन गुना, पाँच गुना और दस गुना कमाने का मानसिक चित्र देखें।

हर क्षेत्र में ख़ुद का अद्भुत जीवन जीते हुए चित्र देखें। ऐसी पत्रिकाएँ ख़रीदें, जिन्हें अमीर लोग पढ़ते हैं – जैसे द *रॉब रिपोर्ट* या *आर्किटेक्चरल डाइजेस्ट* – जो सुंदर घर, चित्र, याट, हवाई जहाज़, घड़ियाँ, कपड़े और रिज़ॉर्ट के चित्र दिखाती हैं। उन पत्रिकाओं को पढ़ते समय कहें, *मैं यह कर सकता हूँ; मैं वह करने जा रहा हूँ।*

विज्ञापनों के चित्रों में ख़ुद को रख दें। कल्पना करें कि आप उस तरह के मकान में रह सकते हैं, आप उस तरह छुट्टियों का आनंद ले सकते हैं, आप उस तरह की याट क्रूज़ यात्राएँ कर सकते हैं, आप उस तरह के कपड़े पहन सकते हैं। आप इन तसवीरों से अपने दिमाग़ को जितना ज़्यादा भरते हैं, आपका अतिचेतन मन उन्हें वास्तविक बनाने के तरीक़े खोजने के लिए उतना ही ज़्यादा काम करेगा।

2. लक्ष्यों को लिखें, अपने भविष्य की योजना बनाएँ और उन पर हर दिन काम करें। प्रेरक वक्ता अर्ल नाइटिंगेल ने कहा है, ''ख़ुशी किसी सार्थक लक्ष्य की क्रमशः प्राप्ति है।'' जब आप किसी ऐसी चीज़ की ओर आगे बढ़ते हैं, जो आपके लिए महत्त्वपूर्ण है, तो आप ख़ुश महसूस करते हैं, आप शक्तिशाली महसूस करते हैं, आप अपने जीवन के नियंत्रण में महसूस करते हैं। सकारात्मक उत्प्रेरण की भावना मंज़िल पर पहुँचने से नहीं मिलती; यह तो आगे की ओर गतिशील होने से मिलती है।

    तीन चीज़ों का इस्तेमाल करके अपने लक्ष्यों को लिखें : *सकारात्मक, व्यक्तिगत, वर्तमान।* सबसे पहले, वर्तमान काल का इस्तेमाल करें। आपका अवचेतन मन वर्तमान को छोड़कर किसी अन्य काल को नहीं समझता है। अपना लक्ष्य इस तरह लिखें, मानो वह पहले ही हासिल हो चुका हो। मिसाल के तौर पर, यह कहें, ''मैं हर साल एक्स डॉलर कमाता हूँ।'' ''मेरा स्थायी वज़न एक्स पौंड है।'' इस तरह कहें, मानो यह पहले से ही सच हो। इसके आपके अवचेतन और अतिचेतन मन के भीतर एक सक्रियता बन जाती है, जो आपके नए आदेश को हक़ीक़त बनाने के लिए दिन में चौबीसों घंटे काम करने लगती है।

    दूसरे, अपने लक्ष्य को हमेशा सकारात्मक तरीक़े से कहें। आपका अवचेतन मन किसी नकारात्मक आदेश को स्वीकार नहीं कर सकता। यह इस आदेश को स्वीकार नहीं कर सकता, ''वज़न कम करो।'' इसके बजाय

यह कहें, "मेरा वज़न एक्स पौंड है।" "सिगरेट छोड़ो," के बजाय कहें, "मैं सिगरेट पीता नहीं हूँ।"

तीसरे, प्रथम पुरुष का वर्णन करें। मैं शब्द के बाद गतिविधि वाली क्रिया रखें। आप ही सृष्टि के एकमात्र व्यक्ति हैं, जो अपने संदर्भ में *मैं* शब्द का इस्तेमाल कर सकते हैं। जब भी आप *मैं* शब्द का इस्तेमाल करते हैं, तो आपका अवचेतन मन इसे हेड ऑफ़िस से आने वाला आदेश मानता है : *मैं* कमाता हूँ, *मैं* बेचता हूँ, *मैं* हासिल करता हूँ, *मैं* दौड़ता हूँ, *मैं* सफल होता हूँ। जब भी आप *मैं* के साथ कर्म वाली क्रिया का इस्तेमाल करते हैं, तो इसका आपके व्यवहार बदलने पर शक्तिशाली प्रभाव पड़ता है।

आपके लक्ष्य आपकी ख़ातिर काम करें, इसके लिए उन्हें एक स्पाइरल नोटबुक में हर सुबह लिखें और दोबारा लिखें – *सकारात्मक, व्यक्तिगत, वर्तमान।* या आप हर लक्ष्य को तीन बाई पाँच के इंडेक्स कार्ड पर बड़े अक्षरों में लिख सकते हैं और उन्हें पूरे दिन नियमित रूप से पढ़ सकते हैं। कार्ड को पढ़ें, अपनी आँखें बंद करें और वास्तविकता के रूप में लक्ष्य की कल्पना करें। इन कार्डों को हमेशा अपने साथ रखें। जब भी आपके पास ख़ाली समय हो, उन्हें बाहर निकालें और लक्ष्यों को ख़ुद के सामने पढ़ें। जब आप लक्ष्य को पढ़ते हैं, तो हर बार आपका अवचेतन मन आदेश का चित्र खींचता है और यह आपके अवचेतन मन में ज़्यादा गहराई तक चला जाता है।

अंत में, अपने लक्ष्य लिखते और दोबारा लिखते समय अपने भीतर यह भावना उत्पन्न करें, जो उन लक्ष्यों को हासिल करने पर उत्पन्न होती। अगर आप गर्व महसूस करते, तो कल्पना करें कि आप गर्व महसूस कर रहे हैं। अगर आप आत्मविश्वासी, लोकप्रिय, प्रिय, प्रेम करने योग्य महसूस करते – चाहे यह जो भी हो – अगर आप भावना को लक्ष्य के साथ जोड़ लेते हैं, तो इससे आपके अवचेतन और अतिचेतन मन पर ज़्यादा प्रभाव पड़ेगा तथा आपको ज़्यादा तेज़ी से परिणाम मिलेंगे।

3. अपने काम में सर्वश्रेष्ठ बनने का संकल्प लें। शीर्षस्थ 10 प्रतिशत में पहुँचने का संकल्प लें। इसे लक्ष्य बना लें। जब तक आप इसका लक्ष्य नहीं बनाते हैं, तब तक आप कभी शीर्षस्थ 10 प्रतिशत वाले समूह के सदस्य नहीं बन पाएँगे। जब मैं लोगों से बात करता हूँ, तो मैं पूछता हूँ, "यहाँ पर कितने लोगों ने अपने करियर में औसत बनने का निर्णय लिया है?" कोई भी अपना हाथ नहीं उठाता। मैं कहता हूँ, "क्या आप जानते हैं कि आपके मस्तिष्क में एक ऑटोमैटिक डिफ़ाल्ट मेकेनिज़्म काम करता है और अगर

आप उत्कृष्ट बनने का निर्णय नहीं लेते हैं, तो आप औसत के डिफ़ाल्ट पर पहुँच जाते हैं?''

लोगों को सदमा लगता है। वे कहते हैं, ''मैं अपने काम में अच्छा बनना चाहता हूँ।'' मैं कहता हूँ, ''हाँ, लेकिन क्या आपने अच्छा बनने का *निर्णय* लिया है? क्या आपने इसे लिखा है? क्या आपने इसका लक्ष्य बनाया है? क्या आप इस पर हर दिन काम करते हैं? क्या आप लगातार ख़ुद का मूल्यांकन करते हैं और दूसरों से फ़ीडबैक लेते हैं, ताकि आप यह जान सकें कि आप कितना अच्छा प्रदर्शन कर रहे हैं?'' ''नहीं, मैं यह नहीं करता, लेकिन मैं जो करता हूँ, उसमें अच्छा बनना चाहता हूँ।''

यह काफ़ी नहीं है। आपको शीर्षस्थ 10 प्रतिशत में पहुँचने के बारे में पूरी तरह स्पष्ट होना चाहिए और आपको इस पर अथक रूप से निरंतर काम करना पड़ता है, जब तक कि आप वहाँ पहुँच नहीं जाते।

यहाँ अच्छी ख़बर है। आप अपने क्षेत्र में बेहतर बनने की दिशा में जो क़दम उठाते हैं, वह हर क़दम आपके आत्म-गौरव और आत्मविश्वास को बढ़ाता है, लक्ष्य हासिल करने के लिए विचारों व ऊर्जा का ताला खोलता है, आपको प्रोत्साहित करता है और आपको अपने आस-पास के लोगों का सम्मान तथा प्रशंसा अर्जित करने के लिए आगे बढ़ाता है। पुरस्कार यात्रा में भी उतना ही है, जितना कि मंज़िल तक पहुँचने में है।

यहाँ प्रश्न है : वह कौन-सी एक योग्यता है, जिसमें अगर आप बेहद उत्कृष्ट हों, तो उससे आपको अपने क्षेत्र में शीर्षस्थ 10 प्रतिशत के समूह में शामिल होने में सबसे ज़्यादा मदद मिलेगी? वह जो भी योग्यता हो, उसे लिख लें। आप इस योग्यता को विकसित करने के लिए जो भी कर सकते हों, हर चीज़ की सूची बनाएँ और इस पर हर दिन काम करें।

याद रखें, आत्म-गौरव का दूसरा पहलू स्व-प्रभावोत्पादकता है। जब आप उत्कृष्टता के प्रति समर्पित हो जाते हैं, जब आप अपने काम में बहुत अच्छा बनने का संकल्प ले लेते हैं, तो आप ख़ुद को ज़्यादा पसंद करते हैं और आप हर क्षेत्र में बेहतर प्रदर्शन करते हैं।

4. समस्याओं और बाधाओं से प्रभावी ढंग से निबटें। जैसे समुद्र में लहरें होती हैं, उसी तरह जीवन समस्याओं की अंतहीन श्रृंखला है। जैसा हेनरी किसिंजर ने कहा था, ''समस्याओं को सुलझाने के बदले में आपको बस ज़्यादा बड़ी समस्याएँ सुलझाने का अधिकार मिलता है।'' समस्याओं से प्रभावी ढंग से निबटने की आपकी योग्यता व्यक्तिगत शक्ति, आत्म-गौरव और आत्मविश्वास की कुंजी है। चाहे जो हो जाए, हमेशा यह कहकर शुरुआत

करें, *मैं ज़िम्मेदार हूँ।* नियंत्रण लें, फिर समस्या के बजाय समाधान पर ध्यान केंद्रित करें। जो हुआ, उसके बजाय इस बारे में सोचें कि क्या किया जा सकता है। आप स्थिति को सुलझाने के लिए तुरंत जो काम कर सकते हैं, उनके बारे में सकारात्मक तरीक़े से सोचें। सकारात्मक, सृजनात्मक काम और आत्मविश्वास के बीच सीधा संबंध होता है।

5. दिन भर अपने लक्ष्यों पर काम करने में व्यस्त हो जाएँ। आज ही 21 दिनों की सकारात्मक मानसिक नज़रिये की डाइट पर जाने का निर्णय लें। मध्यम जटिलता वाली नई आदत को डालने में लगभग इक्कीस दिनों का समय लगता है। 21 दिनों की सकारात्मक मानसिक नज़रिये की डाइट के साथ आप अपने वर्तमान और अपने भविष्य पर पूर्ण नियंत्रण ले लेते हैं। 21 दिनों तक आप सिर्फ़ मनचाही चीज़ के बारे में सोचने और बात करने का संकल्प लेते हैं। कहें, ''ठीक है, 21 दिनों के बाद मैं पीछे पलट सकता हूँ, लेकिन इतने दिन तक मैं केवल उसी बारे में सोचूँगा, जो मैं चाहता हूँ। मैं उन कामों के बारे में सोचूँगा, जिनसे मैं अपनी मनचाही चीज़ें हासिल कर सकता हूँ।'' इस दौरान आप किसी चीज़ के लिए दूसरों की आलोचना करने, शिकायत करने या दोष देने से इंकार करते हैं; आप बस इंकार कर देते हैं।

   अगर आप ये क़दम उठाते हैं, तो 21 दिनों में आप जीवन भर के लिए रिप्रोग्रामिंग कर लेंगे। आप अपने मस्तिष्क में बिलकुल नए न्यूरल मार्ग बना लेंगे, जिनसे आप ज़्यादातर समय आसानी से और अपने आप सकारात्मक तरीक़े से सोचने लगते हैं। जैसा जर्मन कवि और दार्शनिक गेटे ने कहा था, ''हर चीज़ आसान होने से पहले मुश्किल होती है।''

क्या सकारात्मक, प्रगतिशील और उच्च ऊर्जा वाला व्यक्ति बनना आसान है? नहीं, लेकिन इसे अभ्यास और दोहराव के माध्यम से सीखा जा सकता है। सोचने और काम करने की आपकी नई सकारात्मक आदतें जल्द ही स्वचालित व आसान बन जाएँगी। सुबह उठते ही आप तुरंत ही ख़ुद को पसंद करेंगे और अपने काम से प्रेम करेंगे। आप यह जानते हुए दिन से गुज़रेंगे, ''मैं यह कर सकता हूँ। मैं अपने मन में जो चीज़ ठान लूँ, उसे मैं कर सकता हूँ।'' जब भी आपके सामने समस्याएँ आएँगी, आप कहेंगे, ''मैं ज़िम्मेदार हूँ। मैं अपने जीवन का प्रभारी हूँ।'' आप पूरी तरह सकारात्मक इंसान बन जाएँगे। आप अपने मन और भावनाओं पर पूरा नियंत्रण हासिल कर लेंगे।

4

दूसरों को प्रभावित कैसे करें

फ़ीनिक्स कायाकल्प के शुरुआती बुनियादी क़दमों का संबंध आपसे है : अपने मस्तिष्क की शक्ति का दोहन करें, यह तय करें कि आप जीवन में क्या चाहते हैं और फिर अपने इरादे को उसी अनुरूप दिशा दें। अब आपकी सफलता में एक और मुख्य तत्व की ओर मुड़ने का समय है : दूसरे लोग।

आपकी लगभग 85 प्रतिशत सफलता दूसरों के साथ प्रभावी संप्रेषण करने की आपकी योग्यता से तय होती है। आप जो भी हासिल करते हैं, लगभग हर चीज़ का संबंध किसी न किसी मायने में दूसरे लोगों से होगा। लोग आपकी 85 प्रतिशत ख़ुशी और परिणामों के लिए ज़िम्मेदार होते हैं। इसलिए आपके संप्रेषण की गुणवत्ता आपके सभी संबंधों व जीवन की गुणवत्ता को तय करती है। अच्छी ख़बर यह है कि संप्रेषण या संवाद एक ऐसी योग्यता है, जिसे आप अभ्यास से सीख सकते हैं।

पारस्परिक प्रभाव के पाँच लक्ष्य

दूसरों के साथ संपर्क में पाँच सबसे महत्त्वपूर्ण लक्ष्य हैं, जो आपको हासिल करने चाहिए :

1. अपनी आत्म-छवि को पुष्ट और प्रमाणित करने के लिए आप यह चाहते हैं कि लोग आपको पसंद करें और आपका सम्मान करें। दूसरे लोग हमारे बारे में सोचते और महसूस करते हैं, उसका इस पर प्रबल प्रभाव पड़ता है

कि हम ख़ुद अपने बारे में कैसा सोचते और महसूस करते हैं। रोचक बात यह है कि हम पर इसका भी प्रबल प्रभाव पड़ता है कि हमारे हिसाब से दूसरे लोग हमारे बारे में कैसा सोचते और महसूस करते हैं। अगर हम सोचते हैं कि लोग हमें पसंद करते हैं, तो हम ख़ुद को ज़्यादा पसंद करते हैं, अपना ज़्यादा सम्मान करते हैं, हम बेहतर काम करते हैं, हमें बेहतर परिणाम मिलते हैं और हम दूसरों के साथ ज़्यादा अच्छा व्यवहार करते हैं।

2. आपके आत्म-गौरव और महत्त्व की भावनाओं को बढ़ाने के लिए आप चाहते हैं कि लोग आपको मूल्यवान और महत्त्वपूर्ण मानें। हमारा आत्म-गौरव काँच की तरह नाज़ुक होता है। लोग अपने कामों या शब्दों से हमारे आत्म-गौरव को बढ़ा या घटा सकते हैं। वे कुछ करके या ना करके अथवा कहकर ना कहकर भी इसे घटा-बढ़ा सकते हैं। हम चाहते हैं कि लोग हमारे आत्म-गौरव की पुष्टि करें। हम चाहते हैं कि लोग हमें मूल्यवान समझें।

3. हम लोगों को अपने दृष्टिकोण से सहमत कराने में सक्षम होना चाहते हैं, ताकि हम दूसरों को अपने प्रॉडक्ट्स, सेवाएँ और विचार बेच सकें।

   क्या आप जानते हैं कि दूसरों को राज़ी करने की योग्यता आपके व्यक्तित्व के एकीकरण की निशानी है? बेहतरीन व्यक्तित्व वाले लोग प्रेरक होते हैं, जो दूसरों को राज़ी करने में माहिर होते हैं। ख़राब व्यक्तित्व वाले लोग नहीं होते।

   अगर आप बिक्री या व्यवसाय के क्षेत्र में हैं, तो दूसरों को राज़ी करने की योग्यता आपके लिए अत्यंत महत्त्वपूर्ण है। यह आपकी सफलता के लिए अनिवार्य है, ताकि बैंक आपको पैसे उधार दे सकें, ग्राहक आपका प्रॉडक्ट ख़रीद सकें और सप्लायर आपको उधार दे सकें।

4. आप चाहते हैं कि लोग अपनी विद्यमान मानसिकता बदल लें और आपके लक्ष्य हासिल करने में आपकी मदद करें।

5. आप चाहते हैं कि आप अपने व्यक्तिगत और व्यावसायिक जीवन के सारे संबंधों में व्यक्तिगत रूप से शक्तिशाली व प्रभावी बन जाएँ।

   ये जीवन, प्रेम और नेतृत्व में सफलता की कुंजियाँ भी हैं।

भावनात्मक बुद्धि

1995 में मनोवैज्ञानिक डेनियल गोल्डमैन ने क्रांतिकारी बेस्टसेलर *इमोशनल इंटेलिजेंस प्रकाशित* की। इसमें उन्होंने तर्क दिया कि ईक्यू या इमोशनल

कोशिएंट – यानी आपकी भावनात्मक बुद्धि – आईक्यू या बौद्धिक बुद्धि से ज़्यादा महत्त्वपूर्ण होती है। उन्होंने यह निष्कर्ष दिया कि दूसरों को राज़ी करने की आपकी योग्यता भावनात्मक बुद्धि का सर्वोच्च रूप है, जिसे आप विकसित कर सकते हैं और यह इस बात का सच्चा पैमाना है कि आप व्यक्ति के रूप में कितने प्रभावी हैं।

प्रश्न यह है कि आप अपने विचार दूसरों तक कैसे पहुँचाते हैं, लोगों को अपनी मदद करने के लिए कैसे प्रेरित करते हैं और दूसरों से संप्रेषण करने, उन्हें प्रभावित करने तथा उन्हें राज़ी करने की योग्यताएँ कैसे विकसित करते हैं? पहली चीज़ तो यह समझ लें कि लोग आपके नहीं, उनके कारण चीज़ें करते हैं। प्रभावी ढंग से संवाद करने और राज़ी करने के लिए आपको पता होना चाहिए कि उनके उद्‌देश्य क्या हैं।

अगली कुंजी यह है कि अपने बाहर निकलकर सामने वाले के दिलोदिमाग़ और स्थिति में पहुँच जाएँ। अपने बजाय उस व्यक्ति की आवश्यकताओं और इच्छाओं पर ध्यान केंद्रित करें। मेरी मित्र एड फ़ोरमैन कहते थे, ''अगर आप जाए जोन्स को जोए जोन्स की आँखों से देख सकें, तो आप जोए जोन्स को वह बेच सकते हैं, जो जोए जोन्स ख़रीदता है।'' सामने वाले की नज़रों से स्थिति को लगातार देखने की कोशिश करें।

किसी बड़ी बिक्री या सौदेबाज़ी से पहले मैं बैठकर उन सारी चीज़ों की सूची लिखता था, जो सामने वाला चाहता था और उसे इस सौदे से हासिल करना चाहता था। एक बार जब मैं यह कर लेता था, तो मैं ख़ुद से पूछता था कि मैं अपने प्रस्ताव या प्रस्तुति को इस तरह कैसे बना सकता हूँ, ताकि यह उन आवश्यकताओं के सामंजस्य में हो। जब भी मैंने यह किया, तो मुझे हर बार शानदार परिणाम मिले, बिना किसी अपवाद के। सामने वाले के बारे में सोचने से शुरुआत करें और आप हैरान रह जाएँगे कि आप संवाद कला में कितने बेहतरीन बन जाते हैं।

दूसरों को राज़ी करने का तीसरा तरीक़ा यह याद रखना है कि आप ऐसा तभी कर सकते हैं, अगर उन्हें यह विश्वास हो कि आप उनके लिए या उनके प्रति कोई चीज़ कर सकते हैं या अगर उन्हें यह यक़ीन हो कि आप उनके लिए या उनके प्रति कोई चीज़ होने से रोक सकते हैं। दूसरे शब्दों में, लोग काफ़ी स्वार्थी होते हैं। वे आपकी ओर देखते हैं और कहते हैं, ''यह व्यक्ति मेरे लिए क्या कर सकता है?'' या ''यह व्यक्ति किसी चीज़ को मेरे साथ होने से कैसे रोक सकता है?''

लोग दो मुख्य घटकों से प्रेरित होते हैं। पहली है लाभ की इच्छा। हर व्यक्ति ज़्यादा से ज़्यादा लाभ चाहता है। छह हज़ार साल के दर्ज़ इतिहास में, प्राचीन सुमेर के शुरुआती बाज़ारों से आज तक ग्राहकों ने सिर्फ़ एक चीज़ ख़रीदी है – बेहतरी। वे इसलिए कुछ ख़रीदते हैं, क्योंकि वे महसूस करते हैं कि वे ख़रीदने के बाद वर्तमान

की तुलना में बेहतर होंगे। वे शारीरिक, भौतिक, वित्तीय, भावनात्मक लाभ चाहते हैं – गर्व, सुरक्षा, मानसिक शांति, अमीरी, मूल्य, विकास, मुनाफ़ा।

दूसरी प्रेरणा है क्षति या नुक़सान का डर। यह शारीरिक नुक़सान या ख़तरा, असुरक्षा, भौतिक या वित्तीय नुक़सान, भावनात्मक क्षति, प्रेम, स्नेह, सम्मान की क्षति आदि भी हो सकता है। आप जिस भी व्यक्ति से बात करते हैं, उसके मन में ये दो शक्तियाँ प्रतिस्पर्धा करती हैं। दोनों ही मामलों में आपका काम उन्हें राज़ी करना है कि आपसे सहयोग करने पर उनकी स्थिति बेहतर हो जाएगी।

नियम यह है : मानव व्यवहार को प्रेरित करने के मामले में नुक़सान का डर लाभ की इच्छा से 2.5 गुना ज़्यादा शक्तिशाली होता है। अगर आप किसी प्रॉडक्ट या सेवा की प्रस्तुति देने वाले हैं, तो संभावित ग्राहक को दिखाएँ कि ख़रीदने पर उसे क्या लाभ होगा, लेकिन साथ ही यह भी दिखाएँ कि अगर वह नहीं ख़रीदता है, तो उसे क्या-क्या नुक़सान हो सकते हैं। लाभ की इच्छा और नुक़सान का डर दोनों ही उत्प्रेरणों को सक्रिय कर दें।

हर चीज़ अनुभूति है। लोग आपके बारे में जैसी अनुभूति रखते हैं – यानी वे आपको उनकी मदद या नुक़सान करने में कितना सक्षम मानते हैं – उसी से काफ़ी हद तक यह तय होता है कि वे आपके प्रति कैसी प्रतिक्रिया करते हैं। हो सकता है कि आप किसी से बात कर रहे हों और आपके मन में यह भावना आए कि यह व्यक्ति आपकी मदद करने या आपको नुक़सान पहुँचाने के लिए कुछ भी नहीं कर सकता। वे अप्रासंगिक हैं। फिर कोई आकर कहता है, ''ओह, वैसे क्या आप इनसे मिले हैं? ये आपके प्रॉडक्ट के लगभग दस लाख डॉलर के ग्राहक हो सकते हैं और ये जल्दी से जल्दी उसे ख़रीदना चाहते हैं।'' अचानक उस व्यक्ति के बारे में आपकी पूरी अनुभूति बदल जाती है।

समूचा मानव व्यवहार उपयोगिता के घटक पर आधारित है, जिसका मतलब है कि लोग हमेशा अपनी मनचाही चीज़ों को सबसे तेज़ और सबसे आसान तरीक़े से हासिल करने की कोशिश करते हैं। इस प्रयास में वे अपने कामों के दीर्घकालीन परिणाम के बारे में बहुत कम तात्कालिक परवाह करते हैं। दूसरे शब्दों में कहें, तो लोग आलसी, लोभी और अधीर होते हैं। वे कोई चीज़ चाहते हैं और उसे तुरंत चाहते हैं। कई बार तो वे इसे बीते हुए कल में भी चाहते हैं और उन्हें दीर्घकालीन परिणाम की दरअसल, कोई परवाह ही नहीं होती। माता-पिता के लिए अपने बच्चों को दीर्घकालीन दृष्टिकोण सिखाना सबसे मुश्किल होता है : वे वर्तमान में जो कर रहे हैं, उसके बारे में लंबे समय में सोचना। लोग कहते हैं, ''मैं चीज़ केक का टुकड़ा खाना चाहता हूँ,'' लेकिन वे इस बारे में नहीं सोचते कि व्यायाम करके उस चीज़ केक के टुकड़े को शरीर से हटाने में उन्हें कितना समय लगेगा।

बेहतरीन प्रेरक घटक यह है कि लोग अपनी मनचाही चीज़ के तेज़, आसान, फटाफट और उपयोगी तरीक़े खोजते हैं। आपका काम अपने विचार या प्रस्ताव को इस तरह बनाना है, ताकि यह सामने वाले को उसके व्यक्तिगत और व्यावसायिक लक्ष्य हासिल करने का सबसे उपयोगी तरीक़ा लगे। आपको उन्हें दिखाना चाहिए कि वे जहाँ जाना चाहते हैं, वहाँ तक पहुँचने का सबसे तेज़ और आसान तरीक़ा वही है, जो आप उनसे कराना चाहते हैं। अगर आप उन्हें यह नहीं दिखा सकते, तो आप उनसे अपनी सलाह मानने की उम्मीद नहीं कर सकते।

राज़ी करने की चार कुंजियाँ

राज़ी करने की चार कुंजियाँ हैं। पहली है *व्यक्तिगत शक्ति।* लोगों के हिसाब से आपकी लोगों, धन या संसाधनों पर जितनी ज़्यादा शक्ति होती है, वे आपकी बात उतनी ही जल्दी मानेंगे। अगर अमेरिका का राष्ट्रपति आपसे कोई चीज़ करने को कहे, तो आप वेटर के बजाय उसकी बात से ज़्यादा प्रभावित होंगे, क्योंकि हमारे हिसाब से लोगों, धन और संसाधनों पर राष्ट्रपति की व्यक्तिगत शक्ति ज़्यादा है।

राज़ी करने की दूसरी कुंजी है *पोज़ीशनिंग* – लोग आपके बारे में कैसा सोचते और बोलते हैं यानी उन लोगों में आपकी प्रतिष्ठा कैसी है, जिन्हें आप राज़ी करने की कोशिश कर रहे हैं? जब आपकी ज़बर्दस्त प्रतिष्ठा होती है कि आप सक्षम हैं, अच्छे इंसान हैं, ईमानदार हैं, दौलतमंद हैं या अपने क्षेत्र में विशेषज्ञ हैं, तो आपका दूसरे लोगों पर ज़्यादा प्रभाव पड़ता है।

राज़ी करने की तीसरी कुंजी है *प्रदर्शन* – अपने क्षेत्र में आपकी योग्यता और सक्षमता। विशेषज्ञता और ज्ञान की प्रतिष्ठा की मदद से आप दूसरे लोगों से अपनी बात ज़्यादा आसानी से मनवाने में सक्षम होते हैं। दूसरी ओर, अगर उन्हें यह महसूस नहीं होता कि आप उनसे ज़्यादा जानते हैं, तो उनसे अपनी बात मनवाना ज़्यादा मुश्किल होता है।

चौथी कुंजी है *विनम्रता :* आप दूसरों के साथ अपने व्यवहार में कितनी दयालुता, शिष्टाचार और सम्मान दिखाते हैं। हर व्यक्ति के अंदर महत्त्वपूर्ण और मूल्यवान समझे जाने की सबसे गहरी आवश्यकता होती है। जब आप इस गहरी लालसा को संतुष्ट कर देते हैं, तो लोग आपकी बात मानने के प्रति ज़्यादा खुल जाते हैं और वे संप्रेषण के आपके प्रयासों के प्रति भी खुल जाते हैं।

पसंद करना मनोविज्ञान में प्रभाव डालने का सबसे शक्तिशाली घटक है। लोग आपको जितना ज़्यादा पसंद करते हैं, वे आपसे राज़ी होने और प्रभावित होने के प्रति उतने ही ज़्यादा खुले होते हैं। यह प्रभावी संप्रेषण की कुंजी है।

लोगों को महत्त्वपूर्ण महसूस कराना

जैसा मैंने कहा है, लोगों को महत्त्वपूर्ण महसूस कराना संप्रेषण के सभी साधनों में सबसे आसान है। लोगों को महत्त्वपूर्ण महसूस कराने के पाँच तरीक़े हैं।

पहला है *स्वीकृति।* स्वीकृति का अभ्यास एक गहरी, अवचेतन आवश्यकता को संतुष्ट करता है। हर व्यक्ति को यह महसूस करने की ज़रूरत होती है कि उसके आस-पास के दूसरे लोग उसे स्वीकार कर रहे हैं - चाहे यह कामकाजी परिवेश हो या घरेलू परिवेश हो। वे इसकी तलाश करते हैं। जब भी दो लोग मिलते हैं, तो सबसे पहले स्वीकृति का स्तर ही तय होता है।

दूसरों के प्रति अपनी स्वीकृति व्यक्त करना आसान है : आप मुस्कराते हैं और इस तरह काम करते हैं, मानो आप उन्हें देखकर ख़ुश हुए। जब मैं एक-दो सप्ताह बाहर रहने के बाद अपने ऑफ़िस में जाता हूँ, तो मैं सबसे पहले एक व्यक्ति से दूसरे व्यक्ति के पास जाता हूँ, जिस तरह कोई भौंरा एक फूल से दूसरे फूल के पास जाता है। मैं हर व्यक्ति को देखकर मुस्कराता हूँ और कहता हूँ, ''आप कैसे हैं? आपको देखकर अच्छा लगा; वापस लौटकर अच्छा लगा।'' मैं एक व्यक्ति से दूसरे व्यक्ति के पास जाता हूँ, उन्हें मान्यता देता हूँ और उन्हें बताता हूँ कि वे हमारी कंपनी के महत्त्वपूर्ण हिस्से हैं। आप भी यही चीज़ कर सकते हैं।

जब भी आप अपने परिवार के किसी सदस्य, अपने जीवनसाथी या अपनी संतान को देखें, तो हर बार मुस्कराएँ : ''वाह, आप हैं!'' मानो आप उन्हें देखकर ख़ुश हुए हों। आपकी ख़ुशी के इज़हार का इस बात पर बहुत ज़्यादा सकारात्मक असर होता है कि वे कितना महत्त्वपूर्ण महसूस करते हैं और वे आपके प्रभाव के प्रति कितने खुले हैं।

दूसरा तरीक़ा है *क़द्र।* क़द्र व्यक्त करना बहुत आसान है; लोग आपके लिए जो भी छोटी-बड़ी चीज़ करते हैं, उस हर चीज़ के लिए उन्हें धन्यवाद दें। सारे समय धन्यवाद दें। जब कोई वेटर आपको पानी का गिलास लाकर दे, तो धन्यवाद दें। जब कोई आपके लिए एक तरफ़ हट जाए, तो धन्यवाद दें। जब कोई आपके लिए पत्र टाइप करे या आपको ग्राहक दिखाने लाए, तो धन्यवाद दें।

आप जितना ज़्यादा धन्यवाद देते हैं, सामने वाले का आत्म-गौरव उतना ही ज़्यादा बढ़ता है। वे ज़्यादा मूल्यवान और महत्त्वपूर्ण महसूस करते हैं। वे ख़ुद को ज़्यादा पसंद करते हैं। वे मुस्कराते हैं और आपको भी ज़्यादा पसंद करते हैं। आप धन्यवाद की अति कभी कर ही नहीं सकते।

मेरे एक मित्र ने मुझे लिखकर बताया कि वह दूर के पूर्वी देशों की यात्रा पर जा रहा है। चूँकि मैं संसार के कई देशों की यात्रा कर चुका हूँ, इसलिए उसने मुझसे सलाह माँगी कि वह उस देश के नागरिकों से कैसे घुल-मिल सकता है। मैंने

कहा, ''याद रखना, तुम जिससे पेश आ रहे हो, वह हर व्यक्ति तुम्हारी कल्पना से कम कमाता है, बहुत ज़्यादा कम कमाता है। उनके पास उनके व्यक्तिगत मूल्य के अलावा कुछ नहीं है। अगर तुम उसे स्वीकार करते हो, तो तुम्हारी यात्रा बेहतरीन होगी। और इसे करने का तरीक़ा यह है कि उनकी भाषा में *प्लीज़* और *थैंक यू* कहना सीख लो। जब भी लोगों से मिलो, तो मुस्कराओ और *प्लीज़* व *थैंक यू* कहो। वे आपके लिए जो भी करें, कृतज्ञता व्यक्त करें। इससे आपकी यात्रा अद्‌भुत रहेगी।''

मेरे मित्र ने मुझे दो महीने बाद दोबारा पत्र लिखकर बताया कि उसे ज़िंदगी में इतनी सर्वश्रेष्ठ सलाह कभी नहीं मिली। उसे यक़ीन ही नहीं हुआ कि वह जहाँ भी गया, वहाँ भले ही लोग औपचारिक या अलग-थलग थे, लेकिन जब उसने *प्लीज़* व *थैंक यू* कहा और मुस्कराया, तो उसे हर वह चीज़ मिल गई, जो वह चाहता था। उसे बेहतर कमरे मिले और उसे रेस्तराँओं में बेहतर टेबलें मिलीं – यह सब सिर्फ़ दूसरे लोगों को महत्त्वपूर्ण महसूस कराने से हुआ।

तीसरा तरीक़ा है *प्रशंसा :* आप दूसरों के गुणों, उपलब्धियों और चीज़ों के लिए सच्ची प्रशंसा करते हैं। हर व्यक्ति प्रशंसा को पसंद करता है। इससे लोग मूल्यवान और महत्त्वपूर्ण महसूस करते हैं।

लोग अपने जीवन के विभिन्न घटकों में बहुत ज़्यादा भावनात्मक निवेश करते हैं। अगर कोई व्यक्ति समय का पाबंद है, तो कहें, ''आप जानते हैं, आप इस पूरी कंपनी में समय के सबसे ज़्यादा पाबंद इंसान हैं।'' अगर कोई व्यक्ति लगनशील है, तो कहें, ''वाह, आपमें बहुत लगन है; आप कभी हार नहीं मानते।'' लोगों को अपने चरित्र के गुणों पर बहुत गर्व होता है, क्योंकि उन्हें विकसित करने में उन्होंने काफ़ी समय लगाया है। अगर किसी व्यक्ति ने कोई चीज़ हासिल की है, कॉलेज की पढ़ाई पूरी की है, डिग्री पूरी की है या सर्टिफ़िकेशन हासिल किया है, तो उसकी प्रशंसा करते हुए कहें, ''वाह, यह सचमुच महत्त्वपूर्ण है। आपको उस पर सचमुच गर्व होगा। इसमें बहुत मेहनत लगी होगी।'' जिन लोगों ने उन उपलब्धियों में कई घंटे लगाए हैं, यह सुनकर वे अपने बारे में सचमुच ख़ुश महसूस करते हैं।

उनके स्वामित्व की चीज़ों की प्रशंसा करें, ख़ास तौर पर कपड़ों की। जब आप किसी व्यक्ति के बालों या कपड़ों की तारीफ़ करते हैं – किसी पुरुष की शर्ट या जूतों की या किसी महिला की पोशाक, हैंडबैग या बालों की स्टाइल की – तो वे दमक उठते हैं। वे मूल्यवान महसूस करते हैं, उनका आत्म-गौरव बढ़ जाता है, वे ख़ुद को ज़्यादा पसंद करते हैं और वे आपकी उपस्थिति में ज़्यादा ख़ुश महसूस करते हैं। स्वीकार करने और प्रशंसा करने लायक़ चीज़ को पहचानकर तारीफ़ करने में आपको सिर्फ़ दो सेकेंड लगते हैं।

चौथा है *अनुमोदन।* आप छोटी-बड़ी दोनों तरह की उपलब्धियों की प्रशंसा करके अनुमोदन व्यक्त करते हैं। आत्म-गौरव का मतलब है कि कोई व्यक्ति किस हद तक प्रशंसनीय महसूस करता है। जब आप किसी अच्छे काम या परिणाम के लिए किसी व्यक्ति की प्रशंसा करते हैं, किसी ऐसी चीज़ के लिए जिसमें उन्होंने प्रयास लगाया है, तो उनके आत्म-गौरव में उफान आ जाता है और वे अपने बारे में सचमुच ख़ुश महसूस करते हैं।

मुख्य बिंदु है निश्चित प्रशंसा करना और तुरंत करना। अगर कोई सेक्रेटरी आपके लिए पत्र टाइप करती है, तो यह ना कहें, ''आप बेहतरीन सेक्रेटरी हैं।'' इसके बजाय यह कहें, ''यह सचमुच उत्कृष्ट पत्र है,'' और उससे यह बात टाइप करने के तुरंत बाद कह दें। तुरंत प्रशंसा करें, क्योंकि घटना के बाद जितनी जल्दी प्रशंसा की जाती है, उतनी ही ज़्यादा संभावना रहती है कि सामने वाला उस व्यवहार को दोहराएगा।

जिस प्रशंसा में देर की जाती है या टाला जाता है, उसका सामने वाले व्यक्ति की भावनाओं या व्यवहार पर बहुत कम प्रभाव पड़ता है। अगर आप किसी व्यक्ति की प्रशंसा एक सप्ताह या एक महीने बाद करते हैं, तो बहुत ज़्यादा देर हो जाती है। तब तक वे उस घटना के बारे में सब कुछ भूल गए होंगे और अपनी आँखें गोल-गोल घुमाएँगे। प्रशंसा तुरंत करें। मैं जैसे ही सुनता हूँ कि किसी ने कोई अच्छी चीज़ की है, तो मैं तुरंत लोगों को फ़ोन करता हूँ, ईमेल करता हूँ या टेक्स्ट मैसेज भेजता हूँ।

अंत में, पाँचवाँ तरीक़ा है *ध्यान,* जिसका मतलब है लोगों से बात करते समय उनकी बात सुनना। यह शक्तिशाली है। जब आप लोगों की बात सुनते हैं, तो वे ख़ुद के बारे में अच्छा महसूस करते हैं। वे मूल्यवान और महत्त्वपूर्ण महसूस करते हैं। आपके प्रभाव के प्रति वे फूलों की तरह खुल जाएँगे और आप उन्हें आसानी से राज़ी कर सकते हैं।

इनमें से प्रत्येक व्यवहार सामने वाले के आत्म-गौरव को ऊपर उठाता है। यह उन्हें आपके विचारों के प्रति ज़्यादा खुला बनाता है और उनके मन में आपके लक्ष्य हासिल करने में मदद करने की ज़्यादा इच्छा जगाता है।

सुनने का सफ़ेद जादू

वास्तव में प्रभावी ढंग से सुनना नेतृत्व, राज़ी करने और अच्छे संप्रेषण की कुंजी है। यह इतनी ज़्यादा शक्तिशाली है कि इसे अक्सर सफ़ेद जादू कहा जाता है। अच्छा श्रोता बनने की चार कुंजियाँ हैं :

1. ध्यान देकर सुनें, आगे की तरफ़ झुकें और बाधा ना डालें। जब आप ध्यान से सुनते हैं, तो इससे सामने वाले का आत्म-गौरव बढ़ जाता है और वह ख़ुद को महत्त्वपूर्ण, ख़ुश और मूल्यवान महसूस करता है। उसके मस्तिष्क में एंडोर्फ़िन्स का प्रवाह होने लगता है, जिस वजह से वह आपकी उपस्थिति में ख़ुश महसूस करता है। बात काटने की कोशिश के बिना प्रभावी ढंग से सुनना बहुत शक्तिशाली होता है।

    जब आप किसी दूसरे की बात सुनते हैं, तो कल्पना करें कि आपकी आँखें सनलैंप हैं और आप सामने वाले के चेहरे को टैन करना चाहते हैं। आप जितने ज़्यादा ग़ौर से सुनते हैं, आपकी आँखों के सनलैंप में उतनी ही ज़्यादा शक्ति आ जाती है और आप उतना ही बेहतर टैन दे पाते हैं। आप सामने वाले व्यक्ति के चेहरे को पूरा टैन देना चाहते हैं। अपनी आँखें ऊपर-नीचे करते रहें, सामने वाले के चेहरे और आँखों को देखें, सिर झुकाएँ और मुस्कराएँ। इसका बहुत ज़्यादा प्रभाव पड़ता है, क्योंकि इससे वे अपने बारे में अच्छा महसूस करते हैं और आपको पसंद करते हैं।

2. जवाब देने से पहले ठहरें। दूसरे शब्दों में, जब सामने वाला साँस लेने के लिए ठहरे, तो बीच में अपने शब्दों को लेकर ना कूदें। बातचीत में ख़ामोशी को आने की अनुमति दें।

    इससे आपको तीन तरीक़े से फ़ायदा होता है। सबसे पहले तो आप बाधा डालने के जोखिम से बच जाते हैं, क्योंकि हो सकता है कि सामने वाला अपने विचारों को दोबारा व्यवस्थित करने के लिए रुका हो। दूसरे, इससे आपको ज़्यादा गहरे स्तर पर सुनने की अनुमति मिलती है। जब आप ठहरते और सुनते हैं, तो आप सामने वाले की कही बात सचमुच सुनते और समझते हैं, जो उस स्थिति में नहीं होता, अगर आप बिना सोचे-समझे कूद जाते। तीसरा लाभ यह है कि आपकी ख़ामोशी से सामने वाले को पता चलता है कि आप उसके शब्दों को महत्त्वपूर्ण मानते हैं, यानी आप उसे भी महत्त्वपूर्ण मानते हैं।

3. स्पष्टीकरण के लिए सवाल करें। कभी मानकर नहीं चलें कि आप सामने वाले की बातों का मतलब जानते हैं। अगर आपके मन में कोई भी प्रश्न हो, तो पूछ लें, "आपका ठीक-ठीक क्या मतलब है?" जब भी आप यह प्रश्न पूछेंगे, सामने वाला अपनी बात को विस्तार से बता देगा। फिर आप ठहरकर कहते हैं, "देखिए, आपका क्या मतलब है?" वे एक बार फिर विस्तार से बताएँगे। कई बार तो आप बस इस एक प्रश्न को दोहराकर ही पूरी बातचीत कर सकते हैं।

आप एक और प्रश्न यह पूछ सकते हैं : ''तो आपने क्या किया?'' अगर वे आपको किसी घटना के बारे में बता रहे हों और वे यह देखने के लिए ठहरे हों कि क्या आपकी सुनने में सचमुच रुचि है, तो कहें, ''तो आपने क्या किया?'' जवाबों को ग़ौर से सुनें।

तीसरा प्रश्न है, ''आप इसके बारे में कैसा महसूस करते हैं?'' लोग हमेशा भावनात्मक प्रश्न का जवाब देंगे। जब आप पूछते हैं, आप आज कैसा महसूस करते हैं? तो लोग हमेशा जवाब देते हैं। इसलिए आप पूछ सकते हैं, आप उस सौदे के बारे में कैसा महसूस करते हैं? आप अपने नए इलाक़े के बारे में कैसा महसूस करते हैं? लोग हमेशा भावनात्मक प्रश्न का जवाब देंगे, जिससे आपको सिर हिलाने और सुनने का मौक़ा मिलता है।

जो व्यक्ति प्रश्न पूछता है, वह जवाब देने वाले व्यक्ति को नियंत्रित करता है। आप जितने ज़्यादा प्रश्न पूछते हैं, आप चर्चा को उतना ही ज़्यादा नियंत्रित करते हैं।

4. आपने जो सुना है, उसे अपने ख़ुद के शब्दों में दोहराएँ। यह सुनने का एसिड टेस्ट है। जब कोई व्यक्ति अपनी बात ख़त्म कर ले, तो कहें, ''मुझे यह सुनिश्चित करने दें कि मैं आपकी बात का पूरा मतलब समझ गया हूँ'' या ''तो आप यह कह रहे हैं...'' आप उनकी बातों को तब तक दोहराते हैं, जब तक वे यह नहीं कह देते, ''हाँ, मैंने यही कहा था। मुझे यही चिंता है। मैं यही कह रहा था।''

   इससे सामने वाले को यह प्रमाण मिल जाता है कि आप सचमुच सुन रहे थे। आप उन छोटे कुत्तों जैसे नहीं थे, जिसका सिर कार के पीछे हिलता दिख रहा था। आप सचमुच उसकी बातें सुन रहे थे। इससे सामने वाले को यह प्रमाण मिलता है कि आप उसकी और उसकी बातों की परवाह करते हैं।

विश्वसनीयता

राज़ी करने, प्रभाव डालने और शक्तिशाली संवाद करने में सबसे महत्त्वपूर्ण शब्द है *विश्वसनीयता।* आपकी विश्वसनीयता से ही तय होता है कि सामने वाला आपको कितना ज़्यादा पसंद करता है, आप पर कितना भरोसा करता है और आपकी कही बात पर कितना विश्वास करता है? विश्वसनीयता के संबंध में नियम यह है कि हर चीज़ मायने रखती है। हर चीज़ मदद करती है या नुक़सान पहुँचाती है; हर चीज़ आपकी विश्वसनीयता को या तो बढ़ाती है या घटाती है। कोई भी चीज़ नज़रअंदाज़ नहीं की जाती है।

विश्वास किए जाने की कुंजी है विश्वसनीय बनना। अपने वादे निभाएँ। वह करें, जो आपने कहा था कि आप करेंगे। हर मीटिंग में समय के पाबंद रहें। ईमानदारी और निर्भरता की प्रतिष्ठा बनाएँ। लोग उस कंपनी से ज़्यादा सामान ख़रीदेंगे और ज़्यादा भाव पर ख़रीदेंगे, जो दूसरी कंपनी से ज़्यादा विश्वसनीय है, भले ही दूसरी कंपनी बेहतर और ज़्यादा सस्ता प्रॉडक्ट या सेवा देती हो।

सफलता की पोशाक पहनें

दूसरों के साथ प्रभावी संप्रेषण करने के लिए आपको उस भूमिका में दिखना भी होगा। लोगों की 95 प्रतिशत सोच दृश्यात्मक होती है। वे आपके बारे में तसवीरों में सोचते हैं। पहली छवि बनाने में लगभग चार सेकेंड लगते हैं। जब आप किसी व्यक्ति से पहली बार मिलते हैं, तो वे आप पर स्नैपशॉट की तरह एक निगाह डालते हैं। वे पलकें झपकाते हैं और उनके मन में आपकी पहली छवि बन जाती है। उस व्यक्ति को उसके मन में आपकी छवि को अंतिम रूप देने में सिर्फ़ तीस सेकेंड का समय लगता है।

दूसरे शब्दों में, एक बार जब व्यक्ति अपनी पहली छवि बना लेता है, तो आपकी वह छवि उसके मन में तेज़ी से सूखने वाले कंक्रीट की तरह जमने लगती है। अगर आप अगले तीस सेकेंड में इस पहली छवि को नहीं बदलते हैं, तो उसके मन में यह ठोस बन जाएगी। जब यह छवि ठोस बन जाती है, तो व्यक्ति इसे तर्कसंगत साबित करने और प्रमाणित करने के कारण खोजता है। इसे *चुनिंदा अनुभूति* कहा जाता है। वे अपने पूर्व निर्णय की पुष्टि करने के लिए जानकारी की तलाश करते हैं और सारी विरोधी जानकारी को अस्वीकार कर देते हैं।

सफलता की पोशाक पहनें, क्योंकि पहली छवि के संदर्भ में आपकी पोशाक दूसरों पर 95 प्रतिशत दृश्यात्मक प्रभाव डालती है। किसी गर्म दिन में भी आपके कपड़े आपके 95 प्रतिशत शरीर को ढँके रहते हैं।

जब मैं युवा सेल्समैन था, तो मैंने एक सस्ता सूट ख़रीदा, जिसकी फ़िटिंग अच्छी नहीं थी। फिर मैंने एक टाई ख़रीदकर पहन ली। मैं ऐसे परिवार से नहीं आया था, जहाँ किसी ने कभी टाई पहनी हो, इसलिए मैं इसके बारे में कुछ नहीं जानता था।

एक दिन एक ज़्यादा उम्र का सेल्समैन मुझे अकेले में ले जाकर बोला, ‘‘क्या मैं आपकी पोशाक पर थोड़ा फ़ीडबैक दे सकता हूँ?’’ वह हिचकिचा रहा था, क्योंकि ज़्यादातर लोग अपनी पोशाक और साज-सिंगार के बारे में सचमुच संवेदनशील होते हैं। मैंने कहा, ‘‘बिलकुल। क्या आप कोई चीज़ देखते हैं, जिसे मैं सुधार सकता हूँ?’’ उसने कहा, ‘‘हाँ, मैं व्यवसाय में उचित पोशाक के बारे में

आपको कुछ बताना चाहता हूँ।'' वह इस बारे में बात करने लगा कि सूट कैसे टँगता है, इसे किस तरह काटा जाता है, सिलाई, सूट और शर्ट के साथ टाई किस तरह पहनी जाती है, पैंट की लंबाई, मोजों और जूतों के रंग। मुझे यक़ीन नहीं हो रहा था कि इसमें इतना कुछ था। फिर उसने मेरा परिचय एक टेलर से कराया (जो ज़्यादा महँगा नहीं था), जिसने मुझे एक सूट बनाकर दिया। *साइकोलॉजी टुडे* में एक अध्ययन के बारे में बताया गया है, जिसमें लोगों को सूट पहने हुए पुरुषों की छवि तीन सेकेंड तक दिखाई गई। जिन लोगों ने रेडीमेड सूट पहने थे, उनके बजाय नापकर सिले गए सूट वाले पुरुषों को ''ज़्यादा आत्मविश्वासी, सफल, लचीला'' और ज़्यादा वेतन कमाने वाला बताया गया।

रेडीमेड सूट और मेरी फ़िटिंग के अनुरूप बने सूट के बीच का अंतर लगभग चमत्कारी था। उसके बाद मैं बाहर गया और मैंने कई पुस्तकें ख़रीदीं कि अच्छी पोशाक कैसे पहनें। मैंने इस बारे में सर्वश्रेष्ठ लोगों से सलाह माँगी। अब जब मैं किसी सेमिनार में जाता हूँ, तो लोग मेरे पास आकर कहते हैं, ''आप जानते हैं, मैं छवि परामर्शदाता हूँ, मैं उचित पोशाक पर लोगों को सलाह देने के लिए 500 डॉलर से 1,000 डॉलर प्रति दिन का भुगतान लेता हूँ और आपकी पोशाक बेदाग़ है।'' अगर आपकी पोशाक ज़बर्दस्त है, तो दूसरे लोगों पर आपकी पहली छवि भी ज़बर्दस्त बनती है।

पोशाक पेशेवर संसार में महिलाओं के लिए भी महत्त्वपूर्ण है – इतनी ज़्यादा कि अंतरराष्ट्रीय ग़ैर–लाभकारी संगठन ड्रेस फ़ॉर सक्सेस (जॉन मोलॉय की मशहूर बेस्टसेलर के नाम पर) गठित किया गया है, ताकि महिलाओं को ''कामकाज और जीवन में समृद्ध बनाने के लिए समर्थन, पेशेवर पोशाक तथा विकास के साधनों का नेटवर्क प्रदान करके आर्थिक स्वतंत्रता हासिल करने में मदद की जाए।''

आपके व्यवसाय या पेशे में अच्छी पोशाक कैसे पहनें, इस पर पुस्तकें और लेख पढ़ें। कुछ कपड़ों, रंगों और मिश्रणों की वजह से लोग तत्काल खड़े होकर सलाम करते हैं। बाक़ी के कारण लोग आपको औसत मान लेते हैं और शंका से देखते हैं।

अपने आस–पास के सबसे सफल और सम्मानित लोगों को देखें। उन्हें अपना रोल मॉडल बना लें। पोशाक और साज–सिंगार के उनके तरीक़ों की नक़ल करें। चूँकि मैं व्यवसाय में सफल होना चाहता था, इसलिए मैं व्यावसायिक पत्रिकाएँ पढ़ता था। मैं उन पन्नों को भी पढ़ता था, जिनमें उन लोगों की तसवीरें रहती थीं, जिन्हें हाल ही में प्रमोशन मिला था। देखें कि उनकी पोशाक कैसी है। हर मामले में, चाहे वह पुरुष हो या महिला, वे बेहतरीन दिखते हैं।

समय तेज़ी से बदल रहा है, इसलिए पोशाक के पैमाने भी बदल रहे हैं। हाल के दशकों में कई पेशे सूट–टाई (पुरुषों के लिए) से अब ''बिज़नेस कैज़ुअल'' की

तरफ़ बढ़ रहे हैं। पुरुषों के लिए इसका सामान्य तौर पर मतलब है स्लैक्स, ड्रेस शूज़ (स्नीकर्स नहीं), कॉलर वाली शर्ट (बिना टाई के) और स्पोर्ट्स जैकेट। महिलाओं के लिए पोशाक का मतलब आम तौर पर होता है ब्लाउज़, स्कर्ट या ड्रेस स्लैक्स और उचित हील वाले या सपाट जूते। ज़ाहिर है, हर उद्योग और पेशे की शैलियों में काफ़ी अंतर होता है, इसलिए आपको उन लोगों का अवलोकन करना चाहिए, जिनकी आप प्रशंसा करते हैं और उनकी पोशाक से संकेत लेना चाहिए।

हमेशा उस नौकरी के हिसाब से पोशाक पहनें, जिसे आप भविष्य में चाहते हैं। इस तरह पोशाक पहनें, ताकि आपका बॉस ग्राहकों या कंपनी में आने वाले लोगों को आपका परिचय देने पर गर्व महसूस करे। आप जीवन में जहाँ भी हों, हमेशा उससे ऊपरी स्तर की पोशाक पहनें। जब आप उन लोगों को देखते हैं, जिनकी आप प्रशंसा करते हैं, तो उन्हें अपना रोल मॉडल बना लें : उनकी पोशाक के तरीक़ों की नक़ल करें, उनके साज-सिंगार के तरीक़ों की नक़ल करें। एक जैसे पंख वाले पक्षी एक साथ रहते हैं। लोग उन्हीं लोगों को प्रमोशन देते हैं, जो उनके जैसे दिखते हैं।

अगर आप किसी को कोई चीज़ बेचने जा रहे हैं, तो आप उन्हें सलाह दे रहे हैं। उस तरह की पोशाक पहनें, जिस तरह सलाह देने वाले लोग पोशाक पहनते हैं - उनके बैंकर, वकील, अकाउंटेंट। तैयारी संप्रेषण करने और विश्वसनीयता बढ़ाने का शक्तिशाली तरीक़ा है।

तैयारी और विश्वसनीयता

हर मीटिंग से पहले होमवर्क करें। लोगों को तुरंत समझ आ जाता है कि आप किसी मीटिंग के लिए कितनी अच्छी तरह तैयार हैं। आपकी विश्वसनीयता तुरंत बढ़ जाती है, जब आप मिलते ही कहते हैं, "आपके समय के लिए धन्यवाद। मैंने इंटरनेट पर आपकी साइट देखी। मुझे हैरानी हुई कि आप बारह वर्षों से व्यवसाय कर रहे हैं, आपकी कंपनी में 127 लोग हैं और आप इस बाज़ार में इस ख़ास प्रॉडक्ट या सेवा के शीर्ष डिस्ट्रिब्यूटर हैं। आपने यह कैसे हासिल किया?"

आपकी विश्वसनीयता सीधे छत तोड़कर ऊपर चली जाती है : "क्या? आपने थोड़ा शोध किया, आपने हमारे बारे में जानने की कोशिश की, आपने यहाँ आने से पहले हमारे बारे में जानकारी हासिल की?" यह उन सबसे शक्तिशाली चीज़ों में से एक है, जो आप बेचने और राज़ी करने के क्षेत्र में कर सकते हैं।

लोग यह भी तुरंत समझ जाते हैं कि आपने मीटिंग के लिए कोई तैयारी नहीं की है। जब आप अंदर आकर कहते हैं, "आप क्या करते हैं? आप व्यवसाय में कितने समय से हैं? आपकी कंपनी क्या करती है?" तो आपकी विश्वसनीयता

फ़र्श तोड़कर नीचे गिर जाती है। (जब मेरी उम्र कम थी, तो मैं अक्सर ऐसी बातें कहा करता था।)

वैसे तैयारी के संदर्भ में नियम यह है कि कभी किसी संगठन के किसी व्यक्ति से ऐसा प्रश्न नहीं पूछें, जिसका जवाब आपको आसानी से कहीं और मिल सकता है। *द पावर ऑफ़ पॉजिटिव थिंकिंग* के लेखक डेल कारनेगी ने कहा था कि आपको किसी ग्राहक से बात करने का अधिकार अर्जित करना होता है; आप वहाँ जाने से पहले अपना होमवर्क करके वह अधिकार अर्जित करते हैं।

व्यवसाय में लोगों को प्रभावित करने के लिए हमेशा उपयोगिता के सिद्धांत का पालन करें। आपकी पेशकश उनकी मनचाही चीज़ को पाने का सबसे तेज़ और सबसे अच्छा तरीक़ा है या नहीं, इस आधार पर लोग ख़ास तौर पर ख़रीदते या नहीं ख़रीदते हैं।

पसंद करना व्यवसाय में प्रभावी संप्रेषण का सबसे महत्त्वपूर्ण घटक है। लोग आपको जितना ज़्यादा पसंद करते हैं, उनके आपसे ख़रीदने की उतनी ही ज़्यादा संभावना होगी। विश्वसनीयता और विश्वास किसी दूसरे व्यक्ति द्वारा प्रेरित होने के सबसे शक्तिशाली कारण हैं। हमेशा इस बारे में सोचें कि आप कैसे ज़्यादा विश्वसनीय बन सकते हैं।

किसी ने एक बार कहा था कि निर्भरता व्यवसाय में सबसे महत्त्वपूर्ण योग्यता है। सामाजिक प्रमाण लोगों को प्रभावित करने की कुंजी है। दूसरे लोगों का हवाला दें, जिन्होंने आपके विचार या प्रॉडक्ट को स्वीकार किया है और जो इसके साथ ख़ुश हैं।

लोग अपने निर्णय में *अपने जैसे* दूसरे लोगों से बहुत ज़्यादा प्रभावित होते हैं : जो उनके जैसे होते हैं। जब आप सेल्समैन के रूप में किसी डॉक्टर से मिलते हैं, तो आप कहते हैं, ''कई डॉक्टर इस प्रॉडक्ट का इस्तेमाल कर रहे हैं और उन्हें बेहतरीन परिणाम मिल रहे हैं।'' यह तुरंत ही आपकी विश्वसनीयता बढ़ा देता है और डॉक्टर को आपकी पेशकश के बारे में ज़्यादा जानने के लिए उत्सुक बना देता है। अगर आप किसी ट्रक ड्राइवर से बात कर रहे हैं, तो आप कहते हैं कि बहुत से ट्रक ड्राइवर इस कारण इस प्रॉडक्ट का इस्तेमाल कर रहे हैं। अगर आप किसी रियल एस्टेट एजेंट से बात कर रहे हैं, तो आप कहते हैं कि शीर्षस्थ रियल एस्टेट एजेंट सारे समय इसका इस्तेमाल करते हैं।

दूसरे शब्दों में, जब भी आप किसी से बात कर रहे हों, तो उनके क्षेत्र के किसी दूसरे व्यक्ति का ज़िक्र करें, जो आपके प्रॉडक्ट का इस्तेमाल कर रहा है। इन लोगों के पत्रों का इस्तेमाल करें, समान क्षेत्रों में काम करने वाले लोगों के नामों की सूचियों का इस्तेमाल करें और समान क्षेत्र में आपके प्रॉडक्ट या सेवा का इस्तेमाल करने वाले लोगों की तसवीरों का इस्तेमाल करें।

''इसमें मेरे लिए क्या है?'' इस प्रश्न का लगातार जवाब देकर और लाभों पर ध्यान केंद्रित करके आप ख़रीदने की इच्छा जगाते हैं। यह एक ऐसा प्रश्न है, जिसका आपको बार-बार जवाब देना चाहिए। हमेशा स्पष्ट करें कि आपके प्रॉडक्ट या सेवा का इस्तेमाल करने से व्यक्ति कितने तरीक़ों से बेहतर हो जाएगा। हमेशा दिखाएँ कि आपकी सलाह मानने पर उसका जीवन या कामकाज कितना सुधर जाएगा।

लिंग भिन्नताएँ

संप्रेषण करने, राज़ी करने और प्रभावित करने में पुरुषों तथा महिलाओं के बीच कई भिन्नताएँ होती हैं। हालाँकि हर मामले में अपवाद होते हैं, लेकिन बुनियादी तौर पर पुरुष प्रत्यक्ष या सीधी बात करते हैं, जबकि महिलाएँ अप्रत्यक्ष या घुमावदार बात करती हैं। पुरुष जैवलिन की तरह होते हैं और महिलाएँ बॉक्सर जैसी होती हैं : वे विषय के चारों तरफ़ गोल-गोल घूमती हैं। पुरुष अनुशंसाएँ चाहते हैं; महिलाएँ उपलब्ध सामानों में से चुनाव करना ज़्यादा पसंद करती हैं।

बिक्री में अगर आप किसी पुरुष से बात कर रहे हों, तो आप कहते हैं, ''यहाँ तीन विकल्प हैं और आपने जो बताया है, उसके आधार पर मेरी सलाह यह है और इसके ये कारण हैं।'' महिला के मामले में आप कहते हैं, ''यहाँ तीन विकल्प हैं। ये उनके सकारात्मक और नकारात्मक पहलू हैं; आपको कौन-सा ज़्यादा पसंद है?'' महिलाओं को चुनना पसंद होता है; पुरुष अनुशंसा पसंद करते हैं।

पुरुषों और महिलाओं के संप्रेषण में एक और अंतर यह होता है कि पुरुष शब्दों का इस्तेमाल काम करने वाले औज़ारों के रूप में करते हैं : वे कम से कम औज़ारों का इस्तेमाल करते हैं। महिलाएँ जुड़ने, पोषण देने और संबंध बनाने के लिए शब्दों का इस्तेमाल करती हैं। पुरुष तुरंत व्यावहारिक निर्णय लेना पसंद करते हैं। महिलाएँ अपनी भावनाएँ सुनना ज़्यादा पसंद करती हैं और निर्णय लेने में ज़्यादा समय लगाती हैं। पुरुष सफलता, स्टेटस, शक्ति, परिणाम और उपलब्धि से प्रेरित होते हैं। महिलाएँ परिवार, बच्चों, मित्रों और संबंधों की ज़्यादा परवाह करती हैं।

पुरुष खेलों, व्यवसाय और राजनीति के बारे में बात करना पसंद करते हैं। महिलाएँ लोगों, संबंधों और भावनाओं के बारे में बात करना ज़्यादा पसंद करती हैं। अगर आप कभी किसी सामाजिक समारोह में जाते हैं, जहाँ दो-तीन दंपति हैं, तो आप पाएँगे कि पुरुष इकट्ठे होकर खेल, व्यवसाय और राजनीति के बारे में बात करने लगते हैं, जबकि महिलाएँ इकट्ठी होकर लोगों, परिवार, संबंधों और भावनाओं के बारे में बात करने लगती हैं। यह स्वचालित और अपने आप होता है।

जब भी मैं तीन दंपतियों के साथ डिनर पर बाहर जाता हूँ, तो मैं हमेशा तीनों महिलाओं को एक साथ रखता हूँ और तीनों पुरुषों को एक साथ रख देता हूँ।

लोग कहते हैं, "यह लड़का, लड़की, लड़का, लड़की वाली व्यवस्था का क्या हुआ?" मैं कहता हूँ, "आप अपने जीवनसाथी के साथ बहुत समय बिताते हैं। आइए हम महिलाओं को एक साथ रख देते हैं, क्योंकि वे तुरंत उन चीज़ों के बारे में बात करने लगेंगी, जिनमें महिलाओं की रुचि होती है। पुरुष उन चीज़ों के बारे में तुरंत बात करने लगेंगे, जिनमें पुरुषों की रुचि होती है और दोनों समूहों का समय बेहतरीन गुज़रेगा।"

एक और रोचक बात : पुरुष एक समय में केवल एक चीज़ पर ध्यान केंद्रित कर सकते हैं। महिलाएँ एक साथ बात कर सकती हैं, सुन सकती हैं, व्यवहार कर सकती हैं और दूसरी चीज़ें भी कर सकती हैं।

महिलाओं के साथ बेहतर मेलजोल करने के लिए पुरुषों को ज़्यादा प्रश्न पूछने, ज़्यादा ध्यान से सुनने और सुझाव या समाधान कम देने की ज़रूरत होती हैं। महिला पुरुष के सामने कोई समस्या रखकर यह कह सकती है, "मुझे ऑफ़िस में यह समस्या आ रही है और यह हुआ है। आप क्या सोचते हैं?" लेकिन ध्यान रहे, दरअसल उसने पहले ही यह निर्णय ले लिया है कि वह क्या करने वाली है।

वह तो केवल बातचीत शुरू करना चाहती है, क्योंकि महिलाएँ अपने ख़ास पुरुष से बात करना पसंद करती हैं। वे इस स्थिति का इस्तेमाल इंजन चालू करने और बातचीत शुरू करने के अवसर के रूप में करती हैं। उन्हें समाधान क़तई नहीं चाहिए होता।

पुरुष कोई विशेष समाधान देकर जवाब देंगे और दोबारा टेलीविज़न देखने लगेंगे। लेकिन महिला यह नहीं चाहती। वह तो बात करना चाहती है : "ओह, यह कैसे हुआ? आप क्या सोचती हैं, आपको क्या करना चाहिए?" महिला इस तरह के प्रश्न पूछ सकती है, "मैं ये इयररिंग पहनूँ या वो वाले? आप क्या सोचते हैं उस ड्रेस के साथ सबसे अच्छा क्या रहेगा? क्या पहनूँ – ये जूते या वो वाले जूते? आपको कौन सा बेहतर लगेगा?" अगर आप कहते हैं, "मुझे भूरे वाले पसंद हैं," तो वह कहेगी, "मैं सोचती हूँ कि मैं मटमैले रंग के जूते पहन लेती हूँ।" उसने काफ़ी कुछ तय कर लिया है कि वह क्या पहनने वाली है, इसलिए सवाल उसी की तरफ़ बढ़ा दें; वह बस बात करना चाहती है। इसलिए सुझाव या समाधान देने के बजाय बस प्रश्न पूछें और उसकी राय पूछें।

पुरुषों के साथ बेहतर मेलजोल करने के लिए महिलाओं को ज़्यादा प्रत्यक्ष या स्पष्टवादी होने, अपनी इच्छाओं को स्पष्ट करने और मदद या संलग्नता माँगने की ज़रूरत है। हालाँकि महिलाएँ दिल की बात समझ सकती हैं, लेकिन पुरुष ऐसा नहीं कर सकते। हर पुरुष को ऐसा अनुभव हुआ होगा, जहाँ उसने घर पर फ़ोन करके "हलो" कहा होगा। इतने पर ही महिला ने पूछ लिया होगा, "क्या गड़बड़

हो गई? क्या बॉस ने कुछ कह दिया? क्या आज सुबह यह हुआ?'' वह हलो से ही सब कुछ समझ लेगी। यह *जेरी मैग्वायर* फ़िल्म की मशहूर पंक्ति की तरह है, जहाँ महिला अभिनेत्री कहती है, ''तुमने हलो में ही मुझे जीत लिया था।'' सिर्फ़ हलो से ही वह हर चीज़ जान गई। महिलाएँ ऐसी ही होती हैं।

वैसे पुरुषों और महिलाओं के मामले में एक समस्या यह आती है कि जब महिलाएँ दूसरी महिलाओं के साथ व्यवहार करती हैं, तो वे एक-दूसरे के दिल की बात समझ सकती हैं और जान जाती हैं कि वे क्या सोच रही हैं या महसूस कर रही हैं। वे इस बारे में बहुत संवेदनशील होती हैं और वे उचित प्रतिक्रिया देती हैं। महिलाएँ पुरुषों से भी इसी तरह के व्यवहार की उम्मीद करती हैं। लेकिन पुरुष ऐसे नहीं होते, क्योंकि हम उस तरह से नहीं बने हैं। महिलाएँ कई बार इस कारण पुरुषों से चिढ़ जाती हैं। वे कहती हैं, ''क्यों नहीं? ऐसा इसलिए है, क्योंकि वह कोशिश नहीं कर रहा है।'' नहीं : ऐसा इसलिए है, क्योंकि उसमें यह क्षमता ही नहीं है। यह समझना बहुत महत्त्वपूर्ण है।

पुरुष संबंधों या संवाद के बारे में बहुत ज़्यादा नहीं सोचते। महिलाएँ संबंधों और संवाद के बारे में बहुत ज़्यादा सोचती हैं। यह दोनों में बुनियादी फ़र्क़ है। पुरुषों का आंतरिक जीवन बहुत सरल होता है; महिलाओं का आंतरिक जीवन बहुत जटिल होता है। अगर काउच पर पुरुष और महिला बैठकर टेलीविज़न देखें, तो पुरुष का मस्तिष्क अपनी लगभग 20 प्रतिशत क्षमता पर काम करेगा, जैसे रात को ऑफ़िस की इमारत में धीमी बत्ती जलती है। उसी कार्यक्रम को देखते समय अगर आप किसी महिला के दिमाग़ का ईईजी करें, तो उसका 80 प्रतिशत मस्तिष्क पूरी तरह सक्रिय मिलेगा। यह चालू-बंद हो रहा होगा। वह इस बारे में सोचेगी कि वह क्या देख रही है, प्लॉट कैसे विकसित हो रहा है, लेकिन वह इस बारे में भी सोच रही होगी कि उसने उस दिन क्या किया था, वह आने वाले कल में क्या करने वाली है आदि।

कॉमेडियन जेरी सीनफ़ेल्ड से एक बार पूछा गया, ''आप पुरुष लोग किस बारे में सोचते हैं?'' उनका जवाब था, ''ज़्यादा नहीं। वे बस वहाँ बैठे रहते हैं और ज़्यादा कुछ नहीं सोचते।''

महिला आकर पूछती है, ''तुम क्या सोच रहे हो?'' पुरुष सोचता है कि उसे कुछ न कुछ तो कहना होगा, हालाँकि वह किसी चीज़ के बारे में नहीं सोच रहा था। सबसे बुरी चीज़ यह है, जब कोई महिला किसी पुरुष से पूछती है, ''आप क्या महसूस कर रहे हो?'' या ''आप कैसा महसूस करते हो?'' पुरुष कोई चीज़ महसूस नहीं कर रहा है; वह तो बस वहाँ बैठा है। यह सचमुच महत्त्वपूर्ण है कि पुरुष और महिलाएँ अपने संवाद के तरीक़ों के बुनियादी अंतरों को समझ लें।

आज ही शक्तिशाली संप्रेषण में विशेषज्ञ बनने का संकल्प लें। इस विषय पर पुस्तकें पढ़ें, प्रभावी संप्रेषण पर कोर्स करें, ऑडियो प्रोग्राम सुनें और सबसे महत्त्वपूर्ण बात, अभ्यास करें, अभ्यास करें, अभ्यास करें।

5

लक्ष्य : इमारत बनाने वाली ईंटें

जैसा हम पहले ही देख चुके हैं, सफलता की एक बुनियादी कुंजी यह जानना है कि आप क्या चाहते हैं और फिर इसे हासिल करने के लिए ख़ुद को समर्पित करना है। ख़ुद को मार्ग पर बनाए रखने के लिए आपको यह भी जानना होता है कि कैसे विशिष्ट लक्ष्य तय करें और उनके प्रति समर्पित हों।

एक बार कई बेहद सफल लोग इकट्ठे होकर बात कर रहे थे कि उन्होंने कितना कुछ हासिल किया था और क्यों। उनमें से एक ने कहा, ''आप जानते हैं, सफलता क्या है?'' हर व्यक्ति शांत होकर सुनने लगा। उसने आगे कहा : ''सफलता लक्ष्य है; बाक़ी सब कमेंट्री है।''

यह जीवन का बहुत बड़ा सत्य है : *सफलता लक्ष्य है और बाक़ी सब कमेंट्री है।* यह पूरे मानव इतिहास की बहुत बड़ी खोज है। आपका जीवन तभी बेहतरीन जीवन बनना शुरू होता है, जब आप स्पष्टता से पहचानते हैं कि आप क्या चाहते हैं, उसे हासिल करने की योजना बनाते हैं और फिर हर दिन उस योजना पर काम करते हैं।

नेपोलियन हिल ने एक बार कहा था, ''असफलता का बुनियादी कारण यह है कि लोग असफल या अप्रभावी योजनाओं की जगह पर नई योजनाएँ नहीं बनाते हैं।'' मैंने पाया है कि जब आप किसी नए लक्ष्य या नई योजना पर काम शुरू करते हैं, तो ज़्यादातर चीज़ें कारगर नहीं होतीं, कम से कम पहली बार। कई लोग किसी चीज़ की एक बार कोशिश करते हैं और फिर छोड़ देते हैं। सफल लोग बार-बार

कोशिश करते हैं : वे नई योजनाएँ बनाते हैं, अलग योजनाएँ बनाते हैं, कोई अलग चीज़ आज़माते हैं। वे जुटे रहते हैं।

इतने बरसों में मैंने हज़ारों रेडियो और टेलीविज़न इंटरव्यू दिए हैं, जिनमें मुझसे हमेशा पूछा जाता है, ''आपके लिए निर्णायक मोड़ क्या था? वह कौन-सा अनूठा अनुभव था, जिसने आपको रंक से राजा बनाया, जिसने आपको जीवन की तलहटी से बाहर निकाला?''

मैं यह सुनकर चिढ़ जाता था, क्योंकि इसका यह मतलब था कि व्यक्ति किसी त्वरित चालाकी से सफल हुआ है, इसलिए मैं इस प्रश्न का गोल-मोल जवाब देता था। फिर एक दिन मैंने सोचा, ''मेरे जीवन में सचमुच निर्णायक मोड़ थे।'' मुझे अहसास हुआ कि ऐसे तीन मोड़ थे। मैं पाता हूँ कि वे हर व्यक्ति के मामले में तीन निर्णायक मोड़ होते हैं।

सबसे पहले, तो मैंने खोजा कि मैं अपने जीवन और अपने साथ होने वाली हर चीज़ के लिए ज़िम्मेदार हूँ। मैंने सीखा कि जीवन किसी दूसरी चीज़ की रिहर्सल नहीं है। यह तो असली चीज़ थी।

यह मेरे लिए सदमे भरी बात थी। उस समय तक मैं अपनी पृष्ठभूमि, अपने माता-पिता और अपने साथ होने वाली चीज़ों को दोष देता था। अचानक चेहरे पर फ्लैश बल्ब पड़ने की तरह मुझे अहसास हुआ कि मैं ज़िम्मेदार था और मेरे जीवन में कोई चीज़ तभी बदलेगी, जब मैं ख़ुद इसे बदलूँगा।

सफल लोगों का हर अध्ययन दिखाता है कि उनका शुरुआती बिंदु व्यक्तिगत ज़िम्मेदारी स्वीकार करना था। उससे पहले कुछ नहीं होता। जब आप पूरी ज़िम्मेदारी स्वीकार कर लेते हैं, तभी आपका पूरा जीवन बदलना शुरू होता है।

मेरे लिए दूसरा निर्णायक मोड़ तब आया, जब मैं चौबीस साल का था और यह तब आया, जब मैंने लक्ष्यों की खोज की। मैं क्या कर रहा था, यह जाने बिना मैंने बैठकर दस चीज़ों की सूची बनाई, जिन्हें मैं निकट भविष्य में हासिल करना चाहता था। वह सूची मुझसे खो गई। लेकिन इसके बावजूद तीस दिन बाद मेरा पूरा जीवन बदल गया। मेरी सूची का लगभग हर लक्ष्य या तो पूरा या फिर आंशिक हासिल हो गया।

मेरे जीवन में तीसरा निर्णायक मोड़ तब आया, जब मुझे पता चला कि अपने लक्ष्य तक पहुँचने के लिए आपको जो सीखने की ज़रूरत है, आप वह कुछ भी सीख सकते हैं। कोई भी आपसे ज़्यादा स्मार्ट नहीं है और कोई भी आपसे बेहतर नहीं है। सारी व्यावसायिक योग्यताएँ, बिक्री संबंधी योग्यताएँ और पैसे बनाने वाली योग्यताएँ सीखी जा सकती हैं।

आज जो भी व्यक्ति किसी क्षेत्र में अच्छा है, वह कभी उस क्षेत्र में कमज़ोर रहा था। हर क्षेत्र के शीर्षस्थ लोग एक समय उस क्षेत्र में भी नहीं थे और जानते भी नहीं थे कि यह मौजूद था। लाखों-करोड़ों दूसरे लोगों ने जो काम करके सफलता हासिल की है, वह आप भी कर सकते हैं।

लक्ष्य तय करने के दस क़दम

मैं आपको लक्ष्य तय करने की प्रक्रिया के कुछ अत्यंत महत्त्वपूर्ण क़दम बताना चाहता हूँ।

1. सटीकता से तय करें कि आप अपने जीवन के हर मुख्य क्षेत्र में क्या चाहते हैं। आप आदर्शीकरण से शुरुआत करके यह कर सकते हैं। आदर्शीकरण एक ख़ास तकनीक है, जिसका इस्तेमाल पूरे इतिहास में संसार के शीर्षस्थ व्यक्तियों ने किया है। कल्पना करें कि इस बारे में कोई सीमाएँ नहीं हैं कि आप क्या बन सकते हैं, पा सकते हैं या कर सकते हैं। कल्पना करें कि आपके पास सारा समय, सारा पैसा, सारे मित्र, सारे संपर्क, सारी शिक्षा, सारा अनुभव है, जिसकी ज़रूरत आपको अपने किसी लक्ष्य को हासिल करने के लिए है।

   कल्पना करें कि आप जादू की छड़ी लहरा सकते हैं और जीवन के चार मुख्य क्षेत्रों में से प्रत्येक में अपने जीवन को आदर्श बना सकते हैं। अगर आपका जीवन इनमें से प्रत्येक क्षेत्र में आदर्श हो, तो यह कैसा दिखेगा?

   पहला क्षेत्र है आमदनी। आप इस साल, अगले साल और आज से पाँच साल बाद कितना कमाना चाहते हैं? एक जादू की छड़ी लहराएँ और कल्पना करें कि आपकी कोई सीमा नहीं है।

   दूसरे क्षेत्र का संबंध आपके परिवार से है। आप अपने और अपने परिवार के लिए किस तरह की जीवनशैली चाहते हैं? आप किस तरह के घर में रहना चाहते हैं? आप किस तरह की छुट्टियाँ मनाना चाहते हैं? आप अपने परिवार के सदस्यों के लिए क्या हासिल करना चाहते हैं? बस कल्पना करें कि आपकी कोई सीमाएँ नहीं हैं और आप अपनी आदर्श जीवनशैली बना सकते हैं।

   तीसरे क्षेत्र का संबंध आपके स्वास्थ्य से है। अगर आपका स्वास्थ्य हर तरीक़े से आदर्श हो, तो यह किस तरह अलग होगा? आपका वज़न कितना होगा? आप कितने फ़िट होंगे? आप सुबह कितने बजे उठेंगे? आप

किस तरह का भोजन करेंगे? अगर आपके पास आदर्श स्वास्थ्य हो, तो आप कैसा महसूस करेंगे? बस कल्पना करें कि कोई सीमाएँ नहीं हैं।

चौथे क्षेत्र का संबंध आपकी नेट वर्थ से है। आप अपने कामकाजी जीवन में कितना बचाना और इकट्ठा करना चाहते हैं? आपका दीर्घकालीन वित्तीय लक्ष्य क्या है?

याद रखें, आप उस लक्ष्य पर निशाना नहीं साध सकते, जिसे आप देख नहीं सकते हैं। अपने वित्तीय लक्ष्यों के बारे में आप जितने ज़्यादा स्पष्ट होंगे, इस बात की उतनी ही ज़्यादा संभावना है कि आप उन तक पहुँचने की राह में सही निर्णय लेंगे।

यहाँ एक तकनीक बताई जा रही है, जिसका आप इस्तेमाल कर सकते हैं। मैं इसे तीन लक्ष्यों का तरीक़ा कहता हूँ। जीवन में अपने वर्तमान तीन सबसे महत्त्वपूर्ण लक्ष्य लिख लें। तीस सेकेंड के समय में उन्हें फुर्ती से लिख लें – खट, खट, खट।

आपके जवाब शायद सटीक तसवीर बताते हैं कि आप जीवन में सचमुच क्या चाहते हैं। हमने पाया है कि अगर आपके पास अपने तीन लक्ष्य लिखने के लिए सिर्फ़ तीस सेकेंड हों, तब भी आपके जवाब उतने ही सटीक होंगे, जितने तीस मिनट या तीन घंटे होने पर होते। किसी तरह आपका अतिचेतन और अवचेतन मन अति सक्रिय हो जाते हैं और आपके तीन मुख्य लक्ष्य प्रकट हो जाते हैं।

2. अपने लक्ष्य लिख लें : लक्ष्य लिखित होने चाहिए और वे स्पष्ट, निश्चित, विस्तृत और नापने योग्य होने चाहिए। आपको अपने लक्ष्य इस तरह लिखना चाहिए, मानो आप बहुत दूर वाली किसी फ़ैक्ट्री में उन्हें बनवाने का ऑर्डर दे रहे हों। अपने वर्णन को हर मायने में स्पष्ट और विस्तृत रखें।

   केवल 3 प्रतिशत वयस्कों के पास लिखित लक्ष्य होते हैं। ना सिर्फ़ ये लोग सामान्य व्यक्ति से दस गुना ज़्यादा कमाते हैं, बल्कि बाक़ी लोग उनकी ख़ातिर काम करते हैं। ऐसे कई प्रकरण रहे हैं, जहाँ लोग किसी जान-पहचान, पृष्ठभूमि या भाषाई योग्यता के शून्य ज्ञान के साथ अमेरिका आए हैं और दस साल बाद उनके अधीन सैकड़ों लोग काम करते थे और वे दौलतमंद बन गए। क्यों? ऐसा इसलिए है, क्योंकि उनके पास लक्ष्य थे; वे स्पष्ट थे कि वे क्या चाहते हैं।

3. डेडलाइन तय करें : चेतन और अचेतन रूप से आपका अवचेतन मन लक्ष्य की दिशा में आपको संचालित करने के लिए डेडलाइनों का इस्तेमाल करता है। अगर लक्ष्य पर्याप्त बड़ा है, तो मिनी-डेडलाइन बना लें। मिसाल के तौर

पर, अगर आप वित्तीय स्वतंत्रता हासिल करना चाहते हैं, तो आप दस या बीस साल का लक्ष्य बना सकते हैं। फिर इसे साल दर साल तोड़ लें, ताकि आप जान जाएँ कि आपको हर साल कितना बचाना और निवेश करना है।

अगर किसी कारण से आप डेडलाइन तक अपना लक्ष्य हासिल नहीं कर पाएँ, तो नई डेडलाइन बना लें। कोई अयथार्थवादी लक्ष्य नहीं होते हैं; सिर्फ़ अयथार्थवादी डेडलाइन होती हैं। कई बार हो सकता है कि आपका लक्ष्य तो तार्किक और यथार्थवादी था, लेकिन स्थितियाँ, परिस्थितियाँ और वित्तीय स्थितियाँ नाटकीय रूप से बदल गईं, इसलिए आपको एक नई डेडलाइन तय करनी पड़ती है।

4. लक्ष्य की राह में आने वाली बाधाओं को पहचानें, जिनसे उबरने के बाद ही आप अपने लक्ष्य तक पहुँच सकते हैं। आप यह पूछकर उन्हें पहचानते हैं कि आप इस समय अपने लक्ष्य पर क्यों नहीं हैं।

   एक सिद्धांत है, जिसे बाध्यताओं का सिद्धांत कहते हैं। यह मेरे सीखे गए सबसे अच्छे सोचने वाले औज़ारों में से एक है। यह कहता है कि हमेशा एक सीमित करने वाला घटक या बाध्यता होती है – कई बार हम इसे गतिरोध कहते हैं – जो लक्ष्य हासिल करने की गति को तय करता है। आपके मामले में यह क्या है? आपकी बाध्यता क्या है? आपको कौन-सी चीज़ पीछे रोके हुए है? बाध्यताओं पर भी 80-20 का नियम लागू होता है। यह कहता है कि आपको लक्ष्य हासिल करने से रोकने वाले पूरे 80 प्रतिशत कारण आपके भीतर हैं। आम तौर पर यह किसी योग्यता, गुण या ज्ञान का अभाव है। आपको लक्ष्य हासिल करने से रोकने वाले सिर्फ़ 20 प्रतिशत कारण बाहरी होते हैं। हमेशा ख़ुद से शुरुआत करें और पूछें, मेरे अंदर क्या है, जो मुझे पीछे रोके हुए है?

5. उस ज्ञान, जानकारी और योग्यताओं को तय करें, जिनकी मदद से आप अपना लक्ष्य हासिल कर पाएँगे। ख़ास तौर पर उन योग्यताओं को पहचानें, जो आपको अपने क्षेत्र के शीर्षस्थ 10 प्रतिशत में पहुँचने के लिए विकसित करनी होंगी। याद रखें, किसी ऐसे लक्ष्य को हासिल करने के लिए जिसे आपने पहले कभी हासिल नहीं किया है, आपको ऐसी योग्यता विकसित करनी पड़ेगी और ऐसा कुछ करना पड़ेगा, जो आपने पहले कभी नहीं किया। आपकी सबसे कमज़ोर मुख्य योग्यता आपकी आमदनी और आपकी सफलता की सीमा तय करती है। आप किसी दूसरी योग्यता पर काम करने के बजाय उस एक योग्यता पर काम करके ज़्यादा प्रगति कर सकते हैं, जिसने आपको पीछे रोक रखा है।

यहाँ अहम प्रश्न यह है : कौन-सी एक योग्यता है, जिसे अगर आप उत्कृष्टता से विकसित कर लें, तो उसका आपके जीवन पर सबसे ज़्यादा सकारात्मक प्रभाव पड़ेगा? वह कौन-सी एक योग्यता है, जिसमें अगर आप सचमुच अच्छे बन जाएँ, तो उससे आपको अपनी आमदनी दोगुनी करने में सबसे ज़्यादा मदद मिलेगी?

एक बार जब आप इस प्रश्न का जवाब खोज लें, तो इसे लिख लें, एक योजना बनाएँ और हर दिन उस योग्यता को विकसित करने पर काम करें। लिख लें कि इसके लिए आप कौन-सी पुस्तकें पढ़ सकते हैं, कौन से ऑडियो प्रोग्राम सुन सकते हैं, हर काम जो आप कर सकते हैं। इसके बाद हर दिन कुछ न कुछ करते रहें, जो उस एक क्षेत्र में आपको बेहतर बना दे।

6. उन लोगों को पहचानें, जिनकी मदद और सहयोग से आप अपना लक्ष्य हासिल कर पाएँगे। अपने जीवन के हर व्यक्ति की सूची बनाएँ, जिसके साथ आपको लक्ष्य हासिल करने के लिए काम करना होगा।

   अपने परिवार के सदस्यों से शुरू करें, जिनके सहयोग और समर्थन की आपको ज़रूरत होगी। अपने बॉस, अपने सहकर्मियों और अपने अधीनस्थों की सूची बनाएँ; ख़ास तौर पर उन ग्राहकों को पहचानें, जो आपके पर्याप्त प्रॉडक्ट या सेवा ख़रीदेंगे, ताकि आपको मनचाहा पैसा मिल जाए।

   एक बार जब आप उन मुख्य लोगों को पहचान लें, जिनकी मदद की आपको ज़रूरत होगी, तो ख़ुद से पूछें, इसमें उनके लिए क्या है? पाने वाले के बजाय देने वाले बनें। बड़े लक्ष्य हासिल करने के लिए आपको बहुत से लोगों की मदद और सहारे की ज़रूरत होगी। जीवन में एक निश्चित समय और जगह पर एक मुख्य व्यक्ति से ज़मीन-आसमान का फ़र्क़ पड़ सकता है।

   सबसे सफल लोग वे होते हैं, जो दूसरे लोगों के सबसे बड़े नेटवर्क बनाते और क़ायम रखते हैं, जिनकी वे मदद कर सकें और जो बदले में उनकी मदद कर सकें।

7. हर चीज़ की सूची बनाएँ, जो आपको अपना लक्ष्य हासिल करने के लिए करना पड़ेगी। उन बाधाओं को लिखें, जिनसे आपको उबरना होगा। उस ज्ञान और योग्यताओं को लिखें, जिन्हें आपको विकसित करना होगा। उन लोगों के नाम लिखें, जिनके सहयोग की आपको ज़रूरत होगी। हर क़दम की सूची बनाएँ, जिसे उठाने पर अंतत: आप अपना लक्ष्य हासिल कर लेंगे। जब आपके मन में नई चीज़ों के विचार आएँ, तो उन्हें अपनी सूची में जोड़ते चलें, जब तक कि आपकी सूची पूरी नहीं हो जाए।

जब आप उन सारी चीज़ों की सूची बनाते हैं, जिनकी ज़रूरत आपको अपना लक्ष्य हासिल करने के लिए होगी, तो आप यह देखने लगेंगे कि उस लक्ष्य को हासिल करना आपकी कल्पना से कहीं ज़्यादा संभव है। कन्फ़्यूशियस की बात याद रखें, ''हज़ार मील लंबी यात्रा भी एक क़दम से शुरू होती है।'' आप एक समय में एक ईंट रखकर संसार की सबसे बड़ी दीवार बना सकते हैं।

8. अपनी सूची को एक योजना में बदलें। आप अपने क़दमों को दो तरीक़ों से व्यवस्थित करके ऐसा करते हैं : पहला, क्रम से और दूसरा प्राथमिकता से।

   क्रम से योजना बनाते समय आप पूछते हैं कि सबसे पहले क्या करना है, उसके बाद क्या करना है। यानी इसमें आप पूछते हैं कि आपको काम किस क्रम से करना है। प्राथमिकता के आधार पर योजना बनाने के लिए आप पूछते हैं कि क्या ज़्यादा महत्त्वपूर्ण है और क्या कम महत्त्वपूर्ण है। 80-20 का नियम कहता है कि आपके 80 प्रतिशत परिणाम आपकी 20 प्रतिशत गतिविधियों से मिलेंगे। दूसरी ओर, 20-80 का नियम कहता है कि आप अपने लक्ष्य की योजना बनाने और अपनी योजना को व्यवस्थित करने में जो 20 प्रतिशत समय व प्रयास लगाते हैं, वह उस लक्ष्य को हासिल करने के लिए आवश्यक 80 प्रतिशत समय और प्रयास के बराबर होगा। योजना बनाना बहुत महत्त्वपूर्ण है।

9. अपनी सूची को शुरुआत से लेकर अंत तक क़दमों की श्रंखला में व्यवस्थित करें। जब आपके पास एक लक्ष्य और योजना होती है, तो आप अपने लक्ष्य हासिल करने की संभावना को 1,000 प्रतिशत तक बढ़ा लेते हैं। कई आँकड़े इसे साबित करते हैं। आप लिखित योजना की शक्ति की कल्पना भी नहीं कर सकते।

   फिर हर दिन, हर सप्ताह और हर महीने की पहले से योजना बनाएँ। महीने की शुरुआत में हर महीने की योजना बनाएँ। वीकएंड पर अगले सप्ताह की योजना बनाएँ। शाम को अगले दिन की योजना बनाएँ। आप अपनी गतिविधियों की योजना बनाने में जितने ज़्यादा सावधान और विस्तृत रहते हैं, आप कम समय में उतना ही ज़्यादा हासिल कर पाएँगे। नियम यह है कि योजना बनाने में लगाया गया हर मिनट काम करने के दस मिनट बचाता है। इसका मतलब है कि अपने दिनों, सप्ताहों और महीनों की पहले से योजना बनाकर आप अपने समय के निवेश पर 1,000 प्रतिशत मुनाफ़ा हासिल करते हैं।

10. अपने लक्ष्यों के चित्र बनाएँ। अपने लक्ष्यों की स्पष्ट, मूर्त, रोमांचक, भावनात्मक तसवीरें बनाएँ, मानो वे पहले ही वास्तविक हों। अपने लक्ष्य को इस तरह देखें, मानो यह हासिल हो चुका हो।

    कल्पना करें कि आप इस लक्ष्य को हासिल करने का आनंद ले रहे हैं। अगर यह कोई कार है, तो कल्पना करें कि आप उसे चला रहे हैं। अगर यह वैकेशन है, तो ख़ुद को वैकेशन मनाते हुए देखें। अगर आप सुंदर घर चाहते हैं, तो ख़ुद को सुंदर घर में रहते हुए देखें।

    कल्पना के चित्र देखने में उन भावनाओं को जाग्रत करने के लिए कुछ पल लें, जो लक्ष्य को सफलतापूर्वक हासिल करने पर उत्पन्न होंगी। मानसिक तसवीर के साथ भावना के जुड़ने का आपके अवचेतन और अतिचेतन मन पर ज़बर्दस्त असर होता है।

    विज़ुएलाइजेशन यानी मानसिक चित्रण शायद आपके पास उपलब्ध सबसे प्रबल शक्ति है, जिसकी सहायता से आप अपने लक्ष्य इतनी ज़्यादा तेज़ी से हासिल कर सकते हैं, जितना आपने सोचा भी नहीं होगा। जब आप स्पष्ट लक्ष्यों, मानसिक चित्रण और भावना के समावेश के मिश्रण का इस्तेमाल करते हैं, तो आप अपने अतिचेतन मन को सक्रिय कर देते हैं। आपका अतिचेतन मन आपके लक्ष्य की राह में आने वाली हर समस्या को सुलझा देता है। यह आकर्षण के नियम को सक्रिय कर देता है और आपके जीवन में उन लोगों, परिस्थितियों, विचारों तथा संसाधनों को आकर्षित करने लगता है, जो आपके लक्ष्यों को ज़्यादा तेज़ी से हासिल करने में मदद करेंगे।

लक्ष्य तय करने का अभ्यास

एक कोरा काग़ज़ लें और पेज पर सबसे ऊपर लक्ष्य लिख दें, साथ ही आज की तारीख़ डाल दें। ख़ुद को अनुशासित करके कम से कम दस लक्ष्य लिखें, जिन्हें आप अगले साल या निकट भविष्य में हासिल करना चाहेंगे। हर लक्ष्य को *मैं* शब्द से शुरू करें। जैसा मैंने कहा था, केवल आप ही ख़ुद के संदर्भ में मैं शब्द का इस्तेमाल कर सकते हैं। मैं शब्द के बाद कोई कार्य वाली क्रिया लिखें, जो आपके अवचेतन मन के लिए आपके चेतन मन का आदेश बन जाए। मिसाल के तौर पर, आप कह सकते हैं, *मैं दौड़ता हूँ, मैं कमाता हूँ, मैं बेचता हूँ, मैं हासिल करता हूँ, मैं प्राप्त करता हूँ, मैं बचाता हूँ। मैं* के बाद काम वाली क्रिया किसी डाइनैमाइट डेटोनेटर जैसी होती है, जिससे आपके अवचेतन में विस्फोट हो जाता है।

अपने लक्ष्य लिखते समय वर्तमान काल में उनका वर्णन करें, मानो उन सभी को हासिल कर लिया गया है। आपका अवचेतन सिर्फ़ वर्तमान काल की भाषा से ही सक्रिय होता है। अगर आपका लक्ष्य एक निश्चित समयावधि में निश्चित धनराशि कमाना है, तो आप कहेंगे, *मैं इस तारीख़ तक इतनी राशि कमाता हूँ।* अगर आपका लक्ष्य एक नई कार ख़रीदना है, तो आप कहेंगे, *मैं इतनी तारीख़ तक अमुक कार चलाता हूँ।* यह आपके चेतन मन द्वारा आपके अवचेतन मन को दिया गया स्पष्ट आदेश है।

एक बार फिर, अपने लक्ष्य हमेशा सकारात्मक अंदाज़ में लिखें। मैं सिगरेट छोड़ दूँगा कहने के बजाय यह कहें, *मैं सिगरेट नहीं पीता हूँ।* मैं वज़न कम करूँगा, यह कहने के बजाय आप कहते हैं, *मेरा वज़न इतने पौंड है।* हमेशा अपने लक्ष्यों को उसी तरह लिखें, मानो वे वास्तविक बन चुके हैं, जैसे आप उन्हें पहले ही हासिल कर चुके हैं। इससे आपका अवचेतन और अतिचेतन मन आपके बाहरी संसार को बदलने के लिए सक्रिय हो जाते हैं, ताकि यह आपके आंतरिक आदेश के अनुरूप हो जाए।

इसके बाद अपने निश्चित बड़े उद्देश्य का निर्णय लें। एक बार जब आप दस लक्ष्यों की सूची लिख लें, तो ख़ुद से पूछें, अगर मैं जादू की छड़ी लहरा सकूँ और इस सूची के किसी लक्ष्य को चौबीस घंटों में हासिल कर सकूँ, तो किस एक लक्ष्य का मेरे जीवन पर सबसे ज़्यादा सकारात्मक असर पड़ेगा? उस लक्ष्य पर गोला लगा लें। फिर उस लक्ष्य को एक कोरे क़ाग़ज़ पर लिख लें। इसे स्पष्टता से लिखें और विस्तार से लिखें। इन लक्ष्यों पर डेडलाइन बना लें और अगर ज़रूरी हो, तो सब-डेडलाइन भी बना लें।

यह पहचानें कि लक्ष्य हासिल करने से पहले आपको किन बाधाओं को पार करना होगा। सबसे महत्त्वपूर्ण आंतरिक या बाहरी बाधा को पहचानें। पहचानें कि आपको अपना लक्ष्य हासिल करने के लिए किस ज्ञान और योग्यताओं की ज़रूरत होगी और वह सबसे महत्त्वपूर्ण योग्यता कौन-सी है, जिसमें आपको उत्कृष्ट बनना होगा। पहचानें कि वे कौन लोग हैं, जिनकी मदद और सहयोग की आपको ज़रूरत है और इस बारे में सोचें कि आप उनकी सहायता के हक़दार बनने के लिए क्या कर सकते हैं। हर उस चीज़ की सूची बना लें, जो आप अपना लक्ष्य हासिल करने के लिए करेंगे और जब आपको नई चीज़ों के विचार आएँ, तो उन्हें सूची में जोड़ लें।

अपनी सूची को क्रम और प्राथमिकता के आधार पर जमा लें : सबसे पहले आपको क्या करना है और सबसे महत्त्वपूर्ण क्या है। पहले क़दम से आख़िरी क़दम तक सभी क़दमों के हिसाब से अपनी सूची को जमा लें। फिर हर दिन अपनी योजना पर काम करने का संकल्प लें।

लक्ष्य हासिल करने के लिए आपको जो गतिविधियाँ करनी होंगी, उनकी योजना बनाएँ – दैनिक, साप्ताहिक और मासिक। फिर ख़ुद को उस सबसे महत्त्वपूर्ण चीज़ पर एकाग्रता से अनुशासित करें, जिसे आप आज कर सकते हैं, जब तक कि यह 100 प्रतिशत पूरी नहीं हो जाए। हर महत्त्वपूर्ण काम के साथ ऐसा ही करें। पहले से संकल्प ले लें कि चाहे जो हो जाए, आप कभी हार नहीं मानेंगे। अगर आप हमेशा जुटे रहते हैं और अवश्यंभावी असफलताओं तथा निराशाओं से उबरते हैं, तो आप ज़्यादा शक्तिशाली और ज़्यादा लचीले बनते हैं। इससे आपका आत्मविश्वास और आत्म-गौरव बढ़ता है। आपका लक्ष्य ऐसा बनना है, जिसे कोई रोक ना सके।

सटीकता से निर्णय लें कि आप क्या चाहते हैं, इसे लिख लें, एक योजना बना लें और इस पर हर दिन काम करें। अगर आप इसे बार-बार करते हैं, जब तक कि आपको इसकी आदत नहीं पड़ जाती, तो आप अगले कुछ सप्ताहों और महीनों में इतना ज़्यादा हासिल कर लेंगे, जितना कई लोग कई वर्षों या पूरे जीवन में भी हासिल नहीं कर पाते। आज ही शुरू कर दें।

6

टाइम मैनेजमेंट

लक्ष्य हासिल करने या जीवन में किसी भी तरह की सफलता पाने के लिए टाइम मैनेजमेंट सबसे महत्त्वपूर्ण विषयों में से एक है। बुनियादी नियम यह है : समय का प्रबंधन जीवन का प्रबंधन है; यह दरअसल स्वयं का प्रबंधन है। जैसा व्यावसायिक गुरु पीटर ड्रकर ने एक बार कहा था, ''आप समय का प्रबंधन नहीं कर सकते; आप तो सिर्फ़ ख़ुद का प्रबंधन कर सकते हैं।'' सबसे सफल लोग वे होते हैं, जो अपना प्रबंधन सर्वश्रेष्ठ तरीक़े से करते हैं।

आपके समय के प्रबंधन की गुणवत्ता आपके जीवन की गुणवत्ता को तय करती है। मैं पहले सोचता था कि समय का प्रबंधन गौण विषय है। मैं सोचता था कि मैं सूर्य की तरह था और टाइम मैनेजमेंट उन ग्रहों में से एक था, जो मेरे जीवन के चारों ओर चक्कर लगाते थे। निर्णायक मोड़ तब आया, जब मुझे अहसास हुआ कि टाइम मैनेजमेंट सूर्य है और जीवन में हर चीज़ एक ग्रह है, जो इसके चारों तरफ़ चक्कर लगाती है। अगर आपने समय को पूरी तरह से अपने नियंत्रण में कर लिया, तो आपकी ज़िंदगी की हर चीज़ सामंजस्य में आ जाएगी।

समय का प्रबंधन एक चयन है

अच्छी ख़बर यह है कि समय का प्रबंधन एक ऐसी योग्यता है, जिसे सीखा जा सकता है और सीखना चाहिए। कुछ लोग कहते हैं, ''मैं टाइम मैनेजमेंट के मामले में बहुत अच्छा नहीं हूँ। मैं समय का ज़्यादा पाबंद नहीं हूँ। मेरे पास करने के लिए बहुत कुछ है, लेकिन समय बहुत कम है।'' यह एक ऐसा चयन है, जिसे आप करते हैं।

कई बार मैं अपने श्रोताओं के साथ मज़ाक़ करता हूँ। मैं कहता हूँ, ''मैंने सिर्फ़ बीस सेकेंड में लोगों को टाइम मैनेजमेंट सिखाने का एक तरीक़ा खोज लिया है। मैं यहाँ बैठे हर व्यक्ति को सिर्फ़ बीस सेकेंड में ज़बर्दस्त टाइम मैनेजर बना सकता हूँ। क्या आप मेरा तरीक़ा देखना चाहते हैं?'' लोग कहते हैं, ''हाँ, हाँ।'' मैं अपनी जेब में हाथ डालता हूँ, मानो रिवॉल्वर निकाल रहा होऊँ और इसे सामने वाली क़तार के एक व्यक्ति के सिर पर रख देता हूँ। मैं कहता हूँ, ''ठीक है। मैं अगले 24 घंटे तक आपका पीछा करने वाला हूँ। अगर आप एक सेकेंड भी समय बरबाद करते हैं, तो मैं आपका भेजा उड़ा दूँगा।''

इन परिस्थितियों में क्या आप अच्छे टाइम मैनेजर बनेंगे? आप शर्त लगा लें कि आप ज़रूर बनेंगे। मुद्दे की बात यह है कि समय का प्रबंधन एक चयन है। आप अपने समय का अच्छा प्रबंधन करने का चयन करते हैं। अगर आपको कोई विमान पकड़ना हो और विमान सचमुच महत्त्वपूर्ण हो, तो आप अपने जीवन के हर हिस्से को इस तरह व्यवस्थित कर लेंगे, ताकि आप विमान पकड़ने के लिए पहले से वहाँ पहुँच जाएँ।

आप अच्छे टाइम मैनेजर बनने का चयन करते हैं। एक बार जब आप यह समझ लेते हैं, तो आपको अहसास हो जाता है कि यह आनुवंशिक नहीं है; आपको इस तरह नहीं पाला गया था; आप बचपन में ऐसे नहीं थे। यह तो सिर्फ़ एक निर्णय है, जो आप लेते हैं।

जीवन में आपकी वर्तमान स्थिति सरल है। सबसे पहले, तो आपके पास करने के लिए ज़रूरत से ज़्यादा काम हैं और समय ज़रूरत से बहुत कम है। चाहे आप कितना ही कर लें, आपके पास करने के लिए बहुत ज़्यादा बचा रहेगा। आपके काम का बोझ और ज़िम्मेदारियाँ बढ़ती रहेंगी। यह वयस्क होने का एक सामान्य और स्वाभाविक तथ्य है।

यहाँ पर ज्ञान की बात है : आप कभी अपने सारे काम नहीं निबटा पाएँगे। हर व्यक्ति सोचता है कि किसी तरह वे कोई तकनीक या तरीक़ा खोज लेंगे, जिससे वे सारे काम निबटा सकेंगे। नहीं, आप कभी नहीं निबटा पाएँगे। अपने समय का प्रबंधन करने का एकमात्र तरीक़ा यह है कि आप कुछ निश्चित काम करना छोड़ देते हैं।

लक्ष्य समय के प्रबंधन का शुरुआती बिंदु हैं। लक्ष्य बड़ी तसवीर बताते हैं : आप पीछे खड़े होकर कहते हैं, जीवन में मेरे बड़े लक्ष्य क्या हैं? मैं सचमुच क्या हासिल करना चाहता हूँ? क्योंकि हमारा बहुत ज़्यादा समय ऐसी चीज़ों को करने में बीतता है, जो हमारे सच्चे लक्ष्यों के लिए प्रासंगिक ही नहीं होतीं।

अपनी उत्पादकता दोगुनी करें

अपनी उत्पादकता दोगुनी करें? यहाँ पाँच क़दम बताए जा रहे हैं :

1. हर चीज़ की सूची बना लें, जो आपको हर दिन करनी है। यह सूची एक रात पहले बना लें और कभी सूची के बिना काम नहीं करें।

   समय प्रबंधन के विशेषज्ञों के अनुसार, जब आप पहली बार सूची का इस्तेमाल करेंगे, तो इससे आपकी उत्पादकता 25 प्रतिशत बढ़ जाएगी। अगर आपकी उत्पादकता, प्रदर्शन और आउटपुट हर साल 25 प्रतिशत बढ़ता है, तो दो साल और आठ महीने में वे दोगुने हो जाएँगे। अगर आप अपनी उत्पादकता तथा आउटपुट को दोगुना कर लेते हैं, तो आप अपने परिणामों को भी दोगुना कर लेंगे। अगर आप अपने परिणामों को दोगुना कर लेते हैं, तो आप अपनी आमदनी को भी दोगुना कर लेंगे। सूची से काम करके, पहले दिन से अपनी उत्पादकता 25 प्रतिशत बढ़ाकर, आप हर दो साल आठ महीने में अपनी आमदनी दोगुनी कर सकते हैं और ऐसा बार-बार कर सकते हैं।

2. शुरू करने से पहले अपनी सूची पर 80-20 के नियम को लागू करें। समय के प्रबंधन में *परिणाम* बेहद महत्त्वपूर्ण शब्द है। जिस चीज़ के उच्च परिणाम होते हैं, उसका मूल्य ज़्यादा होता है। जिस चीज़ के निम्न परिणाम होते हैं, उसका मूल्य कम होता है।

3. एक बार जब आप सूची बना लें और 80-20 के नियम को अपनी सूची पर लागू कर दें, तो इसके बाद एबीसीडीई तरीक़े का इस्तेमाल करें। ए का मतलब है, ऐसी चीज़ जो आपको करनी ही चाहिए; अगर आप इसे करते हैं या नहीं करते हैं, तो इसके गंभीर परिणाम होंगे। आपकी सूची की बी गतिविधि ऐसी है, जिसे आपको करना चाहिए; इसके हल्के परिणाम होते हैं। यह फ़ोन करने या ऑफ़िस में किसी व्यक्ति को कुछ बताना हो सकता है। सी गतिविधि को करना अच्छा होता है, लेकिन इसके कोई परिणाम नहीं होते : कॉफ़ी पीना, अख़बार पढ़ना, इंटरनेट की सर्फ़िंग करना।

   नियम यह है : जब आपका ए काम अधूरा पड़ा हो, तो कभी बी या सी काम नहीं करें।

   एबीसीडीई का चौथा शब्द है डी, यानी *काम सौंपें।* आप जो करते हैं, वह हर चीज़ किसी दूसरे को सौंप दें, जो इसे संभवतः कर सकता है, ताकि आप अपने ए कामों के लिए ज़्यादा समय ख़ाली रख सकें।

अंतिम अक्षर ई का मतलब है *ख़त्म करें।* उन सारी गतिविधियों को ख़त्म कर दें, जिनका कोई मूल्य नहीं है या बहुत कम मूल्य है। आप दिन में ऐसी कई चीज़ें करते हैं, जिन्हें अगर आप ना करें, तो भी कोई फ़र्क़ नहीं पड़ेगा।

आप जितने ज़्यादा काम सौंपते और ख़त्म करते हैं, आपके पास उन चीज़ों को करने के लिए उतना ही ज़्यादा समय रहेगा, जो आपके जीवन में फ़र्क़ डालती हैं।

4. चार प्रश्न लगातार पूछते रहें। पहला प्रश्न है, मैं इस कंपनी के पेरोल पर क्यों हूँ? मुझे क्या करने के लिए नौकरी पर रखा गया है? अगर आप अपने बॉस के पास जाकर यह सवाल पूछें, तो आपके बॉस इसका क्या जवाब देंगे। मैं आपको गारंटी दे सकता हूँ कि बॉस आपसे यह नहीं कहेंगे कि आप अपने सहकर्मियों से गपशप करने, इंटरनेट पर सर्फ़िंग करने, अख़बार पढ़ने या कॉफ़ी पीने के लिए पेरोल पर हैं। आप विशिष्ट परिणाम पाने के लिए पेरोल पर हैं, जिसके लिए कंपनी आपको वेतन देती है। ये उन परिणामों में योगदान देते हैं, जो आपकी कंपनी को हासिल करना है, ताकि यह प्रतिस्पर्धी बाज़ार में बची रहे और समृद्ध हो।

    दूसरा प्रश्न जो आप पूछ सकते हैं, वह यह है, मेरी सर्वोच्च मूल्य की गतिविधियाँ कौन–सी हैं? आप जो काम करते हैं, उनमें से कौन–से काम बाक़ी से ज़्यादा मूल्यवान हैं?

    तीसरा प्रश्न यह है, मैं और सिर्फ़ मैं ऐसा क्या कर सकता हूँ, जिसे अगर अच्छी तरह किया जाए, तो उससे सच्चा फ़र्क़ पड़ेगा? आपके कामकाज में कुछ चीज़ें हैं, जिन्हें सिर्फ़ आप कर सकते हैं। अगर आप उन्हें नहीं करते हैं, तो कोई दूसरा उन्हें नहीं करेगा और वे चीज़ें नहीं हो पाएँगी। लेकिन अगर आप उन्हें करते हैं और तत्परता से तथा अच्छी तरह करते हैं, तो उनसे आपके जीवन में बहुत फ़र्क़ पड़ सकता है।

    वैसे इस प्रश्न का जवाब प्राथमिकताओं और गतिविधियों के बदलने के साथ बदलता रहता है। लेकिन हर मिनट पूछते रहें, मैं और सिर्फ़ मैं ऐसा क्या कर सकता हूँ, जिसे अगर अच्छी तरह किया जाए, तो उससे सच्चा फ़र्क़ पड़ेगा?

    अंत में, यह पूछते रहें, इस समय मेरे समय का सबसे मूल्यवान उपयोग क्या है? टाइम मैनेजमेंट की सारी पुस्तकें इसी एक प्रश्न का जवाब देती हैं : इस समय मेरे समय का सबसे मूल्यवान उपयोग क्या है? चाहे यह जो भी हो, यह सुनिश्चित करें कि आप उसे हर दिन, हर मिनट करें।

5. आपकी उत्पादकता को दोगुना करने की पाँचवीं कुंजी एक चीज़ - सबसे महत्त्वपूर्ण चीज़ - पर पर एकाग्र होना है और इस पर तब तक एकाग्र रहना है, जब तक कि यह 100 प्रतिशत पूरी ना हो जाए। अपने सबसे महत्त्वपूर्ण कामों पर पूरी तरह एकाग्र होने से आपका 80 प्रतिशत तक समय बच जाता है।

    एक काम पर एकाग्र मेहनत ज़्यादा ऊर्जा, उत्साह और आत्म-गौरव का स्रोत है। पूर्णता से यानी किसी काम को पूरा करने से आपका आत्म-गौरव बढ़ता है और इससे आप और भी ज़्यादा करने के लिए प्रेरित होते हैं।

    मैं एक साल में चार पुस्तकें लिखता हूँ। पेशेवर लेखक अगर दो-तीन साल में एक पुस्तक लिख लेते हैं, तो वे ख़ुद को सौभाग्यशाली मानते हैं। लोग मुझसे पूछते हैं, आप इतनी सारी पुस्तकें कैसे लिख लेते हैं? मैं ध्यान केंद्रित करता हूँ। जब मैं कोई पुस्तक लिखने बैठता हूँ, तो मैं क़दमों की श्रृंखला से गुज़रता हूँ। मैं अगले क़दम पर पहुँचने से पहले हर क़दम को 100 प्रतिशत पूर्ण करने पर एकाग्र रहता हूँ। यह मेरे हर काम के बारे में सच है और जब आप अपना पूरा ध्यान केंद्रित कर लेते हैं, तो आपकी उत्पादकता आश्चर्यजनक रूप से बहुत ज़्यादा बढ़ जाती है।

सृजनात्मक टालमटोल

क्या आप टालमटोल करते हैं? जवाब है हाँ : हर व्यक्ति टालमटोल करता है। अनुत्पादक लोग टालमटोल करते हैं, लेकिन बेहद उत्पादक लोग भी यही करते हैं। अंतर यह है कि शीर्षस्थ लोग सृजनात्मक टालमटोल का इस्तेमाल करते हैं : वे कम मूल्य के कामों में टालमटोल करते हैं, जिनके कोई परिणाम नहीं होते। अनुत्पादक लोग उच्च मूल्य के कामों में टालमटोल करते हैं, जो उनके जीवन में बड़ा फ़र्क़ डाल सकते हैं।

यहाँ टालमटोल से उबरने के दस तरीक़े बताए जा रहे हैं :

1. स्पष्ट लिखित लक्ष्य तय करें और लिखित कार्ययोजना बनाएँ। चीज़ों को लिखने से ही आप काम शुरू करने के लिए प्रेरित हो जाते हैं। एक बार जब आप शुरू हो जाते हैं, तो पहाड़ी से नीचे लुढ़कने वाले पत्थर की तरह आप चलते रहते हैं।
2. अपने लक्ष्यों को छोटे आकार की गतिविधियों में तोड़ें। आप पुराना प्रश्न जानते हैं : आप किसी हाथी को कैसे खाते हैं? एक बार में एक-एक कौर।

अगर आप किसी बड़े लक्ष्य को तोड़कर कई छोटे कामों में विभाजित कर लें, तो आप सिर्फ़ एक छोटा काम करके ही शुरुआत कर सकते हैं।

3. देखें कि आपको पूरे दिन में क्या करना है। एक अकेली गतिविधि को चुनें और उस पर तुरंत काम शुरू कर दें। बस ख़ुद को प्रेरित करने के लिए यह कहें, *मैं इसे अभी करता हूँ। मैं इसे अभी करता हूँ।* एक काम को तुरंत शुरू करने से मानसिक अड़चन भी प्राय: टूट जाएगी।

4. अपने कामों को स्विस चीज़ जैसा बना लें। छेदों वाली स्विस चीज़ की कल्पना करें। किसी बड़े काम के एक छोटे हिस्से को चुनकर एक काम में छेद कर लें। आपको सिर्फ़ इतना ही करना है। कई बार तो किसी काम के छोटे-से हिस्से को करना ही शुरू करने के लिए काफ़ी होता है।

5. किसी बड़े काम को सलामी-स्लाइस की तरह टुकड़ों में बाँट लें। किसी बड़े काम को छोटे टुकड़ों की श्रंखला में तोड़ दें और शुरू करने के लिए उस काम के शुरुआती हिस्से को कर दें।

6. टालमटोल से उबरने का एक और तरीक़ा काम को 20-80 करना है। कई बार तो पहला 20 प्रतिशत समय, जो आप योजना बनाने, व्यवस्थित करने और चीज़ों को जमाने में लगाते हैं, वह पूरे काम के 80 प्रतिशत लायक़ होता है। आप हर चीज़ को व्यवस्थित कर लेते हैं, योजना बना लेते हैं, सारी सूचियाँ बना लेते हैं। कई बार तो आपको इसी से काम पूरा करने की प्रेरणा मिल जाती है।

7. समय सीमा तय करें। किसी बड़े काम पर पंद्रह मिनट तक काम करें। कहें, ''मैं यह पूरा काम नहीं कर सकता, क्योंकि इसमें कई घंटे लग जाएँगे। मैं इस पर पंद्रह मिनट तक काम करूँगा; फिर मैं कोई दूसरी चीज़ करूँगा और इस पर बाद में लौटूँगा।'' कई बार तो सिर्फ़ पंद्रह मिनट काम करने से ही आप लय में आ जाते हैं और आप रुकना नहीं चाहते।

8. पुरस्कार तंत्र बनाएँ। किसी काम के हिस्से को पूरा करने के लिए ख़ुद को पुरस्कार दें। बिक्री में एक गतिविधि है प्रॉस्पेक्टिंग : आप फ़ोन उठाते हैं और लोगों को फ़ोन करके अपॉइंटमेंट लेते हैं। कुछ सेल्सपीपल अपने ठीक सामने कुकीज़ की प्लेट रखते हैं, जिन्हें छोटे टुकड़ों में तोड़ा गया हो। वे कहेंगे, ''जब भी मैं किसी प्रॉस्पेक्ट से संपर्क करूँगा, तो उसके बाद मैं ख़ुद को कुकी का एक टुकड़ा दूँगा। जब मैं दस अपॉइंटमेंट हासिल कर लूँगा, तो मैं ख़ुद को एक कॉफ़ी ब्रेक का इनाम दूँगा।'' अपॉइंटमेंट के बारे में चिंता

करने के बजाय वे अपने पुरस्कारों पर ध्यान केंद्रित करते हैं और इस तरह वे प्रॉस्पेक्टिंग के अपने डर और टालमटोल की प्रवृत्ति से उबरते हैं।

9. किसी दूसरे से वादा करें। उसे बताएँ कि आप कोई काम निश्चित समय तक पूरा कर लेंगे। यह आश्चर्यजनक है कि अपना वादा निभाने की ख़ातिर आप कोई चीज़ करने के लिए कितने ज़्यादा प्रेरित होते हैं।

10. अपनी सूची को देखें और कल्पना करें कि आप एक महीने के लिए शहर से बाहर जाने वाले हैं। जाने से पहले आप इस सूची में से सिर्फ़ एक ही काम कर सकते हैं। यह कौन-सा होगा? यह जो भी हो, ख़ुद को उस एक सबसे महत्त्वपूर्ण काम को पूरा करने के लिए प्रोत्साहित और प्रेरित करें। आम तौर पर इसके फलस्वरूप आप अपनी सूची के हर दूसरे काम को पूरा करने के लिए प्रेरित हो जाएँगे।

एक दिन में ज़्यादा काम करना

दिन में ज़्यादा काम करने के सात क़दम ये हैं :

1. ज़्यादा तेज़ी से काम करें : गति पकड़ें, ज़्यादा तेज़ गति से काम करें; तेज़ गति सफलता के लिए अनिवार्य है। चलने की गति बढ़ा लें, काम करने की गति बढ़ा लें; तेज़ी से चलें; चीज़ों को घसीटने के बजाय उन्हें पूरी तेज़ी से निबटाएँ।

2. ज़्यादा मेहनत से काम करें। ज़्यादा घंटों तक काम करें। थोड़ा ज़्यादा जल्दी शुरू करें, थोड़ा ज़्यादा मेहनत से काम करें और थोड़ी ज़्यादा देर तक काम करें। सफल लोग ज़्यादा लंबे घंटों तक काम करते हैं। उन ज़्यादा लंबे घंटों में वे उत्पादकता से काम करते हैं और नतीजा यह होता है कि वे सामान्य आदमी से बहुत ज़्यादा काम कर लेते हैं।

   मैं हाल ही में एक महिला के बारे में पढ़ रहा था, जो सुबह पाँच बजे उठती थी, व्यायाम करती थी, छह बजे काम शुरू करती थी, पूरे तीन घंटों तक काम करके दिन भर का सारा काम निबटा लेती थी। वह कोई समय बरबाद किए बिना पूरे समय काम करती थी। नतीजा यह होता था कि वह अगले दिन का काम भी निबटा लेती थी।

   समय के साथ यह महिला एक दिन में तीन दिनों का काम कर रही थी और इसका कारण सिर्फ़ यह था कि वह ज़्यादा लंबे समय तक काम कर रही थी। उसके प्रमोशन होते रहे और उसका वेतन बढ़ता गया, जब

तक कि वह सीनियर एक्ज़ीक्यूटिव नहीं बन गई और अपनी कंपनी के सर्वोच्च वेतन वाले लोगों में से एक नहीं बन गई, सिर्फ़ इसलिए क्योंकि उसने ज़्यादा लंबे घंटों तक ज़्यादा मेहनत से काम किया।

3. मिलकर काम करें; बड़े कामों के मामले में दूसरों के साथ मिलकर काम करें। कई बार अगर आप उत्पादन लाइन की लय विकसित कर लेते हैं या काम सौंपने का तंत्र बना लेते हैं, तो आप एक निश्चित काम कर सकते हैं, जबकि दूसरा व्यक्ति दूसरा काम करता है। आप इस बात पर हैरान हो सकते हैं कि आप इस तरह कितना ज़्यादा काम कर सकते हैं।

4. काम को सरल बनाएँ। ज़्यादा तेज़ी से काम निबटाने के लिए क़दमों को कम कर लें। काम को सघन बना लें, इसमें जुटें और इसे फटाफट पूरा कर लें। काम जितना ज़्यादा सरल होगा और इसमें जितने कम क़दम होंगे, इसे उतना ही ज़्यादा करेंगे और ज़्यादा तेज़ी से करेंगे।

5. वे चीज़ें करें, जिनमें आप बेहतर हों। जब आप ऐसी चीज़ें करते हैं, जिनमें आप बेहतर होते हैं, तो आपसे कम ग़लतियाँ होती हैं, जिसका मतलब है कि आप कम समय में ज़्यादा चीज़ें कर सकते हैं।

   मिसाल के तौर पर, जब मैंने अपना करियर शुरू किया, तो मैं एक बड़ी विज्ञापन एजेंसी में कॉपीराइटर बन गया। मैंने कॉपीराइटिंग पर कई पुस्तकें पढ़ीं और विज्ञापन तथा प्रचार सामग्री लिखने में घंटों बिताए।

   आज मेरी कंपनी में जब भी किसी को ब्रोशर, प्रॉडक्ट या प्रोग्राम के लिए कॉपी की ज़रूरत होती है, तो वे इसे मेरे पास भेज देते हैं। मैं कुछ ही मिनटों में अच्छी सामग्री तैयार कर देता हूँ। जो व्यक्ति कॉपीराइटर नहीं है, उसे इस काम में घंटों लग सकते हैं और इसके बावजूद यह पूरी तरह सही नहीं होगा। मैंने हज़ारों शब्दों की प्रचार सामग्री तैयार की है, जिसमें से ज़्यादातर बहुत अच्छी है, क्योंकि मैं इसमें बहुत अच्छा हूँ। आप किसमें बहुत अच्छे हैं? आप कम समय में क्या कर सकते हैं, कम ग़लतियों के साथ?

6. अपने कामों को इकट्ठा कर लें। एक जैसे काम एक समय में करें। सीखने के कौशल का इस्तेमाल करें। अगर आप कई प्रस्ताव लिखने जा रहे हैं, तो उन्हें एक साथ लिखें। जब तक आप पाँचवें या छठे प्रस्ताव पर पहुँचेंगे, आपको पहले प्रस्ताव की तुलना में 20 प्रतिशत कम समय लगेगा। अगर आप प्रॉस्पेक्टिंग कर रहे हैं, तो जब तक आप दसवें फ़ोन तक पहुँचते हैं, आपको पहले कॉल की तुलना में 20 प्रतिशत कम समय लगेगा। जब आप अपने कामों को इकट्ठा कर लेते हैं और एक जैसे काम एक साथ करते

हैं, तो आप उनमें से प्रत्येक को ज़्यादा तेज़ी और ज़्यादा अच्छे से कर पाते हैं। आप बहुत सारा समय भी बचाते हैं, जबकि गुणवत्ता समान या ज़्यादा रहती है।

7. अपने मुख्य कामों में बेहतर बनें। *सतत और अंतहीन सुधार* की नीति पर चलें। बहुत श्रेष्ठ समय प्रबंधन योग्यता यह है कि आप जो सबसे महत्त्वपूर्ण चीज़ें करते हैं, उनमें बेहतर बनें। आप जितने बेहतर बनते हैं, आप उतना ही ज़्यादा निबटा सकते हैं। आप जो करते हैं, उसमें उत्कृष्ट बनने से आपके कुछ मिनट या कुछ घंटे ही नहीं बचते हैं : इससे तो आमदनी के समान स्तर तक पहुँचने में कई साल की कठोर मेहनत भी बच सकती है।

ये और अन्य व्यावसायिक योग्यताएँ सीखी जा सकती हैं। आप अपने लिए जो लक्ष्य तय कर सकते हैं, उसके लिए आपको जिस भी योग्यता की ज़रूरत हो, आप उसे सीख सकते हैं। आप बेहतरीन टाइम मैनेजर बनना सीख सकते हैं। आज से एक साल बाद आप इतने कार्यकुशल और प्रभावी बन सकते हैं कि टेलीविज़न क्रू आपके पीछे पड़ जाएँ, क्योंकि आप अपने काम में बेहद निपुण हैं।

हो सकता है कि आप समय प्रबंधन की एक योग्यता सीखकर अपनी आमदनी दोगुनी कर सकते हों। आप शायद जानते होंगे कि यह क्या है। समय का प्रबंधन दरअसल जीवन का प्रबंधन है; यह अपना ख़ुद का प्रबंधन है। यह कामों के क्रम को चुनने की योग्यता है – यह चुनना कि आप सबसे पहले क्या करते हैं, आप दूसरे नंबर पर क्या करते हैं और आप क्या बिलकुल नहीं करते हैं। और आप चुनने के लिए हमेशा स्वतंत्र हैं।

7

दौलत का सृजन

अब जब हमने उत्पादक रूप से काम करने के सर्वश्रेष्ठ तरीक़ों की पड़ताल कर ली है, तो हम चरम दीर्घकालीन उद्‌देश्य की ओर मुड़ते हैं : दौलत का सृजन।

पूरे वित्तीय इतिहास में यह जीवित रहने के लिए सबसे अच्छा समय है। अमेरिका में विश्व की 5 प्रतिशत जनसंख्या रहती है और इसके पास पूरे संसार की सिर्फ़ 5 प्रतिशत भूमि है, लेकिन यह पूरे संसार के 30 प्रतिशत जीएनपी का उत्पादन करता है और संसार की 50 प्रतिशत दौलत का स्वामी है। अमेरिका ने पिछले कुछ दशकों में इतने ज़्यादा मिलियनेअर, मल्टीमिलियनेअर, अरबपति और खरबपति उत्पन्न किए हैं, जितने बाक़ी संसार ने पूरे इतिहास में भी नहीं किए।

1900 में अमेरिका में पाँच हज़ार मिलियनेअर थे, जिनमें से ज़्यादातर स्व-निर्मित थे। सन् 2000 तक पाँच मिलियन मिलियनेअर हो गए – यानी हज़ार गुना वृद्धि। 2008 तक अमेरिका में मिलियनेअर्स की संख्या बढ़कर 9.6 मिलियन हो गई – आठ वर्षों में 92 प्रतिशत वृद्धि, जो इस धरती पर मानव इतिहास में व्यक्तिगत दौलत का सबसे बड़ा विस्तार है। आगे आने वाले वर्षों में और भी ज़्यादा मिलियनेअर बनेंगे। 2020 में अमेरिका का ग्रॉस डॉमेस्टिक प्रॉडक्ट 20.93 ट्रिलियन डॉलर था। 2021 की पहली तिमाही में यह 6.4 प्रतिशत की सालाना दर से बढ़ा – यानी लगभग 1.34 ट्रिलियन प्रति वर्ष। 2019 में अमेरिका में औसत पारिवारिक आय लगभग 69,000 डॉलर थी, जो संसार में सबसे ज़्यादा थी और ऑर्गैनाइज़ेशन फ़ॉर एकोनॉमिक कोऑपरेशन ऐंड डेवलपमेंट के अनुसार यह हर साल 3 से 5 प्रतिशत की दर से बढ़ रही है। अमेरिका संसार में सबसे ज़्यादा उद्यमी देश है, जहाँ हर साल दो मिलियन नए व्यवसाय शुरू होते हैं।

पहले की तुलना में ज़्यादा लोग ज़्यादा तरीक़ों से ज़्यादा पैसे कमा रहे हैं। अगले कुछ सालों में इतने ज़्यादा लोग वित्तीय दृष्टि से स्वतंत्र बनेंगे, भले ही वे स्व-निर्मित मिलियनेअर नहीं बन पाएँ, जितने पिछले दो सौ सालों में नहीं बने। आपका लक्ष्य उनमें से एक बनना है। इस अध्याय में आप दौलत के सृजन के कुछ सबसे महत्त्वपूर्ण सिद्धांत सीखेंगे।

मिलियनेअर किस बारे में सोचते हैं

आपको इस बारे में बहुत सावधान रहना चाहिए कि आप किस बारे में सोचते हैं, ख़ास तौर पर अपने संदर्भ में। स्व-निर्मित मिलियनेअर किस बारे में सोचते हैं? उनमें से हज़ारों का इंटरव्यू लिया गया। उनमें से ज़्यादातर में कुछ गुण आम होते हैं : वे लंबे समय की सोचते हैं। वे भविष्य में दस-बीस साल बाद वित्तीय स्वतंत्रता हासिल करने के लिए वर्तमान में प्रयास और त्याग करते हैं। ज़्यादातर लोगों के विपरीत, वे अपना सारा पैसा ख़र्च नहीं करते हैं और इसके बाद उधार नहीं लेते हैं। वे अपनी जवानी के सबसे ज़्यादा कमाई के वर्षों में वित्तीय सफलता की तीन कुंजियों का अभ्यास करते हैं - किफ़ायत, किफ़ायत, किफ़ायत - ताकि वे जल्द से जल्द वित्तीय स्वतंत्रता हासिल कर सकें।

सामान्य परिवारों से आने वाले, सामान्य नौकरी करने वाले जो लोग किफ़ायत का अभ्यास करते हैं, उनमें से कई पैंतालीस से पचपन के बीच की उम्र में वित्तीय दृष्टि से स्वतंत्र बन जाते हैं। दूसरी तरफ़, शानदार आजीविका का आनंद लेने वाले कई लोग साठ-पैंसठ की उम्र में दिवालिया हो जाते हैं। टैक्सस में कहा जाता है, ''बड़ा हैट, कोई मवेशी नहीं'' - जिसका मतलब है कि वह बहुत पैसे कमाता है, लेकिन उसके पास कोई संपत्ति नहीं है।

स्व-निर्मित मिलियनेअर अपनी पूरी आमदनी ख़र्च करने के बजाय बचत करने और संग्रह करने की प्रक्रिया का आनंद लेने की आदत डाल लेते हैं। उन्हें बचत करने में आनंद आता है। उन्हें अपने निवेशों को बढ़ते देखने में आनंद आता है। ज़्यादातर लोगों के मामले में स्थिति विपरीत होती है, जिन्हें बाज़ार में अपना पैसा फेंकने में आनंद आता है।

तीन का नियम

आप कितना अच्छा कर रहे हैं, इसका मुख्य पैमाना है आपकी बचाव दर : आप अगर दोबारा कभी काम नहीं करें, तो आप अपनी वर्तमान जीवनशैली को कितने महीनों या सालों तक क़ायम रख सकते हैं। आपका लक्ष्य अपनी बचाव दर को

बीस साल रखना चाहिए और यह राशि आपकी संख्या, आपका चरम वित्तीय लक्ष्य बन जाती है। अपनी संख्या का पता लगाने के लिए यह हिसाब लगाएँ कि आप हर महीने कितना ख़र्च करते हैं और फिर उस संख्या को 240 से गुना कर दें : 20 साल में 12 महीनों से गुना करने पर 240 की संख्या आती है। यह आपके जीवनकाल में आपका दीर्घकालीन वित्तीय लक्ष्य है। यह आपका लक्ष्य है।

दौलत के सृजन का रहस्य पूरे इतिहास में वही रहा है : मूल्य बढ़ाना। हर व्यक्ति कमीशन पर काम करता है। हर व्यक्ति को पुरस्कार के रूप में उस मूल्य का एक निश्चित प्रतिशत मिलता है, जिसे वे अपने काम से उत्पन्न करते हैं। आपको जितने ज़्यादा परिणाम मिलते हैं, आप जितनी ज़्यादा मूल्य में वृद्धि करते हैं, आपको कमीशन भी उतना ही ज़्यादा मिलेगा।

ज़्यादातर लोग अपने करियर की शुरुआत शून्य से करते हैं। अमेरिका में लगभग सारी दौलत पहली पीढ़ी की है। यही नहीं, लगभग सारी दौलत व्यक्तिगत सेवाओं की बिक्री से शुरू होती है यानी ख़ून-पसीने की कमाई। वित्तीय सफलता हासिल करने के लिए आप जो भी कर रहे हैं, उसमें आपको मूल्य बढ़ाने के तरीक़े लगातार खोजने चाहिए। आप जितना बाहर निकालते हैं, हमेशा उससे ज़्यादा अंदर डालने का संकल्प लें; अपने भुगतान से ज़्यादा मूल्य प्रदान करें। हमेशा भुगतान से ज़्यादा काम करें। हमेशा अपने काम में एक मील आगे तक जाएँ। जैसा नेपोलियन हिल ने कहा था, ''कोई भी आपको अपने भुगतान से ज़्यादा काम करने से नहीं रोक सकता। आप जो भी करते हों, हर चीज़ में एक मील आगे तक जाने से आपको कोई नहीं रोक सकता और यह आपको देवदूतों के पक्ष में ले आएगा।'' एक मील आगे तक जाने की राह पर कभी कोई ट्रैफ़िक जाम नहीं लगता।

आप अपने कामकाज में अपना मूल्य कैसे बढ़ाते हैं? आप तीन के नियम का इस्तेमाल करते हैं। सबसे पहले, आप अपनी नौकरी में एक सप्ताह या महीने में जो भी करते हैं, उस हर चीज़ की सूची बना लें। आपके पास अंततः दस, बीस या तीस छोटी-बड़ी चीज़ों की सूची आ सकती है, जो आप करते हैं।

दूसरे, इस सूची की समीक्षा करें और ख़ुद से पूछें, अगर मैं इस सूची पर में से दिन भर में सिर्फ़ एक चीज़ कर सकूँ, तो कौन-सी एक चीज़ मेरे व्यवसाय या करियर में सबसे ज़्यादा मूल्य का योगदान देगी? जब मैं सेल्सपीपल से बात करता हूँ, तो मैं उनसे ख़ुद से पूछने को कहता हूँ कि कौन-सी एक गतिविधि उनकी आमदनी दोगुनी करने में उनकी मदद करेगी।

तीसरे, जब आप उस एक गतिविधि को पहचान लें, जो सबसे ज़्यादा मूल्य का योगदान देती है, तो ख़ुद से यह प्रश्न पूछें : अगर मैं पूरे दिन सिर्फ़ दो चीज़ें कर सकूँ, तो दूसरी चीज़ कौन-सी होगी?

चौथे, एक बार जब आप अपने दो शीर्ष काम तय कर लें, तो यह सवाल एक बार फिर पूछें : अगर मैं पूरे दिन में सिर्फ़ तीन चीज़ें कर सकूँ, तो तीसरी चीज़ कौन-सी होगी?

लगभग हर मामले में आपकी तीन मुख्य गतिविधियाँ आपके कामकाज के 90 प्रतिशत या अधिक मूल्य को तय करती हैं। यह तीन का नियम है। आपकी सफलता की कुंजी यह है कि आप उन शीर्ष तीन कामों में ज़्यादा से ज़्यादा समय लगाएँ और उनमें से प्रत्येक में बेहतर बनने के लिए समर्पित हो जाएँ।

आज ही अपना व्यवसाय शुरू करें

80 प्रतिशत स्व-निर्मित मिलियनेअर्स अपने ख़ुद के व्यवसाय के मालिक हैं। उन्होंने बहुत कम या शून्य से शुरुआत की, उन्होंने ख़ुद को बनाया और व्यवसाय मालिक के रूप में वित्तीय सफलता हासिल की। एक और रोचक आँकड़ा : व्यावसायिक अनुभव वाले लोगों ने जो व्यवसाय शुरू किए, उनमें से 90 प्रतिशत सफल हुए, क्योंकि वे जानते हैं कि वे क्या कर रहे हैं। दूसरी तरफ़, जिन लोगों को कोई व्यावसायिक अनुभव नहीं था, उनके द्वारा शुरू किए गए 90 प्रतिशत व्यवसाय अंततः असफल होते हैं, कम से कम अल्पकाल में।

आज ही अपना ख़ुद का व्यवसाय शुरू करने का संकल्प लें, भले ही यह सिर्फ़ सोल प्रोपराइटरशिप हो। अगर आप इसे बनाते हैं, तो लोग आएँगे। जब आप अपना ख़ुद का व्यवसाय शुरू करते हैं, तो आप ऊर्जा को शक्ति क्षेत्र बना लेंगे, जो इस व्यवसाय को सफल बनाने के अवसरों को आपके जीवन में आकर्षित करेगा।

कई बार मैं अपने श्रोताओं से उनका बिज़नेस कार्ड निकालने को कहता हूँ और उस पर लिखा पदनाम काटकर प्रेसिडेंट लिखने को कहता हूँ। वे कार्ड पर कंपनी का नाम काट देते हैं और उसकी जगह पर अपना ख़ुद का नाम लिख देते हैं : जॉन स्मिथ एंटरप्राइज़ेस। आप अब अपनी ख़ुद की कंपनी के प्रेसिडेंट हैं।

व्यवसाय शुरू करने के लिए अमेरिका संसार के सबसे आसान देशों में से एक है। इंटरनेट का इस्तेमाल करके व्यवसाय में उतरने के लिए आपको औसतन 26 घंटों और 25-50 डॉलर की ज़रूरत होती है। व्यवसाय शुरू करें, ताकि आप व्यवसाय के स्वामी बन जाएँ, भले ही आपको यह ना पता हो कि आप इसमें करने क्या वाले हैं।

आप इसे अपने नाम पर शुरू करके सोल प्रोपराइटरशिप गठित कर सकते हैं। अगर आप अपने नाम पर व्यवसाय शुरू करते हैं, तो आपको इसकी रक्षा करने

के लिए नाम का पंजीकरण भी नहीं कराना होता। आपको अपने ख़ुद के नाम पर सोल प्रोपराइटरशिप शुरू करने के लिए किसी की अनुमति की ज़रूरत नहीं होती। अगर आप कोई एस कॉरपोरेशन शुरू करना चाहते हैं, तो आप आम तौर पर इसे कम लागत में इंटरनेट पर कर सकते हैं। सोल प्रोपराइटरशिप या एस कॉरपोरेशन का लाभ यह है कि आप अपने व्यवसाय में शुरुआत में जो भी निवेश करते हैं, उसे वर्तमान वर्ष में आप वैध व्यावसायिक कटौती के रूप में इनकम टैक्स में से घटा सकते हैं।

आयकर विभाग व्यवसाय मालिकों की आमदनी में से ख़र्च घटाने की अनुमति देता है, जिससे उनके टैक्स की राशि कम हो जाती है। वेतन के चेक वाले कर्मचारी को कोई छूट नहीं मिलती। व्यवसाय मालिक के रूप में आप उन ख़र्चों में कटौती का लाभ ले सकते हैं, जो इसके बिना आपको टैक्स के बाद के डॉलरों से ख़र्च करना पड़ता, जैसे यात्रा, गैसोलीन, किराया, कार और भोजन। मिसाल के तौर पर, 2021 में अमेरिकी आयकर विभाग यानी आईआरएस आपको लोगों से मिलने और व्यवसाय करने की उम्मीद से यात्रा करने पर एक मील के लिए 56 सेंट की छूट देता है। यानी अगर आप व्यावसायिक उद्देश्य से 10,000 मील कार चलाते हैं, तो आप अपनी करयोग्य आय में से 5,600 डॉलर की छूट ले सकते हैं।

आज के बाद ख़ुद को अपने व्यक्तिगत सेवा कॉरपोरेशन के प्रेसिडेंट के रूप में देखें। अपना ख़ुद का व्यवसाय शुरू करना दरअसल बहुत आसान चीज़ है। कुंजी यह है : किसी प्रॉडक्ट या सेवा को खोजें, बनाएँ, हासिल करें या ऐसे भाव पर पेश करें, जिससे आपको मुनाफ़ा हो सके।

कृपया समझें कि व्यवसाय शुरू करने के लिए आपको कोई चीज़ बेचनी पड़ती है। जो लोग व्यवसाय शुरू करते हैं, उन्हें हैरानी होती है कि उन्हें लोगों को प्रॉडक्ट या सेवा ख़रीदने के लिए राज़ी करने में कितना ज़्यादा समय बिताना पड़ता है। कई लोग तो सिर्फ़ इसलिए पीछे रह जाते हैं, क्योंकि वे बेचने से डरते हैं। अगर आप बेचने से डरते हों, तो क्या करें? आप सिर्फ़ इसलिए डर रहे हैं, क्योंकि आप नहीं जानते कि यह काम कैसे किया जाता है, जैसे आप स्काईडाइविंग या चाकुओं के साथ बाज़ीगरी से डर सकते हैं। आप यह योग्यता सीख सकते हैं। इसकी कमी की वजह से अपने वित्तीय सपनों को अधूरा ना रहने दें। बस एक कोर्स करें, एक पुस्तक पढ़ें, एक सेमिनार में जाएँ और प्रभावी ढंग से बेचना सीखें।

मान लें, *कोई व्यवसाय शुरू करने के लिए मुझे कोई ऐसी चीज़ खोजनी है, जिसे मैं ख़रीद भाव से ज़्यादा भाव पर बेच सकूँ।* यह इतिहास में हर महान दौलत का शुरुआती बिंदु रहा है। व्यवसाय, बिक्री और पैसे बनाने की सारी योग्यताएँ सीखी जा सकती हैं। कोई भी इनमें से किसी महत्त्वपूर्ण योग्यता के साथ शुरू नहीं

करता – बिज़नेस प्लान बनाना, मार्केट एनालिसिस करना, विज्ञापन लिखना, बजट बनाना, लागत और भाव तय करना और अपने व्यवसाय का प्रचार करना। लेकिन वे सब सीखी जा सकती हैं। कोई भी उन्हें जानकर शुरू नहीं करता है : वे इसे समय के साथ सीखते हैं। आप उन्हें जितनी जल्दी सीखते हैं, आप उतनी ही जल्दी सफल होंगे।

एक बार जब आप कोई व्यवसाय या बिक्री योग्यता सीख जाते हैं, तो आप इसका इस्तेमाल बार-बार कर सकते हैं। ब्रिटेन के सीरियल उद्यमी रिचर्ड ब्रान्सन से एक बार इस बिंदु के बारे में पूछा गया। उन्होंने कहा, ''यह काफ़ी कुछ एक जैसा रहता है। एक बार जब आप कोई व्यवसाय शुरू करने और बनाने के सिद्धांत समझ जाते हैं, तो आप इसे हर दूसरे व्यवसाय में अनंत तरीक़ों से दोहरा सकते हैं।'' ब्रान्सन संगीत, एयरलाइंस, गर्म हवा के गुब्बारों और रिज़ॉर्ट डेवलपमेंट के क्षेत्रों में जा चुके हैं। लगभग कुकी कटर की रेसिपी की तरह वे उन्हीं सिद्धांतों को दोहराते जाते हैं और आप भी यही कर सकते हैं।

इतना ही नहीं, जब आप किसी व्यवसाय या धन कमाने वाली योग्यता का इस्तेमाल करते हैं, तो हर बार आप इसमें बेहतर बनते जाते हैं : आप कम ग़लतियाँ करते हैं और आपको बेहतर परिणाम मिलते हैं। जैसा मैंने ज़िक्र किया है, पुराने व्यावसायिक अनुभव वाले जो लोग व्यवसाय शुरू करते हैं, उनकी सफलता की दर 90 प्रतिशत होती है। ऐसा इसलिए है, क्योंकि वे जानते हैं कि वे क्या कर रहे हैं। जो लोग बिना किसी व्यावसायिक अनुभव के व्यवसाय शुरू करते हैं, वे यह नहीं जानते हैं कि वे क्या कर रहे हैं, इसलिए वे दिवालिया हो जाते हैं। आपका काम व्यावसायिक जानकारी को निगलना है, हर वह चीज़ सीखना है, जो आप सीख सकते हैं, सिर्फ़ अपने व्यवसाय को शुरू करने से पहले ही नहीं, बल्कि अपने पूरे बिज़नेस करियर में।

साहस और योग्यता

आपका ख़ुद का व्यवसाय शुरू करना वर्तमान संसार में दौलत का सबसे बड़ा स्रोत है और इसके लिए दो गुण मुख्य रूप से आवश्यक हैं : साहस और योग्यता। हर व्यक्ति साहस और योग्यता के अभाव के साथ शुरुआत करता है। लेकिन जब आप वह चीज़ करते हैं, जिससे आपको डर लगता है, तो साहस बाद में अपने आप आ जाता है। जब आप उस योग्यता का इस्तेमाल करते हैं, जिसमें आप कमज़ोर हैं, तो योग्यता बाद में अपने आप आ जाती है।

इस बिंदु को समझना महत्त्वपूर्ण है, क्योंकि कई लोग सोचते हैं, ''मैं तब फ़ोन करूँगा, जब मुझमें आत्मविश्वास आ जाएगा। जैसे ही मैं शक्तिशाली और साहसी

महसूस करूँगा, मैं इस काम को कर दूँगा।'' नहीं, यह इस तरह नहीं होता। जिस काम से आप डरते हैं, उसे करने की वजह से आपमें साहस आता है। लोग कहते हैं, ''जैसे ही मैं प्रॉस्पेक्टिंग या फ़ोन करने या अपने ग्राहकों से मिलने के बारे में अच्छा महसूस करूँगा, मैं वह काम कर दूँगा।'' नहीं : आप इसे अपनी वर्तमान योग्यता के साथ करते हैं, और अतिरिक्त योग्यता बाद में आती है। यही सफलता की कुंजी है।

व्यवसाय में सफलता का एक महत्त्वपूर्ण हिस्सा इस बारे में अच्छी तरह सोचना है कि आप क्या बेचते हैं और आप इसे किसे बेचते हैं। उस प्रश्न से शुरुआत करें, जो उल्लू अँधेरे जंगलों में पूछता है : कौन? आपका ग्राहक कौन है? आपका ग्राहक आपका प्रॉडक्ट क्यों ख़रीदेगा? वह किस चीज़ को मूल्यवान मानता है? यह समझना बहुत महत्त्वपूर्ण है कि आपका ग्राहक कौन है और वह क्यों ख़रीदता है? आपका ग्राहक आपके प्रॉडक्ट या सेवा ख़रीदने में कौन से विशेष लाभ चाहता है? क्या आपके विज्ञापन, प्रचार और प्रस्तुति में यह स्पष्ट है कि आपके ग्राहक को ये लाभ मिलेंगे?

स्पष्टता का अभाव बिक्री की असफलता का बुनियादी कारण है। अस्पष्ट समझ सफलतापूर्वक बेचने की राह में सबसे बड़ी बाधा है। प्रॉस्पेक्ट को पक्का नहीं होता कि उसे आपका प्रॉडक्ट या सेवा ख़रीदने से कैसे लाभ होगा, इसलिए वह कहता है, ''मुझे इस बारे में सोचने दें,'' जिसका मतलब है हमेशा के लिए अलविदा।

आपका प्रॉडक्ट या सेवा आपके ग्राहक के जीवन या कामकाज को कैसे बेहतर बनाती है? याद रखें कि मनोवैज्ञानिक अध्ययनों के अनुसार ग्राहक इसलिए ख़रीदते हैं, क्योंकि वे महसूस करते हैं कि वे इसके बाद कैसे होंगे। दूसरे शब्दों में, अगर मैं आपका प्रॉडक्ट या सेवा ख़रीदता हूँ, तो संभावित परिणाम क्या हैं? वे भविष्य में यानी ख़रीदने के बाद आगे की तरफ़ कल्पना करते हैं। उन्हें अपने दिमाग़ में बेहतरी की स्पष्ट तसवीर दिखना चाहिए : वे आपके प्रॉडक्ट या सेवा को ख़रीदकर बहुत बेहतर स्थिति में होंगे, जो उतने पैसे के किसी दूसरे इस्तेमाल से संभव नहीं है।

यहाँ एक अच्छा प्रश्न है : आपके ग्राहक आपसे क्यों नहीं ख़रीदते हैं? अगर आपका प्रॉडक्ट या सेवा स्पष्ट रूप से उनके लिए अच्छी है, तो उन्हें कौन-सी चीज़ रोकती है और वे इंकार क्यों करते हैं? ग्राहक की अनुभूति में ऐसा क्या है, जिसकी वजह से वह झिझकता है? अगर आप उस समस्या को पहचान सकें और हटा सकें, तो आप अक्सर अपनी बिक्री दोगुनी कर सकते हैं, अपनी आमदनी दोगुनी कर सकते हैं, सफल व्यवसाय बना सकते हैं और वित्तीय दृष्टि से स्वतंत्र बन सकते हैं।

आपके प्रतिस्पर्धी कौन हैं? आपका ग्राहक आपके बजाय आपके प्रतिस्पर्धी से सामान या सेवा क्यों ख़रीदता है? ग्राहक की अनुभूति क्या है? ग्राहक आपके प्रतिस्पर्धी में ऐसा क्या देखता है, जिससे उसका विकल्प आपसे ज़्यादा आकर्षक बन जाता है? आप इसका प्रतिकार कैसे कर सकते हैं? आप इसे न्यूनतम कैसे कर सकते हैं? आप इसे किसी ऐसी चीज़ से कैसे बदल सकते हैं, जिसे आप अपने प्रतिस्पर्धियों से बेहतर करते हैं?

आपका यूनिक सेलिंग प्रपोज़िशन (अनूठा बिक्री प्रस्ताव) क्या है? यह वह लाभ है, जो सिर्फ़ आप ही किसी ग्राहक को दे सकते हैं और इसकी ख़ातिर वह पैसे देने को तैयार रहता है। आपका प्रतिस्पर्धी लाभ क्या है? कौन-सी चीज़ आपके प्रॉडक्ट या सेवा को आपके प्रतिस्पर्धी के प्रॉडक्ट या सेवा से श्रेष्ठ बनाती है? आपकी उत्कृष्टता का क्षेत्र क्या है? आपका प्रॉडक्ट या सेवा ऐसा क्या देती है, जो दूसरी चीज़ों से बेहतर है?

ये व्यावसायिक सफलता की कुंजियाँ हैं। अगर आप यह नहीं जानते कि कौन-सी चीज़ आपके प्रॉडक्ट या सेवा को अनूठा बनाती है, अगर आप यह नहीं जानते कि कौन-सी चीज़ आपको अपने प्रतिस्पर्धियों से श्रेष्ठ बनाती है - आप कहाँ उत्कृष्ट हैं - तो आप बुनियादी बिक्री प्रस्तुति ही नहीं कर सकते। आप विज्ञापन नहीं लिख सकते। आप तो ग्राहक को पहचान भी नहीं सकते।

एक बार जब आप कोई व्यवसाय शुरू कर दें, तो अपना 80 प्रतिशत समय और प्रयास बेचने में लगाएँ, नए ग्राहक बनाने में लगाएँ। व्यवसाय सिर्फ़ एक चीज़ के कारण सफल होते हैं : ज़्यादा बिक्री। व्यवसाय सिर्फ़ एक चीज़ के कारण असफल होते हैं : कम बिक्री। अगर आपके पास ज़्यादा पैसे नहीं हैं, तो छोटी शुरुआत करें और हर क़दम का सावधानी से परीक्षण करें।

कैशफ़्लो पर ध्यान केंद्रित करें

अपने कैशफ़्लो और मुनाफ़े को धीरे-धीरे बढ़ाएँ। आपको अपना मकान और कार बेचने की ज़रूरत नहीं है। आपको व्यवसाय शुरू करने के लिए हर चीज़ का जोखिम लेने की ज़रूरत नहीं है। आप कम राशि से ही छोटा व्यवसाय शुरू कर सकते हैं और विकास करते-करते आवश्यक योग्यताएँ सीख सकते हैं।

अपने सभी सौदों के सटीक रिकॉर्ड रखें। यह जानें कि आपका पैसा कहाँ से आता है और यह कहाँ जाता है। कई कंपनियाँ व्यवसाय शुरू करती हैं : वे कोई प्रॉडक्ट या सेवा 50 सेंट में ख़रीदती हैं और 1 डॉलर में बेचती हैं। वे सोचती हैं कि वे 100 प्रतिशत मुनाफ़ा कमा रही हैं, लेकिन महीने के अंत में उन्हें यह जानकर हैरानी होती है कि वे घाटे में चल रही हैं। उन्होंने गैसोलीन, किराये, युटिलिटीज़,

स्टाफ़ की लागत, पोस्टेज, फ़ोन की लागत, अपने ख़ुद के वेतन, भोजन आदि पर विचार नहीं किया है। उन्हें अहसास ही नहीं होता कि 100 प्रतिशत मुनाफ़े के बावजूद आप दिवालिया हो सकते हैं।

आपको यह जानने की ज़रूरत है कि आपका पैसा कहाँ से आता है और यह कहाँ जाता है। एक बार फिर, एक सूची बना लें : हर पैसे को लिख लें जिसे आप ख़र्च करते हैं और हर पैसे को लिख लें, जो आप कमाते हैं : यह आपकी बुककीपिंग का आधार बन जाता है। या सबसे आसान चीज़, एक बुककीपिंग सिस्टम ऑनलाइन रखें और हर दिन उचित जगहों पर संख्या लिखें।

अपने व्यवसाय को सेल्स वॉल्यूम के बजाय हमेशा शुद्ध मुनाफ़े पर केंद्रित रखें। दूसरे शब्दों में आप कितना ज़्यादा बेचते हैं, यह उतना महत्त्वपूर्ण नहीं है, जितना यह है कि आप कितना मुनाफ़ा कमाते हैं। इस बात पर ध्यान केंद्रित करें कि दिन के अंत में आपको कितना मुनाफ़ा मिलता है। यह सुनिश्चित करें कि आप जो कर रहे हैं, वह उसमें लगी मेहनत और निवेश की मात्रा को तर्कसंगत बनाता हो।

हमेशा सकारात्मक कैशफ़्लो पर ध्यान केंद्रित करें। कैशफ़्लो किसी भी व्यवसाय की सबसे महत्त्वपूर्ण संख्या है (जिसे कई बार फ़्री कैशफ़्लो कहा जाता है)। यह आपके व्यवसाय के मस्तिष्क के लिए ऑक्सीजन या ख़ून की तरह है। अगर आपका कैशफ़्लो किसी भी समय ख़त्म हो जाता है, तो आपका व्यवसाय रातोंरात गिर सकता है। हमेशा कैशफ़्लो के बारे में अति संवेदनशील रहें।

व्यवसाय में सफलता का पहला नियम यह है, पैसे ना गँवाएँ। एक अरबपति ने कहा था कि सफलता के दो नियम हैं, पहला, पैसे ना गँवाएँ। दूसरा नियम है, अगर कभी आपके मन में लालच आए, तो नियम नंबर एक को देख लें। पैसे को गँवाने से अच्छा है कि आप इसे बैंक में ब्याज कमाने दें, क्योंकि जब आप पैसे गँवाते हैं, तो आप वह सारा समय भी गँवा देते हैं, जो आपको इसे इकट्ठा करने में लगा था। आप सिर्फ़ पैसा ही नहीं गँवा रहे हैं, आप समय भी गँवा रहे हैं – यह आपके जीवन के सप्ताह, महीने और साल भी हैं।

शेयर बाज़ार

अब आइए शेयर बाज़ार में निवेश के बारे में बात करते हैं, क्योंकि यह बहुत लोकप्रिय है। यहाँ वृहद शोध पर आधारित कुछ नियम हैं।

पहला नियम यह है, स्व-निर्मित मिलियनेअर अपना पैसा शेयर बाज़ार में नहीं कमाते हैं। वास्तव में, बहुत कम लोग शेयर बाज़ार में पैसे बनाते हैं। यही नहीं,

कई साल के अनुभव वाले 80 प्रतिशत शेयर बाज़ार विशेषज्ञ भी लंबे समय तक शेयर बाज़ार के इंडेक्स को नहीं हरा पाते। हज़ारों म्यूचुअल फ़ंड हैं, जिनका प्रबंधन संसार के सबसे चतुर फ़ाइनैंशियल मैनेजर करते हैं, लेकिन उनमें से 80 प्रतिशत इंडेक्स को नहीं हरा पाते। दूसरे शब्दों में, अगर आप *द वॉल स्ट्रीट जरनल* का पन्ना लें, जिसमें न्यू यॉर्क स्टॉक एक्सचेंज के सारे शेयर हों और आप उस पर डार्ट फेंकें और आप उन शेयरों को ख़रीद लें, जिन पर डार्ट पड़ा था, तो आपके सफल होने की उतनी ही संभावना है, जितनी कि आज वित्तीय बाज़ार में काम करने वाले 80 प्रतिशत महानतम वित्तीय मस्तिष्कों की है।

स्व-निर्मित मिलियनेअर अपने पैसे को कुछ समय के लिए शेयर बाज़ार में रखते हैं, आम तौर पर स्थिर मूल्य वाले सुरक्षित शेयरों में। ये बड़े, ठोस शेयर होते हैं, जैसे माइक्रोसॉफ़्ट और कोका-कोला, जो ज़्यादा चढ़ते-गिरते नहीं हैं, क्योंकि वे बहुत सारे लोगों को प्रॉडक्ट्स और सेवाएँ बेचते हैं।

स्व-निर्मित मिलियनेअर अपने निवेश की जाँच करने में हर दिन औसतन छह मिनट का समय लगाते हैं। अगर आप स्व-निर्मित मिलियनेअर से पूछें, "आपका पोर्टफ़ोलियो कैसा चल रहा है?" तो उसे पता ही नहीं होगा, क्योंकि वह उसे बहुत कम देखता है। उसने सावधानी से निवेश कर दिया है और वह अपने मुख्य काम में लौट गया है।

वॉरेन बफ़ेट शेयर ख़रीद-बेचकर संसार के सबसे अमीर इंसानों में से एक बने हैं : वे इतिहास में सबसे विख्यात शेयर चुनने वाले हैं। उनकी अनुमानित नेट वर्थ 2021 में 108 अरब थी। उन्होंने हाल में लिखा था कि आज शेयर बाज़ार में ख़रीदने लायक़ कुछ नहीं है। ऐसा इसलिए क्योंकि शेयरों की ख़रीद-फरोख़्त करने से मूल्य नहीं बढ़ता। बाज़ार में अंदर-बाहर होने, ख़रीदने-बेचने से कोई मूल्य नहीं बढ़ता। भारी दौलत हासिल करने के लिए आप जो एकमात्र चीज़ कर सकते हैं, वह है मूल्य बढ़ाना।

अगर आप शेयर बाज़ार में निवेश करने जा रहे हैं, तो इंडेक्स फ़ंड सबसे अच्छा निवेश है। ये फ़ंड शेयर बाज़ार के इंडेक्स के हिसाब से उठते-गिरते हैं, लगभग सभी म्यूचुअल फ़ंड्स से बेहतर मुनाफ़ा देते हैं और इन्हें ख़रीदने-बेचने की लागत सबसे कम होती है। वे किसी ख़ास इंडेक्स के सभी शेयरों को ख़रीदते हैं। मिसाल के तौर पर, इंडेक्स फ़ंड डाउ जोन्स या एस ऐंड पी या किसी ख़ास एक्सचेंज के सारे शेयरों की थोड़ी-थोड़ी संख्या ख़रीदता है और आपका निवेश बस इंडेक्स के अनुरूप होगा।

रियल एस्टेट

रियल एस्टेट में निवेश पैसे बनाने की एक और कुंजी है। आमदनी उत्पन्न करने वाली रियल एस्टेट का स्वामित्व अमेरिका में दौलत का बड़ा स्रोत है। बिना डाउन पेमेंट दिए रियल एस्टेट ख़रीदना संभव है, लेकिन आपको एक प्रेरित ख़रीदार की ज़रूरत पड़ती है : कोई ऐसा मालिक जो बेचने के लिए बेचैन हो और जिसे पूरी तरह पता नहीं हो कि उसकी जायदाद का मूल्य कितना है। प्रेरित ख़रीदार ऐसा व्यक्ति हो सकता है, जिसे मकान बेचना पड़े, क्योंकि वह दिवालिया हो गया है, उसका तलाक़ हो गया है, उसका किसी दूसरे राज्य में तबादला हो गया है या उसे बड़ा नुक़सान हुआ है। दूसरे शब्दों में, वह घर से बाहर निकलने के लिए उत्सुक है और हो सकता है वह इसका मूल्य नहीं जानता हो।

जहाँ तक डाउन पेमेंट के बिना रियल एस्टेट में निवेश करने का सवाल है, रियल एस्टेट विशेषज्ञ आपको बता देंगे कि आपको सौ जायदादें देखनी होंगी, तब कहीं जाकर आपको दस ऐसी मिलेंगी, जिन पर आप प्रस्ताव दे सकें। इन दस में से आप एक जायदाद ख़रीदने में समर्थ हो सकते हैं। इसलिए डाउन पेमेंट दिए बिना अगर आप कोई जायदाद ख़रीदना चाहते हैं, तो इसके लिए आपको कई सप्ताह या महीनों तक कड़ी मेहनत करनी पड़ सकती है।

आपको नीलामी में ख़रीदने के मामले में भी सावधान रहना होगा। याद रखें, आसान पैसे जैसी कोई चीज़ नहीं होती : आपको पाई-पाई के बारे में सावधान रहना होगा, आपको पैसे ना गँवाने के बारे में सावधान रहना होगा। भले ही आप नीलामी में डाउन पेमेंट के बिना ख़रीद सकते हैं, लेकिन आपको फिर भी बैंक फ़ीस देनी होगी, मॉर्टगेज फ़ीस देनी होगी, क्लोज़िंग फ़ीस, क़ानूनी फ़ीस, टाइटल फ़ीस और बहुत सारे अन्य छिपे हुए ख़र्च करने होंगे। इन सबका नक़द भुगतान करना पड़ता है। जब आप मकान के मालिक बन जाते हैं, तो आपको सारे नवीनीकरण, सुधार, मरम्मत और किरायेदार खोजने के लिए विज्ञापन की सारी लागत नक़द ख़र्च करनी पड़ती है। अगर आपको तुरंत किरायेदार नहीं मिलता, तो आपको उसके मिलने तक ऑपरेटिंग और लोन की क़िस्त अपनी जेब से भरनी पड़ती है। कई घर या ऑफ़िस की इमारतें ऐसी होती हैं, जिन्हें आप डाउन पेमेंट के बिना ख़रीद लेते हैं, लेकिन वे छह महीने तक ख़ाली रहेंगी और आपको अपनी जेब से उनके सारे ख़र्चों का भुगतान करना पड़ेगा।

रियल एस्टेट में शुरू करने की एक बहुत अच्छी तकनीक है, *उन्हें ख़रीदो, फिर उन्हें सुधारो।* इसका मतलब है बाज़ार से कम भाव पर किसी ख़स्ताहाल मकान को ख़रीदो और इसमें सुधार करो। फिर या तो इसे किराये पर उठा दो या बेच दो और मुनाफ़ा कमाओ।

पहली बार जब आप किसी मकान को ख़रीदकर नवीनीकरण का काम करते हैं, तो इसमें कई महीने लग सकते हैं, यहाँ तक कि एक साल भी लग सकता है। दूसरी बार, इसमें कम समय लगेगा, शायद छह महीने। तीन साल के अनुभव के बाद आप हर साल चार से छह मकान ख़रीदकर और सुधारकर बेच सकते हैं और हर एक पर मुनाफ़ा कमा सकते हैं, जिसमें बहुत कम जोखिम होता है। मैं ऐसे लोगों से मिला हूँ, जिन्होंने दिन की नौकरी करते समय ही यह काम शुरू किया था।

एक दंपति ने मुझे बताया कि उन्हें पहले मकान में एक साल लगा, दूसरे मकान में छह महीने लगे, तीसरे मकान में दो-तीन महीने, चौथे मकान में दो महीने, पाँचवें मकान में एक महीना। एक साल बाद तो वे हर महीने एक मकान ख़रीद रहे थे, उसका नवीनीकरण कर रहे थे, किराये पर उठा रहे थे या दोबारा बेच रहे थे और हर मकान पर बीस से तीस हज़ार डॉलर का शुद्ध मुनाफ़ा कमा रहे थे।

यह दंपति दस लाख डॉलर कमाने की कोशिश नहीं कर रहे थे। वे वीकएंड पर काम करते थे। आख़िरकार उन्होंने कॉन्ट्रैक्टर नियुक्त किए, जो उनकी ख़ातिर काम कर सकते थे। उन्होंने बैंकर और वित्तीय संस्थाएँ खोजीं, जो उन्हें फ़ाइनैंस कर सकते थे। उन्होंने लगातार किरायेदार खोजने के लिए विज्ञापन दिए। सिर्फ़ ख़रीदकर और मकानों को सुधारकर वे काफ़ी बड़ी जायदाद बना रहे थे, जबकि वे अपने दिन की नौकरी कर रहे थे।

आप रियल एस्टेट को ज़्यादा आकर्षक बनाकर इसके मूल्य को बढ़ाते हैं, ताकि आप इसे ज़्यादा ऊँचे भाव पर किराये पर दे सकें, जिससे इसका बाज़ार मूल्य बढ़ जाए। या आप इसे बेचकर मुनाफ़ा कमा सकते हैं। रियल एस्टेट में सफलता की कुंजी लंबे समय तक सोचना है - स्व-निर्मित मिलियनेअर्स का मुख्य गुण। कभी इस विचार के साथ कोई जायदाद ना ख़रीदें कि आप इसे तुरंत बेचकर मुनाफ़ा कमाने जा रहे हैं। हमेशा जायदाद को पाँच-दस साल तक रोककर रखने की सोचें - वह भी इसे ख़रीदने से पहले।

जायदाद ख़रीदना और तुरंत बेचना रियल एस्टेट के साथ म्यूज़िकल चेयर्स खेलने जैसा है। जब संगीत ख़त्म होता है, तो कोई न कोई बिना कुर्सी के खड़ा रह जाता है। आज आपको हज़ारों-लाखों ऐसे लोग मिल जाएँगे, जो म्यूज़िकल चेयर्स खेल रहे थे और अब उनके पास कुर्सी नहीं है। वे दिवालिया हो गए और उनका वित्तीय जीवन तबाह हो गया। इसे अपने साथ ना होने दें।

रियल एस्टेट में सफलता की एक कुंजी जायदाद के बारे में हर विवरण मालूम करना है। जब आप कोई जायदाद ख़रीदते हैं, तो कल्पना करें कि आप उस इलाक़े

का शेयर ख़रीद रहे हैं, जिस तरह आप किसी कंपनी का शेयर ख़रीदते हैं। जायदाद, शहर, इलाक़े, स्थानीय अर्थव्यवस्था, स्थानीय स्कूल, शॉपिंग सेंटर्स और सड़कों के बारे में हर विवरण मालूम करें। जायदाद को ख़रीदने से पहले उसके साथ अंतरंगता से परिचित हो जाएँ। सचमुच अच्छे रियल एस्टेट ख़रीदार जायदाद और इलाक़े में पैदल चलते हैं। वे दिन के अलग-अलग समय आते हैं, वीकएंड पर, शाम को, रात को आदि। वे ट्रैफ़िक के शोर को सुनते हैं; वे ट्रैफ़िक को देखते हैं।

मैंने अपना पहला मकान गर्मियों में ख़रीदा। इसका भाव अच्छा था। मैंने सोचा कि मुझे अच्छा सौदा मिल रहा था। फिर पत्तियाँ पेड़ों से झड़ गईं और अचानक आवाज़ रोकने वाला बफ़र ग़ायब हो गया। पता चला कि डेढ़ ब्लॉक दूर एक बड़ा फ़्रीवे था। आप दिन में चौबीसों घंटे ट्रकों, कारों और मोटरसाइकलों का शोर सुन सकते थे। शोर के कारण आपको इयरप्लग लगाकर सोना पड़ता था।

इसके बाद मैंने जब भी जायदाद ख़रीदी, तो मैंने हमेशा सावधानी से इलाक़े का शोध करके यह सुनिश्चित किया कि कहीं कोई ऐसी सड़क तो नहीं थी, जो मौसम बदलने पर शोर करती हो।

बचत की आदत

वित्तीय दृष्टि से स्वतंत्र बनना आपका दीर्घकालीन लक्ष्य है। इसे हासिल करने का सबसे सरल तरीक़ा यह है कि आप 10-20 प्रतिशत आमदनी बचाने की आजीवन आदत डाल लें।

अगर आप आज क़र्ज़ में हैं, जैसे कि ज़्यादातर लोग हैं, तो अपनी आमदनी का 1 प्रतिशत बचाकर शुरुआत करें और शेष 99 प्रतिशत पर गुज़ारा करें। एक बार जब आप 99 प्रतिशत में ख़र्च चलाने में आरामदेह हो जाएँ, तो फिर अपनी बचत की दर को बढ़ाकर आमदनी की 2 प्रतिशत, फिर 3 प्रतिशत, 5 प्रतिशत और अंततः 10 प्रतिशत तक ले आएँ। एक साल के भीतर आप काफ़ी आराम से अपनी 80-90 प्रतिशत आमदनी में ख़र्च चला रहे होंगे, बचत कर रहे होंगे और उसका निवेश कर रहे होंगे। अगर आप यह काम अपने पूरे कामकाजी जीवन में करते हैं, तो आप मिलियनेअर बन जाएँगे।

यह तरीक़ा काम करता है, क्योंकि इंसान आदतों वाले प्राणी हैं। आप जो पैसे कमा रहे हैं, आपको उसे ख़र्च करने की आदत पड़ जाती है। लेकिन अगर आप वेतन मिलते ही सबसे पहले ख़ुद को भुगतान करते हैं और उस पैसे को बचा लेते हैं, तो आप बचे हुए पैसों में ख़र्च चलाने की आदत डाल लेते हैं। जो काम शुरुआत में थोड़ा मुश्किल लग रहा था, वह जल्दी ही काफ़ी आरामदेह बन जाता है। फिर आपकी वित्तीय जायदाद बढ़ने लगती है।

स्व-निर्मित मिलियनेअर्स अपने संसाधनों के भीतर जीने की आदत डाल लेते हैं। वित्तीय सफलता की कुंजी का सार इन पाँच शब्दों में है : *आमदनी से कम ख़र्च करो।* आमदनी से कम ख़र्च करो और बचत का निवेश करो।

वित्तीय सफलता के लिए ये पाँच चीज़ें नहीं करें

1. आसान पैसा नहीं खोजें और फटाफट अमीर बनो वाली योजनाओं तथा विचारों के चक्कर में नहीं फँसें।
2. काम किए बिना पुरस्कारों की तलाश नहीं करें। जो लोग वित्तीय सफलता हासिल करते हैं, वे लंबे समय तक कड़ी मेहनत करते हैं।
3. यह उम्मीद नहीं करें कि कोई दूसरा इसे आपकी ख़ातिर कर देगा : आप ज़िम्मेदार हैं।
4. भाग्य पर भरोसा नहीं करें या चमत्कारों की उम्मीद नहीं करें। वे कभी वित्तीय मामलों में नहीं होते।
5. पहली बार में सफल होने की उम्मीद ना करें। आप उस बुद्धि और अनुभव को विकसित करने की राह में सैकड़ों छोटी-छोटी ग़लतियाँ करेंगे, जिसकी ज़रूरत आपको वित्तीय दौलत कमाने और क़ायम रखने के लिए है।

वित्तीय सफलता के लिए ये पाँच चीज़ें करें

मैं इस अध्याय को वित्तीय सफलता के लिए पाँच आवश्यक चीज़ों से ख़त्म करता हूँ :

1. आप आगे के जीवन में जो निवेश करें, उसके हर पहलू का अध्ययन करें और समझें। अगर आप किसी निवेश को नहीं समझते हैं, तो उसमें अपना पैसा नहीं लगाएँ।
2. लगातार हर स्थिति में मूल्य बढ़ाने के तरीक़े खोजते रहें।
3. धीरे-धीरे अमीर बनने के लिए तैयार रहें। सारा गंभीर पैसा दीर्घकालीन, धैर्यवान धन होता है।
4. सारे समय अपने पैसे के मामले में किफ़ायती रहें। सावधान और विचारशील रहें कि आप इसका कैसे निवेश करते हैं और कैसे ख़र्च करते हैं; गिद्ध की तरह अपने पैसे को लगातार देखते रहें।

5. आज ही अपनी बचत की दर बढ़ाएँ और शेष जीवन में इस दर को आमदनी की 10 से 20 प्रतिशत करने का संकल्प लें और फिर उस पैसे का सावधानीपूर्वक निवेश करें। पैसे ना गँवाएँ।

पैसे से संबंधित सारी योग्यताएँ सीखी जा सकती हैं। आप कोई भी चीज़ सीख सकते हैं, जिसकी ज़रूरत आपको अपने किसी लक्ष्य को हासिल करने के लिए होती है। आज जो भी दौलतमंद है, उस लगभग हर व्यक्ति ने ग़रीबी से शुरुआत की है। वित्तीय दृष्टि से सफल दूसरे लोगों ने अतीत में क्या किया है, उसका अध्ययन करने और बार-बार सही चीज़ें करने पर आपको भी अंतत: वैसे ही परिणाम मिलेंगे। आप अंतत: वह वित्तीय स्वतंत्रता हासिल कर लेंगे, जिसे आप चाहते हैं और जिसकी आप उम्मीद करते हैं।

8

मिलियनेअर कैसे बनें

मैं पहले ही बता चुका हूँ कि आने वाले वर्षों में पहले की तुलना में लोगों के मिलियनेअर बनने के ज़्यादा अवसर हैं, लेकिन मिलियनेअर बनने के बुनियादी नियम कभी नहीं बदलते हैं।

अपनी आमदनी से कम ख़र्च करें

जैसा मैंने पिछले अध्याय में कहा था, आमदनी से कम ख़र्च करें और बचत या निवेश करें। कुछ साल पहले मैं वित्तीय सफलता और उपलब्धि पर एक सेमिनार कर रहा था। ब्रेक के दौरान कुछ अच्छी पोशाक वाले लोग मंच के नीचे मुझे घेरे खड़े थे। एक युवक भीड़ को चीरता हुआ वहाँ आ गया। वह स्पष्ट रूप से संपन्न नहीं था : उसके कपड़े अच्छे नहीं थे और जैसे ही वह बोलने लगा, यह स्पष्ट हो गया कि उसे कोई मानसिक समस्या थी। उसने कहा, ''मि. ट्रेसी, क्या मैं भी सफल हो सकता हूँ?'' मैं नहीं जानता था कि उससे क्या कहूँ। फिर वह बोलने लगा। उसने कहा, ''मि. ट्रेसी, मै ग्रुप होम में रहता हूँ।'' जिससे आपको पता चलता है कि उसके जीवन की स्थिति कैसी थी। उसने कहा, ''हम फ़र्नीचर की मरम्मत करते हैं।'' जिससे उसकी सक्षमता के स्तर का पता चलता था। ''मि. ट्रेसी,'' उसने कहा, ''मैं हर महीने 100 डॉलर बचाता हूँ। अगर मैं यह करता हूँ, तो क्या मैं सफल हो जाऊँगा?''

संयोग की बात, एक दिन पहले ही मैं चक्रवृद्धि ब्याज की दरों की टेबल पढ़ रहा था, जो मैं ज़्यादा बार नहीं पढ़ता हूँ। मैंने पाया कि अगर आप हर महीने 100

डॉलर बचाते हैं और इस राशि का निवेश 10 प्रतिशत वार्षिक वृद्धि देने वाले किसी अच्छे म्यूचुअल फ़ंड में करते हैं, और आप यह काम 20 साल से 65 साल की उम्र तक करते हैं, तो आपकी नेट वर्थ 11,18,000 डॉलर होगी। यह युवक बहुत लाभदायक स्थिति में नहीं था, पर किसी ने उसे अच्छी सलाह दी थी। वह हर महीने अपनी आमदनी में से 100 डॉलर बचाता था और अगर वह ऐसा ही करता रहे, तो वह अंतत: समाज के सबसे अमीर लोगों में से एक बन जाएगा। वह उन डॉक्टरों, वकीलों, आर्किटेक्ट्स, इंजीनियरों और व्यवसायियों से ज़्यादा अमीर बन जाएगा, जो उसके जितना नहीं बचाते थे। जैसा अल्बर्ट आइंस्टाइन ने कहा है, ''चक्रवृद्धि ब्याज सृष्टि की सबसे शक्तिशाली शक्ति है।''

नियम से 100 डॉलर प्रति माह का निवेश आपको अमीर बना देगा। ज़रा सोचें कि 200 डॉलर या 300 डॉलर या 500 डॉलर प्रति माह का निवेश इससे कितना ज़्यादा करेगा। अपनी आमदनी से कम ख़र्च करें, ख़ुद को सबसे पहले भुगतान दें, हर आमदनी में से 10 प्रतिशत मिलते ही निकाल लें और बाक़ी में गुज़ारा करें। अगर आप यह नहीं कर सकते, तो जैसा मैंने पिछले अध्याय में कहा है, 1 प्रतिशत से शुरुआत करें और 99 प्रतिशत में गुज़ारा करें, जब तक कि आपको इतने ख़र्च में गुज़ारा करने की आदत नहीं पड़ जाती और कम में जीवनयापन करना आपके लिए आसान व स्वचालित नहीं बन जाता।

जब मैं युवा था और शुरू कर रहा था, तो नाइटिंगेल-कॉनैन्ट ऑडियो कंपनी के संस्थापक लॉयड कॉनैन्ट ने मुझसे कहा था, ''ब्रायन, तुममें अपने जीवनकाल में बहुत-सा पैसा कमाने की योग्यता है। यह याद रखना : महत्त्वपूर्ण यह नहीं है कि तुम कितना कमाते हो, बल्कि महत्त्वपूर्ण तो यह है कि तुम कितना पैसा अपने पास बचाकर रख पाते हो।''

आप अपना पैसा कैसे बचा सकते हैं? आसान है : विलंब करें, टालें, हर ख़र्च में टालमटोल करें। अगर आप मकान, कार, नाव या वैकेशन के टिकट ख़रीदने के बारे में सोच रहे हैं, तो निर्णय लेने से पहले ख़ुद को तीस दिन का समय दें। कभी किसी बड़े ख़र्च को जल्दबाज़ी में नहीं करें, भले ही यह स्टीरियो ख़रीदना हो। इसके बाद एक बहुत आश्चर्यजनक चीज़ होती है : अगर आप किसी बड़े ख़र्च के बारे में कुछ समय तक सोच-विचार करते हैं, तो इसे ख़रीदने की इच्छा ग़ायब हो जाएगी। आप सोचते हैं, ''देखिए, बेहतर होगा कि मैं इस वक़्त इतने पैसे ख़र्च करने के बजाय इन्हें बचाकर किसी ऐसी जगह लगाऊँ, जहाँ यह बढ़े।''

यह स्व-निर्मित मिलियनेअर्स की मानसिकता है। जब आप सेकंड हैंड ख़रीद सकते हों, तो कभी कोई नई चीज़ नहीं ख़रीदें। स्व-निर्मित मिलियनेअर्स के अध्ययन दिखाते हैं कि वे कभी नई कार नहीं ख़रीदते हैं। क्यों? क्योंकि अगर आप

नई कार ख़रीदते हैं, तो जैसे ही आप उसे शोरूम से नीचे उतारते हैं, उस कार का 30 प्रतिशत मूल्य डिप्रिसिएशन के कारण कम हो जाता है। स्व-निर्मित मिलियनेअर्स अच्छी कारें ख़रीदते हैं, जो दो-तीन साल पुरानी होती हैं; सारा डिप्रिसिएशन जा चुका होता है, लेकिन वे अब भी वारंटी में होती हैं। वे कार ख़रीदकर उसे दस साल तक चलाते हैं, जब तक कि यह चलने लायक़ नहीं रह जाती। नई कार ख़रीदने में दूसरे लोग जो अतिरिक्त पैसा लगाते हैं, स्व-निर्मित मिलियनेअर्स उससे जायदाद ख़रीदेंगे, अपने व्यवसाय में सावधानी से निवेश करेंगे और पैसे को वहाँ लगाएँगे, जहाँ यह बढ़े। अगर आप हर दस साल बाद सेकंड हैंड कार ख़रीदें और इसे तब तक चलाएँ, जब तक पहिये जवाब ना दे जाएँ और उस सारे अतिरिक्त पैसे का सावधानी से निवेश करें, तो इससे वित्तीय स्वतंत्रता की ओर आप एक लंबी छलाँग लगा लेंगे।

अपने ख़र्च की निगरानी करें

अपने सिक्के गिनें और डॉलर अपनी परवाह ख़ुद कर लेंगे। हाल का एक अध्ययन बताता है कि जो लोग अपने ख़र्च की निगरानी करते हैं, वे ऐसा ना करने वाले लोगों की तुलना में 50 प्रतिशत ज़्यादा बचाते हैं।

अपनी जेब में एक छोटी स्पाइरल नोटबुक रखें। जब भी आप किसी चीज़ पर पैसे ख़र्च करें, तो उसे लिख लें। मनोवैज्ञानिकों ने पाया है कि किसी चीज़ को लिखने से यह आपकी जागरूकता में आ जाती है : आप उस पर बहुत ज़्यादा ध्यान देते हैं। अगर आप कैफ़े में 4.35 डॉलर में कैप्युचीनो पीते हैं, तो इसे लिख लें। अगर आप अख़बार या कोक ख़रीदते हैं, तो उसे लिख लें। अगर आप बाहर लंच करते हैं, तो उसे लिख लें। जब आप यह करते हैं और अपने ख़र्च की निगरानी करते हैं, तो आप स्वचालित रूप से कम ख़र्च करने लगेंगे। जो लोग एक महीने तक यह करते हैं, उनका ख़र्च 50 प्रतिशत तक कम हो जाता है, क्योंकि हम कई ख़र्च ध्यान दिए बिना करते हैं; हम उनके बारे में सोचते तक नहीं हैं।

मूल्य बढ़ाएँ

जैसा मैं पहले कह चुका हूँ, सारी दौलत किसी तरह से मूल्य बढ़ाने का परिणाम है। आप ज़्यादा महत्त्वपूर्ण चीज़ें करके मूल्य बढ़ाते हैं : आप ऐसी चीज़ें खोजते हैं, जो आपके ग्राहकों के लिए सबसे ज़्यादा महत्त्वपूर्ण हैं और आप उनकी ख़ातिर वे चीज़ें करते हैं। आप ज़्यादा तेज़ी, ज़्यादा सस्ते में और ज़्यादा बेहतर तरीक़े से चीज़ें करके मूल्य में वृद्धि करते हैं। यही व्यवसाय में सफलता की कुंजी है : ज़्यादा तेज़, ज़्यादा

सस्ता, ज़्यादा अच्छा। हर दिन अपने ग्राहकों की ज़्यादा तेज़, ज़्यादा किफ़ायती, ज़्यादा अच्छी सेवा करने के तरीक़े खोजें।

आप लागत कम करके भी मूल्य में वृद्धि करते हैं और लोगों को उनकी ज़रूरत या इच्छा की चीज़ उस भाव पर देते हैं, जिसे चुकाने के लिए वे तैयार होते हैं। मशहूर प्रेरक वक्ता ज़िग ज़िगलर का यह उद्धरण याद रखें : ''आप जीवन में जो चाहते हैं, वह हर चीज़ पा सकते हैं, बशर्ते आप दूसरे लोगों की मनचाही चीज़ पाने में उनकी मदद करें।'' यह दौलतमंद बनने की कुंजी है।

मिलियनेअर कहाँ से आते हैं

अमेरिका में स्व-निर्मित मिलियनेअर्स कहाँ से आते हैं? उनमें से 74 प्रतिशत उद्यमी हैं। महान उद्यमियों को देखें : बिल गेट्स; उनके साझेदार पॉल एलन; वॉरेन बफ़ेट; लैरी एलिसन; माइकल डेल; सैम वॉल्टन - इन सभी ने शून्य से शुरुआत की थी। उन्होंने थोड़े से पैसों और बहुत सारी मेहनत से अपने व्यवसाय शुरू किए थे। (वास्तव में सेल फ़ोन व्यवसाय मिलियनेअर उद्यमिता का नंबर वन स्रोत है।)

स्व-निर्मित मिलियनेअर्स का दूसरा स्रोत, यानी 10 प्रतिशत, ऊँचे वेतन वाले एक्ज़ीक्यूटिवों का है : जो लोग बड़ी कंपनियों में काम करते हैं, उन्हें स्टॉक ऑप्शन्स मिलते हैं और वे अपने पैसे को क़ायम रखते हैं।

स्व-निर्मित मिलियनेअर्स की तीसरी श्रेणी, 10 प्रतिशत, पेशेवरों की होती है - डॉक्टर, वकील, आर्किटेक्ट, इंजीनियर - जो अपने पेशे में सफल होते हैं और पैसों का संग्रह करते हैं।

अगला समूह - स्व-निर्मित मिलियनेअर्स का 5 प्रतिशत - सेल्सपीपल का होता है। उन्होंने एक ही कंपनी में काम किया हो या कई कंपनियों में काम किया हो, लेकिन उन्होंने जीवन भर कुछ न कुछ बेचा। उन्होंने बहुत सारा पैसा बनाया और इसे बचाकर रखा।

दौलत हासिल करने की सबसे महत्त्वपूर्ण योग्यता क्या है? बिक्री।

उद्यमिता में सफलता कोई व्यवसाय शुरू करने और कुछ बेचने की आपकी योग्यता पर निर्भर है। अगर आप उद्यमियों और सेल्सपीपल की श्रेणियों को आपस में मिला दें - 74 प्रतिशत और 5 प्रतिशत - तो आप देखते हैं कि 79 प्रतिशत व्यक्ति बिक्री करके मिलियनेअर बने हैं।

विरासत में ना मिली दौलत का आख़िरी 1 प्रतिशत बाक़ी स्रोतों से आता है : लेखक, फ़िल्मी सितारे, आविष्कारक आदि। अख़बारों और पत्रिकाओं को पढ़कर आप सोच सकते हैं कि ये अमेरिका में दौलत के मुख्य स्रोत हैं। जो लोग

संयोग से पैसे बनाते हैं या लॉटरी जीतते हैं या रॉक स्टार बन जाते हैं, वे बहुत दुर्लभ हैं। सफलता की आपकी लगभग सारी संभावना व्यवसाय शुरू करने और प्रॉडक्ट या सेवा बेचने की आपकी योग्यता पर निर्भर करती है।

मिलियनेअर्स के गुण

ईमानदारी स्व-निर्मित मिलियनेअर्स का नंबर एक गुण है। अर्ल नाइटिंगेल कहते थे कि अगर ईमानदारी का अस्तित्व नहीं होता, तो अमीर बनने के सबसे अचूक तरीक़े के रूप में इसका आविष्कार करना पड़ता। कारण आसान है : सारा व्यवसाय भरोसे पर आधारित होता है। कोई भी व्यवसाय में सफल नहीं हो सकता, जब तक कि हर कोई उन पर भरोसा नहीं करता हो। प्रॉडक्ट्स या सेवाएँ ख़रीदने वाले ग्राहकों को उन पर भरोसा करना होता है; उनके स्टाफ़ को उन पर भरोसा करना पड़ता है; बैंक को उन पर भरोसा करना पड़ता है; उनके सप्लायर्स को उन पर भरोसा करना पड़ता है। आप पाएँगे कि व्यवसायी सबसे ईमानदार लोग होते हैं। जब कोई व्यवसायी बेईमान होता है, तो उसके बारे में अख़बारों में ख़बरें छपती हैं। लेकिन अमेरिका में 26 मिलियन व्यवसायों में से सिर्फ़ बहुत कम ही सचमुच बेईमान हैं, क्योंकि अगर आप व्यवसाय में बेईमान हैं, तो आपका काम ख़त्म हो चुका है। आपको दूसरे देश जाना पड़ता है; आप दोबारा कभी शुरू नहीं कर सकते, क्योंकि आपने ईमानदारी से समझौता किया है।

आत्म-अनुशासन स्व-निर्मित मिलियनेअर्स का दूसरा गुण है। दशकों के शोध के बाद नेपोलियन हिल इस निष्कर्ष पर पहुँचे कि आत्म-अनुशासन अमीरी की सबसे कारगर चाबी है : ख़ुद से वह कराने का अनुशासन, जो आपको करना चाहिए, जब आपको करना चाहिए, चाहे आपका उसे करने का मन हो या ना हो। अनुशासन ही कुंजी है। सुबह उठें, काम में जुटें, ज़्यादा प्राथमिकता वाले कामों पर ध्यान केंद्रित करें, सफलता की क़ीमत चुकाएँ और तरक़्क़ी करें। मैं अध्याय 10 में आत्म-अनुशासन के बारे में ज़्यादा बात करूँगा।

दूसरों के साथ अच्छी तरह मेलजोल करना स्व-निर्मित मिलियनेअर्स का तीसरा गुण है। सफल होने के लिए स्व-निर्मित मिलियनेअर्स को बहुत से लोगों को ख़ुश करना होता है। वे पसंद करने योग्य होते हैं। लोग उन्हें पसंद करते हैं और उनसे ख़रीदना चाहते हैं। लोग उनके साथ और उनके यहाँ काम करना चाहते हैं। लोग उन्हें उधार देना चाहते हैं। लोगों के प्रति अच्छा होने का समय निकालना बेहद महत्त्वपूर्ण है।

इसके अलावा, ज़्यादातर स्व-निर्मित मिलियनेअर्स का *जीवनसाथी उनका समर्थन* करता है। अगर जीवनसाथी आपके साथ खड़ा हो, तो इससे आपकी

बहुत सारी ऊर्जा बच जाती है। आप आधी ज़िंदगी डेट्स पर ख़र्च नहीं करते हैं। समस्याग्रस्त वैवाहिक जीवन या संबंध पर आप जितना समय ख़र्च करते या जीवनसाथी खोजने पर जितना समय ख़र्च करते, वह आप अपने बिज़नेस में लगा सकते हैं। लगभग हर स्व-निर्मित मिलियनेअर या अरबपति के पीछे एक महिला होती है, जो पूरे समय उसका समर्थन करती है। लगभग हर स्व-निर्मित महिला मिलियनेअर या मल्टीमिलियनेअर के पीछे कोई न कोई शक्तिशाली आदमी भी होता है।

स्व-निर्मित मिलियनेअर्स का पाँचवाँ गुण यह है कि वे *कड़ी मेहनत* करते हैं। लाखों लोगों द्वारा इंटरव्यू में उनसे पूछा गया कि उन्होंने एक जीवनकाल में एक मिलियन डॉलर कैसे इकट्ठे कर लिए। उनमें से 85 प्रतिशत ने एक ही बात ही : ''मैं स्कूल-कॉलेज में सबसे बुद्धिमान नहीं था। मुझे अच्छे ग्रेड नहीं मिले। मैंने देखा कि बहुत से लोगों के पास बहुत से लाभ हैं, लेकिन मैं उनसे ज़्यादा कड़ी मेहनत से काम करने को तैयार था। वे उतनी कड़ी मेहनत करना नहीं चाहते थे, जितनी मैं कर रहा था।''

हाल के एक सम्मेलन में एक बड़े राष्ट्रीय कॉर्पोरेशन के प्रेसिडेंट ने अपने मित्र के बारे में एक प्रेरक कहानी सुनाई, जिसने हवाई में सात आयरन मैन ट्राएथलॉन्स लगातार जीते। यह संसार में सबसे मुश्किल ट्राएथलॉन है : आपको 26.4 मील दौड़ना पड़ता है, 3.5 मील तैरना पड़ता है और 125 मील साइकल चलाना पड़ती है। प्रेसिडेंट ने अपने मित्र से पूछा, ''आपने संसार में सबसे बड़ी प्रतिस्पर्धा में इतने सारे ट्राएथलॉन कैसे जीते?'' उनके मित्र ने जवाब दिया, ''देखिए, उनमें से कई का शारीरिक गठन मुझसे बेहतर है, लेकिन मैं इसलिए जीतता हूँ, क्योंकि वे उस दर्द को सहन करने को तैयार नहीं हैं, जिसे मैं सहन करने के लिए तैयार रहता हूँ।''

क्या यह सफलता का कारण नहीं है? सफल लोग दर्द - लंबी रातें, लंबे वीकएंड, चिंता, तनाव, मुश्किल - झेलने के लिए तैयार रहते हैं और लगातार कोशिश करते रहते हैं।

स्व-निर्मित मिलियनेअर्स का छठा गुण यह है कि *वे जो करते हैं, उससे प्रेम करते हैं।* ज़्यादातर स्व-निर्मित मिलियनेअर्स आपसे कहेंगे, ''मैंने अपने जीवन में एक दिन भी काम नहीं किया। मैं बस वह करता हूँ, जिसे करने से मुझे प्रेम है और मुझे इसके लिए अच्छे पैसे मिलते हैं।''

जब आप प्रयोग करते हैं और अलग-अलग नौकरियों व करियरों को आज़माते हैं, तो किसी ऐसी चीज़ की तलाश करें, जिसमें आपको सचमुच आनंद आता हो। अगर आप बिक्री में हों, तो ऐसे प्रॉडक्ट की तलाश करें, जिससे आप प्रेम करते हों, जिसका आप इस्तेमाल करते हों और जिसके बारे में आप रोमांचित हों। ऐसे ग्राहकों की तलाश करें, जिन्हें बेचने से आप प्रेम करते हों। ऐसे बाज़ारों

की तलाश करें, जिनमें काम करने से आपको प्रेम हो, ताकि काम करते वक़्त आप हर समय ख़ुश रहें।

आप पाएँगे कि आपकी सफलता के लिए वह चीज़ करना अनिवार्य है, जिससे आप प्रेम करते हैं। उस प्रॉडक्ट को पेश करें, जिससे आप प्रेम करते हों। उन लोगों को बेचें, जिनकी आप सचमुच परवाह करते हों। अगर यह इस समय नहीं हो रहा है, तो किसी दूसरी चीज़ को आज़माएँ। इसका यह मतलब नहीं है कि आप ग़लत इंसान हैं। इसका तो बस यह मतलब है कि इस वक़्त आप ग़लत जगह पर हैं।

रिच डैड, पुअर डैड

मेरे अच्छे मित्र रॉबर्ट कियोसाकी अपनी रिच डैड पुअर डैड फ़िलॉसफ़ी के लिए मशहूर हैं। वे लोगों को चार श्रेणियों में रखते हैं। पहली श्रेणी है कर्मचारी। वे वेतन के लिए काम करते हैं। वेतन या अतिरिक्त आमदनी के लिए उन्हें टैक्स में कोई छूट नहीं मिलती। किसी वेतनभोगी कर्मचारी के लिए वित्तीय स्वतंत्रता हासिल करना बहुत मुश्किल होता है। जैसा मेरे मित्र मार्क विक्टर हैन्सन कहते हैं, ''उनके पास नौकरी होती है, जिसका मतलब है *दिवालियेपन से बस थोड़ा-सा ऊपर।*''

लोगों की दूसरी श्रेणी है *सेल्फ़-एम्प्लॉयड।* वे स्वतंत्र कॉन्ट्रैक्टर्स होते हैं। वे कमीशन पर काम करते हैं। वे फ़ीस पर काम करते हैं। वे बोनस पर काम करते हैं, लेकिन वे अकेले खिलाड़ी होते हैं।

तीसरी श्रेणी है *उद्यमी।* ये भी अकेले खिलाड़ी होते हैं, लेकिन विशेषज्ञ लोग उनकी ख़ातिर विशेषज्ञतापूर्ण काम करते हैं, इसलिए वे व्यक्तियों से ज़्यादा काम कर लेते हैं।

लोगों का चौथा समूह है *निवेशक।* वे अपने पैसे का निवेश करके आमदनी का स्रोत उत्पन्न करते हैं, जिसे हम निष्क्रिय आमदनी कहते हैं। वे किसी कंपनी या व्यवसाय में निवेश करते हैं, जिसे दूसरे लोग चलाते हैं और स्थायी मुनाफ़ा देते हैं, जैसे तेल के कुएँ या वाणिज्यिक या रहवासी रियल एस्टेट।

दौलत दूसरे स्रोतों से आमदनी है। मेरा एक अच्छा मित्र है, जो कई साल पहले लेबनान से आया था और अंग्रेज़ी नहीं बोल पाता था। आज उसके पास बहुत पैसा है। बरसों पहले एक दिन उसने मुझसे पूछा, ''ब्रायन, तुम कितना पैसा कमाते हो?''

मैंने कहा, ''मेरी स्थिति काफ़ी अच्छी है।''

''आपके व्यवसाय के बारे में ज्ञान के आधार पर मेरा अंदाज़ा है कि आप इतने पैसे बना रहे होंगे।'' उसका अंदाज़ा काफ़ी सटीक था। उसने पूछा, ''अपने काम के अलावा आपके पास दौलत के कितने स्रोत हैं?''

''आपका क्या मतलब है?''

''अगर आप काम करना बंद कर दें, तो आपके पास कितना पैसा आएगा?''

''अगर मैं काम करना बंद कर दूँ, तो सब कुछ रुक जाएगा। यह उस कार की तरह रुक जाएगा, जिसकी गैस ख़त्म हो गई हो।''

''तब तो आप दौलतमंद नहीं हैं। आप बहुत सारे पैसे बना रहे हैं, लेकिन आप दौलतमंद नहीं हैं। आप सिर्फ़ तभी दौलतमंद होते हैं, जब आपकी आमदनी हो रही हो, चाहे आप काम करें या ना करें।''

यह ज़ोर का झटका था। इसके बाद मैंने अपना पूरा वित्तीय जीवन बदल डाला। मैंने संपत्तियाँ विकसित करने और निवेश आदि के बारे में ज़्यादा गंभीरता से सोचना शुरू किया, क्योंकि दौलत मेलबॉक्स में आने वाला पैसा है। दौलत वह पैसा है, जो अंदर आता रहता है, चाहे आप काम करें या ना करें।

रिच डैड, पुअर डैड दर्शन में आपका लक्ष्य कर्मचारी (अपना पैसा बचाएँ) से सेल्फ़-एम्प्लॉयड (कमीशन पर काम करें) से उद्यमी (जहाँ लोग आपकी ख़ातिर काम करें) से निवेशक बनना है (जहाँ आपका पैसा आपकी ख़ातिर काम करता है और पैसा अंदर आता रहता है, चाहे आप काम करें या ना करें)।

जीवन में नियम यह है कि आप शून्य से शुरुआत करते हैं (जैसी अमेरिकी समाज में परंपरा है)। यह किसी बड़ी मैराथन की लाइन में लगने जैसा है। हर व्यक्ति दौड़ने लगता है : कुछ लोग जीतेंगे, कुछ लोग समूह में रुके रहेंगे और कुछ लोग तब आएँगे, जब हर दर्शक घर जा चुका होगा।

शुरुआत में आपके पास बहुत सारा समय होता है, लेकिन धन नहीं होता। अपने कामकाजी जीवन में आपका लक्ष्य इस अनुपात को बदलना है, ताकि आपके पास ज़्यादा उम्र में समय कम रहे, लेकिन पैसा ज़्यादा रहे। आप आख़िरकार उस बिंदु तक पहुँच जाते हैं, जहाँ आपका पैसा आपसे ज़्यादा कमाने लगता है। उस बिंदु पर आप इस्तीफ़ा दे सकते हैं और अपने पैसे के प्रबंधन में पूरा समय लगा सकते हैं। यह आपका लक्ष्य है। जवानी में आप समय बेचकर धन ख़रीदते हैं; बाद में आप धन देकर समय ख़रीदते हैं।

व्यक्तिगत वित्तीय नियोजन की कुंजियाँ

यहाँ व्यक्तिगत वित्तीय नियोजन की कुछ कुंजियाँ बताई जा रही हैं।

पहला है *टारगेटिंग।* इसका मतलब है कि आप अपने जीवन के लिए स्पष्ट वित्तीय लक्ष्य तय करते हैं। आप इस साल, अगले साल और उसके बाद वाले साल की वार्षिक आय के लक्ष्य तय करते हैं। आप मासिक बचत का लक्ष्य तय

करते हैं। आप हर महीने कितना बचाने वाले हैं? इसे काग़ज़ के ऊपर दाएँ हाथ के कोने में लिख लें।

इन संख्याओं को लिखने से ही इस बात की संभावना बढ़ जाती है कि आप उन्हें सचमुच हासिल करेंगे। (अगर आपको वार्षिक आमदनी के लक्ष्य के बारे में पता नहीं है, तो देखें कि आप इस साल के अंत में कितना कमाते हैं।) अगर आपको मासिक बचत लक्ष्य के बारे में कोई अंदाज़ नहीं है, तो आपमें उस सारे पैसे को ख़र्च करने की स्वाभाविक प्रवृत्ति होगी।

आप हर महीने और हर साल कितना कमाना चाहते हैं? स्पष्ट लक्ष्य रखें। आप उस निशाने पर प्रहार नहीं कर सकते, जिसे आप देख नहीं सकते हों।

दूसरा क़दम है *जायज़ा लेना।* अपनी नेट वर्थ मालूम करें। आज सटीकता से आपकी नेट वर्थ कितनी है? आप पर कितना क़र्ज़ है? आपकी वर्तमान नेट वर्थ कितनी है? अगर आप अपनी हर चीज़ बेच दें, तो आपके पास कितनी राशि होगी? अपने पूरे वित्तीय जीवन पर निगाह डालकर एक सूची बनाएँ। कल्पना करें कि आपको अपनी सारी संपत्तियाँ बेचनी पड़ रही हैं और दूसरे देश में जाकर रहना पड़ रहा है। आपको हर चीज़ फटाफट बेच नी है। अगर आपको हर चीज़ बेचनी पड़े, तो आपके पास कितने पैसे होंगे?

कुछ लोग कह सकते हैं, ''मेरे पास 1,00,000 डॉलर का फ़र्नीचर है।'' मुख्य सवाल यह है कि अगर आपको अपना फ़र्नीचर बेचना पड़े, तो आपको इसके बदले में कितने पैसे मिलेंगे? जवाब है एक डॉलर पर दस सेंट। अगर आपको अपनी ज़्यादातर वित्तीय संपत्तियाँ बेचनी पड़ें, तो आप ख़ुशक़िस्मत रहेंगे, अगर आपको एक डॉलर पर 20 सेंट मिलें। ईमानदार बनें : आज आपकी नेट वर्थ क्या है और रिटायरमेंट के लिए आपका लक्ष्य क्या है?

अपनी वर्तमान स्थिति का विश्लेषण करें। पेज के नीचे बाएँ हाथ के कोने पर लिखें कि आपके पास आज कितना है। ऊपर दाएँ हाथ के कोने पर आपका रिटायरमेंट का लक्ष्य रहता है। दोनों के बीच एक रेखा बना लें। यह आपको बताता है कि आपको अपने वार्षिक ख़र्च का बीस गुना इकट्ठा करने के लिए कितनी दूर तक जाना है।

तीसरी कुंजी है *कटौती,* अपने ख़र्च कम करना। सावधानी से हर ख़र्च की गणना करें और ख़र्च करने से पहले इसका मूल्यांकन करें। ख़र्च करने से पहले इसे लिखें, इसके बारे में सोचें और दूसरों के साथ इस पर बात करें। भावावेग में ख़र्च नहीं करें। बड़ी चीज़ें ख़रीदने के मामले में टालमटोल करें। अपने सबसे बड़े मासिक ख़र्चों की जाँच करें और उन्हें कम करने या हटाने के तरीक़े खोजें।

लोग आम तौर पर वह सबसे बड़ा घर ख़रीदते या किराये पर लेते हैं, जो वे अपनी आमदनी के आधार पर ले सकते हैं। जून 2021 में वॉरेन बफ़ेट की नेट वर्थ 108 अरब डॉलर है। लेकिन वे आज भी उसी मकान में रहते हैं, जिसमें वे तीस साल पहले रहते थे और वही कार चलाते हैं, जो वे दस साल पहले चलाते थे। मरने से पहले सैम वाल्टन वही पिकअप ट्रक चला रहे थे, जो वे दस साल से चला रहे थे। धन के प्रति यह नज़रिया इन लोगों के हर काम में आ गया : वे लगातार ख़र्च कम करने के तरीक़े खोजते रहे। आपको भी ऐसा ही करना चाहिए।

चौथा हिस्सा है, *ख़ुद को ज़्यादा मूल्यवान बनाएँ।* अपने प्रति घंटे दर पर ध्यान केंद्रित करें। आज आपकी प्रति घंटे दर क्या है? आप अपनी सालाना वेतन या आमदनी को 2,000 से विभाजित करके (साल में कामकाज के औसत घंटों की संख्या) अपनी प्रति घंटे दर निकाल सकते हैं। मिसाल के तौर पर, अगर आज आप हर साल 50,000 डॉलर कमा रहे हैं, तो आपकी सालाना आमदनी 2,000 से विभाजित होकर 25 डॉलर प्रति घंटे आ जाएगी। अपनी आमदनी दोगुनी करने का निर्णय अपनी प्रति घंटे दर को बढ़ाकर 50 डॉलर प्रति घंटे करना होगा। आप अपने मूल्य को बढ़ाने के लिए क्या कर सकते हैं, ताकि कोई आपको प्रति घंटे 50 डॉलर देना चाहे?

यह हमें तीन के नियम पर ले जाता है : आप ऐसे कौन से तीन काम करते हैं, जो सबसे ज़्यादा मूल्य का योगदान देते हैं और आप उन तीनों में कैसे बेहतर और बेहतर बन सकते हैं? अपने काम पर 80-20 के नियम को लागू करें। वे 20 प्रतिशत चीज़ें कौन-सी हैं, जो आप करते हैं, जो सबसे ज़्यादा मूल्य का योगदान देती हैं? आप उन्हें दिन भर में ज़्यादा कैसे कर सकते हैं?

अंत में, नौकरी बदलने के लिए तैयार रहें। 25 साल का एक युवक सेमिनार में मेरे पास आया। उसने कहा, ''जानते हैं, मैं अपने जीवन को बेहतर बनाना चाहता हूँ, लेकिन मैं एक प्लंबर हूँ। मैंने इसका प्रशिक्षण लेने में कई साल लगाए हैं। मैं एक प्लंबिंग कंपनी के लिए काम करता हूँ, लेकिन इस कंपनी में सेल्सपीपल सारा पैसा कमाते हैं, जो कॉन्ट्रैक्टर्स को प्लंबिंग सप्लाइज़ बेचते हैं।''

मैंने पूछा, ''आप सेल्समैन क्यों नहीं बन जाते?''

''क्या अपने प्रशिक्षण को भूल जाऊँ?''

''देखो,'' मैंने कहा। ''अपने प्रशिक्षण के बारे में भूल जाओ। आपकी सबसे महत्त्वपूर्ण ज़िम्मेदारी ज़्यादा से ज़्यादा कमाना है। आप प्लंबिंग के बारे में बहुत कुछ जानते हैं। आपकी उन लोगों से बहुत समानता है, जिनसे आप बात करेंगे।''

''मैंने इस बारे में कभी नहीं सोचा, लेकिन मैं यह नहीं जानता कि सामान कैसे बेचते हैं।''

''आप ऑडियो प्रोग्राम सुनकर, पुस्तकें पढ़कर और कोर्स करके बेचना सीख सकते हैं।''

उसने कहा, ''मैं ऐसा ज़रूर करूँगा।''

लगभग दो साल बाद वह आदमी मेरे पास आकर बोला, ''आप मुझे भूले तो नहीं? मैं एक प्लंबर था। आपने मुझे काम बदलने को कहा था, जो मैंने कर लिया। मैं पूर्णकालिक प्लंबर के रूप में जितना कमा रहा था, आज मैं उससे तीन गुना ज़्यादा कमा रहा हूँ। मेरे पास ज़िंदगी में कभी इतना ज़्यादा पैसा नहीं रहा। मेरे पास अपने बच्चों के लिए बेहतर मकान है, बेहतर कार है, बेहतर ज़िंदगी है; हम बेहतर छुट्टियाँ मनाते हैं। आपकी सलाह के लिए बहुत-बहुत धन्यवाद।''

कुछ कामों की ऊपरी सीमा होती है। कई बार आप उस सीमा तक पहुँच जाते हैं। इसके बाद आप चाहे कितनी ही कड़ी मेहनत करें या आप चाहे जितने अच्छे हों, कंपनी आपको उससे ज़्यादा भुगतान नहीं देगी। यह बेहतर नौकरी या काम खोजने का समय है। अब आप इसके लिए तैयार हैं। अब आप अच्छे अनुभवी व्यक्ति हैं। अब आप उस तरह के व्यक्ति हैं, जिसे कंपनियाँ नियुक्त करना चाहती हैं।

9

उद्यमिता की कुंजियाँ

जैसा हम पिछले अध्याय में देखा, अमेरिका के 74 प्रतिशत स्व-निर्मित मिलियनेअर उद्यमी हैं। फलस्वरूप उद्यमिता - अपना ख़ुद का व्यवसाय शुरू करना - वित्तीय सफलता का आपका सबसे संभावनाशील मार्ग है।

आपको अपना ख़ुद का व्यवसाय शुरू करने के लिए कई चीज़ों की ज़रूरत होती है। पहली है *सक्षमता।* आप जो करते हैं, आपको उसमें बहुत अच्छा होना चाहिए। लोग सिर्फ़ उन लोगों से ख़रीदेंगे, जिनके बारे में उन्हें महसूस होता है कि वे किसी दूसरे से बेहतर उनकी सेवा कर सकते हैं। अगर कोई कहता है कि आपके प्रतिस्पर्धी के प्रॉडक्ट्स या सेवाएँ आपसे बेहतर हैं, तो आपको इसे व्यक्तिगत अपमान के रूप में लेना चाहिए। शीर्षस्थ 10 प्रतिशत उद्यमियों के समूह में शामिल होने पर ध्यान केंद्रित करें। आप जो करते हैं, उसमें उत्कृष्ट बनने पर ध्यान केंद्रित करें।

अपना ख़ुद का व्यवसाय शुरू करने की दूसरी कुंजी है *ग्राहक।* आपका पहला काम ग्राहक हासिल करना है। आपका दूसरा काम ग्राहक हासिल करना है। आपका तीसरा काम ग्राहक हासिल करना है। आपका काम दिन भर ग्राहकों को हासिल करना है और ग्राहक से कभी अपनी निगाह नहीं हटाना है। ग्राहक व्यावसायिक सफलता की कुंजी हैं। जैसा मैंने कहा है, सफल कंपनियों की ज़्यादा बिक्री होती है और असफल कंपनियों की कम बिक्री होती है; बाक़ी सब कमेंट्री है।

तीसरी कुंजी है *कैशफ़्लो।* यह व्यवसाय की जान है। सफल व्यवसायी सारे समय अपने कैशफ़्लो के बारे में सोचते रहते हैं। मैं सटीकता से जानता हूँ कि हर दिन मेरे व्यवसाय में कितना पैसा आता है और कितना बाहर जाता है। मेरे पास इस बारे में पूरी रिपोर्ट होती है कि पैसा हर दिन कहाँ है। मेरे पास हर बिक्री, हर ख़र्च

और हर बिल के हर डॉलर और हर बिक्री की पूर्ण रिपोर्ट होती है। मैं कैशफ़्लो पर उसी तरह निगाह रखता हूँ, जिस तरह डॉक्टर किसी गंभीर बीमार मरीज़ की नब्ज़ पर हाथ रखता है। ऐसा करना बहुत महत्त्वपूर्ण है। जैसा प्रेरक वक्ता जिम रॉन ने कहा है, ''असावधानी से दुर्घटनाएँ होती हैं।''

शुरू कैसे करें

किसी व्यवसाय में जाने से पहले इसके हर पहलू का अध्ययन करें और सीखें। व्यवसाय में कम से कम एक-दो दिन काम करें। वीकएंड में काम करें, शाम को काम करें और मुफ़्त में काम करें। बस कहें, ''देखिए, मैं व्यवसाय के बारे में सीखना चाहता हूँ। क्या मैं मुफ़्त में काम कर सकता हूँ?'' लोग आपको मना नहीं करेंगे, बल्कि कहेंगे, ''हाँ, अंदर आ जाओ।''

एक बार जब आप अंदर चले जाएँ, तो पूछें, ''आप यह क्यों करते हैं? आप वह क्यों करते हैं? यह कैसे काम करता है?'' कई लोगों ने किसी व्यवसाय को इसी तरह आज़माया है। कुछ घंटों या कुछ दिनों के बाद वे कहेंगे, ''यह व्यवसाय मेरे लिए नहीं है।'' या ''मुझे यह व्यवसाय पसंद है। मैं सोचता हूँ कि मैं इसे अच्छी तरह कर सकता हूँ।''

अपने व्यवसाय के क्षेत्र में प्रकाशनों की सदस्यता लें और उन्हें पढ़ें। सम्मेलनों व ट्रेड शो में जाएँ और सर्वश्रेष्ठ लोगों के व्याख्यान सुनें।

मेरा एक मित्र था, जो इंग्लैंड से आप्रवासी के रूप में आया था। गुज़ारा करने के लिए उसने एक छोटे प्रकाशन के लिए विज्ञापन की जगह बेची। यह दिवालिया हो गया। वह एक और प्रकाशन में काम करने लगा, लेकिन वह भी दिवालिया हो गया। उसने कहा, ''मैं एक पत्रिका प्रकाशित कर सकता हूँ।'' उसने चारों ओर देखा। लोगों ने उससे पूछा था, ''इस राज्य में खेलों और फ़िशिंग पर पत्रिका क्यों नहीं है?'' उसने सोचा, ''मैं खेलों पर पत्रिका शुरू करूँगा।'' उसने एक छोटी पत्रिका शुरू की और वह विज्ञापन बेचने लगा : यह उसकी योग्यता थी। उसने लोगों से कहानियाँ लिखवाईं, जबकि उसने विज्ञापन बेचे।

इस प्रोजेक्ट के लगभग एक साल बाद मेरे दोस्त के पास एक छोटा-सा प्रकाशन था, वह अपने घर से काम कर रहा था और बस गुज़ारा कर रहा था। वह न्यू यॉर्क में पत्रिका प्रकाशकों के एक सम्मेलन में गया और वह स्पा पब्लिकेशन्स के लिए अकाउंटिंग पर एक व्याख्यान में गया। वक्ता ने कहा, ''जब आप अपना अकाउंट स्टेटमेंट लेते हैं और आप अपनी बिक्री को शिखर पर रखते हैं, फिर आप अपने सारे ख़र्च लेते हैं और आप उन सबको घटा देते हो, तो कौन-सी रेखा पेज के सबसे नीचे पाई जाती है?''

हर एक ने कहा, ''यह आपकी बॉटम लाइन यानी मुनाफ़ा है।''

''यह किसका प्रतिनिधित्व करती है?''

''यह आपके मुनाफ़े या घाटे का प्रतिनिधित्व करती है।''

''हाँ, ज़्यादातर लोग इसी तरह सोचते हैं। मैं चाहता हूँ कि आप इसे अलग तरीक़े से करें। मैं चाहता हूँ कि आप इसे पलट लें : अपने मुनाफ़े को अपनी टॉप लाइन बना लें। सबसे ऊपर मुनाफ़ा लिखें, जो आप हर महीने कमाना चाहते हैं। इसके नीचे बिक्री लिखें, जो आपको उस मुनाफ़े को उत्पन्न करने के लिए करनी होगी और फिर उन लागतों को, जो आप ख़र्च करेंगे। अपने मुनाफ़े को सबसे अंत में रखने के बजाय (अगर आप ख़ुशक़िस्मत हों) उसी से शुरू करें।''

मेरा दोस्त उस व्याख्यान को सुनकर बाहर निकला और उसने कभी पलटकर नहीं देखा। आज वह 29 प्रकाशनों का स्वामी है। वह मल्टीमिलियनेअर बन चुका है और देश के सबसे सम्मानित लोगों में से एक है। उसके किसी प्रकाशन को एक महीने में भी कभी घाटा नहीं हुआ, जो पत्रिका उद्योग में अनसुनी बात है। यह सब उस एक व्याख्यान की बदौलत हुआ, जो उसने एक सम्मेलन में एक अकाउंटेंट से सुना, जिसके मन में एक विचार आया था।

मैं आपको यह कहानी इसलिए बता रहा हूँ, क्योंकि आप कभी नहीं जानते कि कोई बेहतरीन विचार कहाँ से आएगा। आपको ख़ुद को बहुत से अच्छे विचारों के संपर्क में लाना होता है। आपको वहाँ जाना होता है, जहाँ विचार हैं। अगर आप मछली पकड़ना चाहते हैं, तो आप वहाँ मछली पकड़ने जाते हैं, जहाँ मछलियाँ हों। अगर आप यह सीखना चाहते हैं कि अपने व्यवसाय को अच्छी तरह कैसे चलाना है, तो वहाँ जाएँ, जहाँ आपके क्षेत्र के दूसरे लोग इस बारे में बात कर रहे हैं कि व्यवसाय को अच्छी तरह कैसे चलाया जाए। पढ़ें, सुनें, सीखें, बात करें और सलाह माँगें।

अपने मुनाफ़े से विस्तार करें

छोटी शुरुआत करें और अपने मुनाफ़े से विस्तार करें। कोई कह सकता है, ''मैं व्यवसाय शुरू करने के लिए बैंक लोन नहीं ले सकता।'' ज़ाहिर है, आप नहीं ले सकते। व्यवसाय में शुरुआत करने वालों को बैंक पैसे उधार नहीं देते। वेंचर कैपिटेलिस्ट भी नहीं देते। कोई भी स्टार्टअप को पैसे नहीं देता। नए व्यवसायों में लगभग 99 प्रतिशत प्रेम धन की फ़ंडिंग से शुरू करते हैं। प्रेम धन का मतलब है आपका ख़ुद का पैसा, क्योंकि आप अपने विचार से प्रेम करते हैं और आपके मित्रों व रिश्तेदारों का पैसा, क्योंकि वे आपसे प्रेम करते हैं। इसलिए कम पैसों से छोटी शुरुआत करें, कुछ बेचें, मुनाफ़ा कमाएँ और फिर यही काम दोबारा करें।

किसी व्यवसाय को शुरू करने का बेहतरीन तरीक़ा – करोड़ों लोगों ने यह किया है और दौलतमंद बने हैं – नेटवर्क मार्केटिंग में है। नेटवर्क मार्केटिंग अद्भुत प्रॉडक्ट्स और सेवाएँ प्रदान करती है – स्वास्थ्य, सौंदर्य, होम केयर प्रॉडक्ट्स आदि – जो आम तौर पर बहुत अच्छी गुणवत्ता के होते हैं। नेटवर्क मार्केटिंग कंपनियाँ रिटेल आउटलेट से सामान नहीं बेचती हैं, जिन्हें होलसेल आउटलेट द्वारा सप्लाई करना पड़ता है, जिन्हें जॉबर्स सप्लाई करते हैं। कंपनियाँ सामान्यत: कमीशनों और मार्कअप में जो पैसे चुकाती हैं, वे उस पैसे को नेटवर्क मार्केटिंग चेन में दे देती हैं। वे कुल रिटेल भाव का 40, 50 या 60 प्रतिशत तक दे सकती हैं। नेटवर्क मार्केटिंग कंपनियाँ उन लोगों को पैसे देती हैं, जो इसे एक बार में एक व्यक्ति को बेचते हैं।

नेटवर्क मार्केटिंग आज 140 अरब डॉलर का विश्वव्यापी व्यवसाय है और यह जंगल की आग की तरह फैल रहा है। आप इसे 100 डॉलर से शुरू कर सकते हैं। आप अपने ख़ुद के परिणामों और ख़ुद की मेहनत से अपने व्यवसाय को बढ़ा सकते हैं। यह शुरू करने के लिए बेहतरीन जगह है।

नेटवर्क मार्केटिंग के बारे में अत्यंत महत्त्वपूर्ण चीज़ कोई ऐसी चीज़ बेचना है, जिसे आप पसंद करते हैं, जिसमें आप विश्वास करते हैं, जिसका आप ख़ुद इस्तेमाल करते हैं और लाभ लेते हैं और जिसके बारे में आप महसूस करते हैं कि दूसरे लोग भी इसका आनंद और लाभ ले सकते हैं। अगर आप यह कर सकते हैं, तो आप अपने प्रॉडक्ट के लिए बेहतरीन सेल्सपर्सन होंगे।

शुरुआती चीज़ें सीखना

आप किसी दूसरे के व्यवसाय में भी काम करके शुरुआती चीज़ें सीख सकते हैं। बर्गर किंग का फ़्रैंचाइज़ी लेने में रुचि रखते हैं? आपको बर्गर किंग में चार सौ घंटे काम करने की ज़रूरत होती है। जब आप फ़्रैंचाइज़ी के लिए आवेदन करते हैं, तो आपको व्यवसाय के हर हिस्से में काम करना पड़ता है, जब तक कि आप हैमबर्गरोलॉजी (हाँ, वे लोग इसे यही कहते हैं) में पूरी तरह नहीं डूब जाते और कहते हैं, "हाँ, यह वही व्यवसाय है, जिसमें मैं रहना चाहता हूँ।" बहुत सारे लोग हैं, जो कहते हैं, "मैं बर्गर किंग फ़्रैंचाइज़ी चाहता हूँ", लेकिन किसी आउटलेट में काम करने के बाद उनका इरादा बदल जाता है, क्योंकि उन्हें अहसास हो जाता है कि यह उनके लिए सही नहीं है। व्यवसाय का चयन ग़लत है, यह पता लगाने का सबसे अच्छा समय इसे शुरू करने से पहले होता है।

एक बार जब आप शुरुआत कर लें, तो पूँजी और निवेश के बजाय आगे बढ़ने के लिए मस्तिष्क और ऊर्जा का इस्तेमाल करें। जब भी आप कर सकें,

तो पैसे का निवेश करने के बजाय सृजनात्मकता, बुद्धि, कड़ी मेहनत, चरित्र और व्यक्तित्व का इस्तेमाल करें। दो साल पहले मैं एक हज़ार संभावित उद्यमियों को एक व्याख्यान देने जा रहा था। रास्ते में मैं एक बुकस्टोर में रुका और मुझे एक पुस्तक मिली, *1,001 बिज़नेसेस यू कैन स्टार्ट फ़ॉर लेस दैन डॉलर 100।* इसके हर पेज पर तरीक़े बताए गए थे। लोग मुझसे कहते हैं, ''मेरे पास व्यवसाय शुरू करने के लिए पर्याप्त पैसे नहीं हैं,'' लेकिन एक हज़ार से ज़्यादा व्यवसाय हैं, जिन्हें आप 100 डॉलर से कम में शुरू कर सकते हैं और अपने ख़ुद के प्रयासों से विस्तार कर सकते हैं।

हर व्यवसाय में सफलता की कुंजी बेचने की योग्यता है, जिसे सीखा जा सकता है। हो सकता है कि आप एक औसत कंपनी और औसत प्रॉडक्ट के स्वामी हों और आपकी औसत पृष्ठभूमि हो, लेकिन अगर आप बेहतरीन सेल्सपर्सन हैं, तो आप अमीर बन जाएँगे। हो सकता है कि आपके पास सर्वश्रेष्ठ प्रॉडक्ट हो, सर्वश्रेष्ठ बाज़ार तथा माँग है, लेकिन अगर आप बेचने में निपुण नहीं हैं, तो आपको जीवन भर पैसों की चिंता करनी पड़ेगी।

शुरू करने से पहले बिज़नेस प्लान बनाएँ। बिज़नेस प्लान आपसे बहुत सारे प्रश्न पूछता है, आपके प्रॉडक्ट, ग्राहकों, बाज़ार, फ़ाइनैंसिंग, विज्ञापन, प्रचार, उत्पादन, सेवा, मानदंड, अकाउंटिंग और हर दूसरी चीज़ के बारे में। यह आपको अति महत्त्वपूर्ण चीज़ों के बारे में प्रश्न पूछने के लिए विवश करता है, जो आपके व्यवसाय को बनाती या बिगाड़ती हैं। (वैसे आप इंटरनेट पर जाकर बिज़नेस प्लान टेंपलेट डाउनलोड कर सकते हैं और ख़ाली जगह पर जानकारी भर सकते हैं।)

कई लोग जब बिज़नेस प्लान बनाते हैं, तो उन्हें अहसास होता है, ''मैंने सोचा था कि यह एक बेहतरीन व्यवसाय का विचार है, लेकिन मैं यहाँ से वहाँ नहीं पहुँच सकता। अब जब मैंने इन प्रश्नों के जवाब दे दिए हैं, तो यह अब अच्छा विचार नहीं लगता है। मैं जो भाव चाहता हूँ, उसे देने के लिए पर्याप्त ग्राहक नहीं हैं। वर्तमान में वे जिस प्रॉडक्ट का इस्तेमाल कर रहे हैं, उनसे अपने प्रॉडक्ट को ख़रीदवाने के लिए पर्याप्त ग्राहक नहीं हैं।'' बिज़नेस प्लान ये चीज़ें सोचने में आपकी मदद करता है, इससे पहले कि देर हो जाए।

एक बार जब आप शुरू करें, तो अपना 80 प्रतिशत समय बेचने और मार्केटिंग पर केंद्रित करें। अकाउंटिंग के बारे में भूल जाएँ। बुककीपिंग के बारे में भूल जाएँ। पैकिंग बॉक्स के बारे में भूल जाएँ। लोडिंग ट्रकों के बारे में भूल जाएँ। अपना 80 प्रतिशत समय बाज़ार पर केंद्रित करें। कोई भी चीज़ इससे ज़्यादा महत्त्वपूर्ण नहीं है।

सारी चीज़ों में किफ़ायत का इस्तेमाल करें। सफल व्यवसायी बहुत सस्ते पर ज़ोर देते हैं; असफल व्यवसायी अपना पैसा उड़ाते हैं। सिलिकॉन वैली में डॉट कॉम

विस्फोट के दौरान लोगों को कंपनी शुरू करने से पहले ही वेंचर कैपिटल की भारी धनराशि मिल रही थी। उन्होंने अविश्वसनीय चीज़ों पर बहुत सारा पैसा उड़ाया। एक उद्यमी समूह ने एक डॉट कॉम कंपनी बनाई। उन्होंने लास वेगस में एक भव्य कार्यक्रम करके पूँजी उगाहने का निर्णय लिया और उन्होंने पूरे अमेरिका के वेंचर कैपिटेलिस्ट्स को आमंत्रित किया। उन्होंने एक रात के आलीशान कार्यक्रम पर 13 मिलियन डॉलर ख़र्च किए, हालाँकि उनके पास शुरुआत में केवल 14 मिलियन डॉलर की पूँजी थी। उन्होंने कंपनी को दिवालिया कर दिया और मालिक गबन के जुर्म में जेल गए।

अपने पैसे के मामले में तंगी रखें। सेकंड हैंड फ़र्नीचर और उपकरण ख़रीदें। सेकंड हैंड ऑफ़िसों का इस्तेमाल करें। बहुत सावधानी से चीज़ें ख़रीदें, सिर्फ़ तभी जब आपको उनकी ज़रूरत हो और सिर्फ़ उतनी ही मात्रा में जितनी की आपको इस वक़्त ज़रूरत हो। इस तरह काम करें, मानो आपका व्यवसाय हर समय दिवालिया होने की कगार पर हो और अपनी लागतें कम रखने के तरीक़ों की तलाश करें।

अंत में, हर ग़लती और अनुभव से सीखें। आप पाएँगे कि सारा व्यवसाय परीक्षण और त्रुटि है। जब आप कोई नया व्यवसाय शुरू करते हैं, तो आप बहुत सारी ग़लतियाँ करेंगे। इसकी उम्मीद करें। हर अनुभव के बाद ठहरकर कहें, ''हमने इससे क्या सीखा? यह हमें क्या बता रहा है, जिससे हमें अगली बार बेहतर और ज़्यादा स्मार्ट बनने में मदद मिलेगी?''

जब आप सबक़ों के बारे में बात करेंगे, तो हर व्यक्ति सकारात्मक होगा, हर व्यक्ति का डिमर स्विच पूरी तरह चालू रहेगा और लोग ज़्यादा सृजनात्मक बन जाएँगे।

जैसा मैंने पहले सुझाव दिया है, दो जादुई प्रश्नों का इस्तेमाल करें : *हमने इस स्थिति में क्या सही किया? हम अगली बार क्या अलग तरह से करेंगे?*

बैंक से उधार लेना

हर व्यक्ति बैंक से उधार लेने की बात करता है। पहली चीज़ आपको यह जानना चाहिए कि बैंक तुरंत चुकाने वाले ग्राहकों को अच्छे लोन देकर बचे रहते हैं और समृद्ध होते हैं।

कृपया इस बात को समझ लें : जब आप किसी बैंकर से बात करते हैं, तो बैंकर आपको इंसान के रूप में नहीं देखता, बल्कि बैंक की आमदनी के स्रोत के रूप में देखता है। बैंक आपको उनके द्वारा दी जाने वाली ब्याज दर से ज़्यादा पर पैसे उधार देते हैं। बैंकर की सफलता या असफलता इस बात से तय होती है कि उसने अच्छे लोन दिए हैं या नहीं। अगर उसने अच्छे लोन दिए हैं, तो उसे प्रमोशन

मिलता है। अगर वह बुरे लोन देता है, तो उसे नौकरी से निकाल दिया जाता है और बैंकिंग उद्योग में उसकी बदनामी होती है।

जब कोई बैंकर आपकी ओर देखता है, तो वह बहुत सावधान होकर देखता है। जैसी आप कल्पना कर सकते हैं, बैंकर ज़्यादा जोखिम लेने वाले लोग नहीं होते। वास्तव में बैंक जोखिम लेने के व्यवसाय में नहीं होते हैं।

जैसा एक बैंकर ने मुझे एक बार बताया था, जब वे किसी क़र्ज़ का मूल्यांकन करते हैं, तो वे पाँच चीज़ों को देखते हैं :

1. **क्रेडिट रेटिंग :** वे अपने कंप्यूटर में आपका नाम डालकर दो सेकंड में तीन स्कोरिंग कंपनियों द्वारा आपको दी गई क्रेडिट रेटिंग निकाल सकते हैं और उसका प्रिंट ले सकते हैं। आपकी क्रेडिट रेटिंग उन्हें बता देती है कि बैंक नियमों के अनुसार वे आपको उधार दे सकते हैं या नहीं, कितना दे सकते हैं और उन्हें लोन के लिए आपसे कितनी ब्याज दर लेनी चाहिए। कई बार यह काफ़ी ऊँची दर होती है। इसीलिए आपकी क्रेडिट रेटिंग व्यक्तिगत होती है। अपनी क्रेडिट रेटिंग के बारे में सावधान रहें, क्योंकि यह हर उस सेंट का शुरुआती बिंदु है, जिसे आप बाक़ी जीवन उधार लेते हैं।

2. **गिरवी : दूसरी संपत्तियाँ।** मैं एक बार अपनी कंपनी की तरफ़ से उधार लेने के लिए बैंक गया। उन्होंने पूछा, ''आपके पास और क्या है?''

    ''आपका क्या मतलब है, और क्या?'' मैंने कहा। ''मेरी कंपनी है।''

    ''नहीं, हम आपकी कंपनी को संपत्ति के रूप में नहीं देखते हैं, क्योंकि अगर आपकी कंपनी सफल नहीं है, तो इसका कोई मूल्य नहीं होगा। हम यह जानना चाहते हैं कि क्या आपके पास मकान, कार, जायदाद में निवेश आदि है।'' वे हर उस संपत्ति की सूची चाहते थे, जो मेरे नाम पर थी, जिसके बाद ही वे मुझे लोन देंगे।

    आप अपने व्यवसाय के लिए जितनी राशि उधार लेना चाहते हैं, बैंक उससे ज़्यादा राशि की गिरवी चाहते हैं। वास्तव में इस बैंकर ने मुझे बताया कि जब कोई पहली बार बैंक आता है, तो वे उधार दी जाने वाली राशि से पाँच गुनी राशि की गिरवी चाहते हैं, ताकि चीज़ें गड़बड़ होने पर काम आए।

3. **कैशफ़्लो :** बैंकर उस सारे पैसे के बारे में जानना चाहते हैं, जो आपकी कंपनी में आ रहा है। वे कैशफ़्लो के बाक़ी स्रोतों के बारे में भी जानना चाहते हैं, जिनका इस्तेमाल करके आप ब्याज चुका सकते हैं। उन्हें आपकी कंपनी की परवाह नहीं है। वे तो यह जानना चाहते हैं कि आपकी पत्नी

कितना कमाती है और आपके पास बीमा पॉलिसी या निवेश या बॉन्ड से कितना पैसा आ रहा है। वे आमदनी के हर सिक्के का हिसाब सामने चाहते हैं।

4. **प्रतिबद्धता :** आपने कितना पैसा निवेश किया है? आपके पास टेबल पर क्या है?

    अगर आपने ख़ुद का पैसा नहीं लगाया है, अगर आपने कोई निवेश नहीं किया है, तो वे आपको अपना पैसा देने के इच्छुक नहीं रहते।

5. **आख़िरी चीज़ जो बैंकर देखते हैं, वह है आपका चरित्र, आपकी प्रतिष्ठा :** क्या आपकी प्रतिष्ठा अच्छी है? क्या आपको समुदाय में ऐसे व्यक्ति के रूप में देखा जाता है, जो अपने क़र्ज़ चुकाता है? अक्सर आपके चरित्र का आकार बाक़ी पर भारी पड़ता है। अगर लोग जानते हैं कि चाहे जो हो जाए, आप हमेशा अपने क़र्ज़ चुकाते हैं, तो वे आपको पैसे उधार देने के ज़्यादा इच्छुक रहेंगे।

अच्छी केमिस्ट्री

अपनी ख़ातिर काम करने वाला बैंकर खोजने के लिए कई बैंकों में जाएँ, यदि ज़रूरत पड़े। यह शादी का निर्णय लेने जैसा होता है : यह सुनिश्चित करें कि आपकी केमिस्ट्री अच्छी हो। जब आप किसी बैंक के साथ काम करने का निर्णय लें, तो यह सुनिश्चित करें कि आपका अपने बैंकर के साथ सचमुच अच्छा तालमेल हो। हो सकता है कि आपको सही बैंकर के मिलने से पहले कई ''डेट्स'' पर जाना पड़े।

फिर अपने बैंकर को हर परिवर्तन की जानकारी दें। अगर कभी ऐसा समय हो, जब आप अपने बिलों का भुगतान ना कर सकें, तो अपने बैंकर को बता दें। संबंध बनाने में काफ़ी समय तथा प्रयास का निवेश करें और फिर यह सुनिश्चित करें कि संबंध ठोस रहें।

नियम यह है : बैंकर आश्चर्य से नफ़रत करते हैं। वे यह पता लगने से नफ़रत करते हैं कि आप ब्याज या मूल धन का मासिक भुगतान नहीं कर सकते। उन्हें इसके बारे में पहले से जानने की ज़रूरत होती है।

कुछ साल पहले मैं गंभीर मुश्किल में पड़ा और मुझे पता लगा कि बैंक लोन हमेशा चालू रहता है, जब तक कि ब्याज चुकाया जाता रहे। मैं मूल धन और ब्याज हर महीने चुकाने के लिए प्रतिबद्ध था, इसलिए मैं बैंकर के पास गया और कहा, ''देखिए, मुझे पैसों की तंगी आ रही है, लेकिन मैं ब्याज का भुगतान क़ायम रखूँगा।''

उसने कहा, ''कोई बात नहीं; हम यह समझते हैं।''

बैंक समझते हैं कि कंपनियों के सामने समस्याएँ आती हैं। मैंने हमेशा अपना ब्याज चुकाया है और मैंने हमेशा अपनी क्रेडिट रेटिंग 800 से ऊपर रखी है। इसलिए अगर आप मुश्किल में पड़ जाएँ और आप मूल धन तथा ब्याज का भुगतान ना कर पाएँ, तो कम से कम ब्याज चुकाने की पेशकश करें।

अपनी संपत्तियों की रक्षा करना

नियम यह है कि अगर आपके पास पैसा है, तो आप पर मुकदमा ठोका जाएगा। हज़ारों वकील इसी तरह अपना पैसा कमाते हैं। वे किसी ऐसे व्यक्ति की तलाश कर रहे हैं, जिसके पास पैसा हो, जिस पर वे किसी भी कारण से मुकदमा ठोक सकें। अगर आप पर मुकदमा ठोका जाता है, चाहे यह सबसे मूर्खतापूर्ण हो, तो आपको इसके ख़िलाफ़ अपनी रक्षा करनी होती है। आप यह नहीं कह सकते, ''मैं बस इसे नज़रअंदाज़ करने जा रहा हूँ।'' नहीं, अगर आप पर मुकदमा ठोका जाता है, तो आपको अपना वकील करना होगा और आपको इससे लड़ना होगा।

मैंने संपत्ति सुरक्षा में विशेषज्ञों से जो सर्वश्रेष्ठ सलाह ली है, वह है फ़ैमिली लिमिटेड पार्टनरशिप या एफ़एलपी बनाना। आप इसका इस्तेमाल अपनी संपत्तियों के चारों ओर लक्ष्मणरेखा के रूप में करते हैं। आप अपनी सारी संपत्तियों को इसके अंदर डाल देते हैं, ताकि वे सुरक्षित रहें। आप अपनी सारी संपत्तियों, अपने मकान, अपनी कार, अपने व्यवसाय, हर चीज़ को एफ़एलपी में डाल देते हैं, जिसका स्वामित्व आपके और आपके परिवार के सदस्यों के पास होता है। अपनी जीवन बीमा पॉलिसी को एक पृथक जीवन बीमा ट्रस्ट के स्वामित्व में रखें, ताकि इसे कोई ना छू सके। एक वसीयत करें, जो आपकी जायदाद को स्पष्टता से आवंटित करे और इसे हर साल नया बनाएँ। वसीयत से संबंधित किसी चीज़ को संयोग के भरोसे ना छोड़ें।

अपनी संपत्तियों को सुरक्षित करने के लिए पर्याप्त बीमा कराएँ। यह सुनिश्चित करें कि आपके पास आग, चोरी, दायित्व, बाढ़ और स्वास्थ्य बीमा हो। हर उस चीज़ का बीमा रखें, जिसका भुगतान करने के लिए आप चेक ना काट सकें। दरअसल, कई लोग हर चीज़ इसलिए गँवा देते हैं, क्योंकि उन्होंने पर्याप्त बीमा नहीं कराया था।

अंत में उचित अनुबंधों, ट्रस्ट्स, वसीयतों और व्यावसायिक अनुबंध बनाने के लिए अच्छे वकील का इस्तेमाल करें। मैं कुछ साल पहले एक क़ानूनी झमेले में पड़ा, जिससे संबंधित मुकदमा दो-तीन साल तक खिंचता रहा और इसमें लाखों डॉलर लग गए। मैं एक वकील के पास गया और उसे वह अनुबंध दिखाया, जिसके

लिए मुझ पर मुकदमा ठोका गया था। उसने पूछा, ''ब्रायन, यह अनुबंध किसने तैयार किया था?''

मैंने कहा, ''मैंने।''

उसने कहा, ''ब्रायन, अगली बार इतने सस्ते मत बनना। किसी वकील से इसे बनवाने में सैकड़ों या हज़ारों डॉलर ख़र्च करना, क्योंकि वे जानते हैं कि सारे शरीर कहाँ दफ़न होते हैं। वे छोटे-छोटे उप-क्लॉज़ जानते हैं, जो आपको नीचे गिरा सकते हैं और आप पर मुकदमा करा सकते हैं। ब्रायन, दोबारा कभी इस तरह सस्ते मत बनना।''

मैं कभी नहीं बना। वाह, क्या इससे फ़र्क़ पड़ता है? ख़ुद को सुरक्षित रखने के लिए वकील को सैकड़ों डॉलर का भुगतान करें।

10

आत्म–अनुशासन

फ़ीनिक्स जैसे कायाकल्प की अवस्थाओं में अब तक मैंने आत्म–अनुशासन के महत्त्व की ओर संकेत किया है और इस अध्याय में मैं इस विचार को आगे बढ़ाने जा रहा हूँ।

आत्म–अनुशासन की आदत डालने की आपकी योग्यता आपकी सफलता में इतना ज़्यादा–ज़्यादा योगदान देगी, जितना आपके चरित्र का कोई दूसरा गुण नहीं देगा। कुछ साल पहले मैं कॉप कॉपमेयर नामक प्रसिद्ध सफलता विशेषज्ञ से मिला, जिन्होंने सफलता के एक हज़ार से ज़्यादा सिद्धांत खोजे थे, जिसे उन्होंने चार पुस्तकों में प्रकाशित किया था, जिनमें से प्रत्येक में 250 सिद्धांत थे। मैंने उनसे पूछा कि वे किस सिद्धांत को सबसे ज़्यादा महत्त्वपूर्ण मानते हैं। उन्होंने तुरंत कहा कि यह आत्म–अनुशासन था, जिसकी परिभाषा उन्होंने इस तरह दी कि आप वह काम करें, जो आपको करना चाहिए, जब आपको करना चाहिए, चाहे आपका उसे करने का मन हो या ना हो।

नेपोलियन हिल ने अमेरिका के पाँच सौ सबसे अमीर लोगों का इंटरव्यू लेने के बाद यह निष्कर्ष दिया कि आत्म–अनुशासन अमीरी की अचूक चाबी है। मशहूर बिक्री प्रशिक्षक अल टॉमसिक ने कहा है, ''सफलता टन भर अनुशासन है।'' जिम रॉन ने कहा था, ''अनुशासन का वज़न औंस में होता है, लेकिन अफ़सोस का वज़न टनों में होता है।''

हार्वर्ड के डॉ. एडवर्ड बैनफ़ील्ड ने निष्कर्ष दिया कि दीर्घकालीन दृष्टिकोण ही विकासवादी सामाजिक और आर्थिक गतिविधि की कुंजी है। पचास साल के शोध में उन्होंने यह खोजा कि जो लोग भारी सफल हुए, वे अल्पकाल में संतुष्टि

छोड़ने के लिए तैयार थे, ताकि वे लंबे समय में ज़्यादा बड़े पुरस्कारों का आनंद ले सकें। वर्तमान कार्यों के बारे में निर्णय लेते समय उन्होंने भविष्य में दस और बीस साल के बाद की सोची।

मुख्य शब्द : त्याग

यहाँ *त्याग* मुख्य शब्द है। इसीलिए वर्तमान में बचत करना और निवेश करना भविष्य में वित्तीय दृष्टि से सफल बनने की पहली कुंजी है। आत्म-अनुशासन का अर्थ है स्व-नियंत्रण, ख़ुद पर महारत और मिठाई से पहले सब्ज़ियाँ खाने की योग्यता। इसका यह मतलब नहीं है कि आपको जीवन में सुखद अनुभवों का त्याग करना चाहिए, बल्कि इसका यह मतलब है कि आप उन्हें तब लेते हैं, जब आप कठोर और आवश्यक काम पूरा कर लेते हैं और अपने मुख्य काम पूरे कर लेते हैं।

आत्म-अनुशासन का अभ्यास करने के लाभ तुरंत मिलते हैं। जब आप ख़ुद को अनुशासित करते हैं और सही चीज़ करने के लिए विवश करते हैं, चाहे आपका उसे करने का मन हो या ना हो, तो आप ख़ुद को ज़्यादा पसंद करते हैं और अपना ज़्यादा सम्मान करते हैं। आपका आत्म-गौरव बढ़ जाता है, आपकी आत्म-छवि बेहतर बनती है, आपका मस्तिष्क एंडोर्फ़िन मुक्त करता है, जो आपको सुखद और गर्वीला महसूस कराते हैं।

जब आप अपने पैर आग में रखते हैं, तो आपको दरअसल हर बार पुरस्कार मिलता है।

सबसे अच्छी बात यह है कि आत्म-अनुशासन एक आदत है, जिसे आप अभ्यास और दोहराव के ज़रिये सीख सकते हैं। जैसा मैंने बताया है, मध्यम जटिलता वाली किसी आदत को डालने में हमेशा बिना किसी अपवाद के लगभग इक्कीस दिनों के दोहराव की ज़रूरत होती है। कई बार आप किसी आदत को इससे ज़्यादा जल्दी डाल सकते हैं; कई बार इसमें थोड़ा ज़्यादा समय लगेगा। यह आप पर निर्भर है और इस बात पर भी कि आप कितने संकल्पवान हैं।

कुछ साल पहले हरबर्ट ग्रे नामक एक व्यवसायी ने उसकी तलाश शुरू की, जिसे उन्होंने सफलता का साझा संकेत कहा। उन्होंने ग्यारह साल तक सफल लोगों का साक्षात्कार लिया और अंतत: इस नतीजे पर पहुँचे कि सफल लोग वे होते हैं, जिन्होंने उन चीज़ों को करने की आदत डाल ली होती है, जिन्हें करना असफल लोगों को पसंद नहीं है। सच तो यह है कि सफल लोगों को भी उन्हें करना पसंद नहीं होता, लेकिन वे इसके बावजूद उन्हें करते हैं, क्योंकि उन्हें अहसास होता है कि वे सफलता की क़ीमत हैं।

एमवे के सह-संस्थापक रिच डेवॉस ने एक बार कहा था, ''ज़िंदगी में बहुत-सी चीज़ें होती हैं, जिन्हें करना आपको पसंद नहीं होता, जैसे प्रॉस्पेक्टिंग, बेचना और शाम तथा वीकएंड को अपने व्यवसाय को बढ़ाना, लेकिन आप फिर भी उन्हें करते हैं, ताकि आप बाद में वे चीज़ें कर सकें, जिनका आप सचमुच आनंद लेते हैं।''

आत्म-अनुशासन का हर अभ्यास हर दूसरे सकारात्मक गुण को शक्ति देता है, जिस तरह आत्म-अनुशासन की हर कमज़ोरी दूसरे क्षेत्रों में भी आपको कमज़ोर बनाती है।

नौ अनुशासन

नौ अनुशासन हैं, जिन्हें विकसित करने से आपकी ज़िंदगी का हर क्षेत्र बेहतर हो जाएगा।

पहला है *स्पष्ट सोच* का अनुशासन। थॉमस एडिसन ने एक बार कहा था कि सोचना सबसे मुश्किल अनुशासन है, इसीलिए इतने कम लोग यह काम करते हैं। यह कहा जाता है कि तीन तरह के लोग होते हैं : वे जो सोचते हैं (संख्या में बहुत कम), वे जो सोचते हैं कि वे सोचते हैं, और वे जो सोचने के बजाय मरना ज़्यादा पसंद करेंगे।

आज ही अपने जीवन के अति महत्त्वपूर्ण मुद्दों और समस्याओं पर सोचने में थोड़ा समय लगाएँ। लंबे, अटूट कालखंड अलग रख दें : तीस, साठ और नब्बे मिनट के। पीटर ड्रकर ने कहा था, ''लोगों से संबंधित तेज़ निर्णय आम तौर पर लोगों से संबंधित ग़लत निर्णय होते हैं।'' आपके परिवार, करियर, धन या किसी भी अन्य महत्त्वपूर्ण मुद्दे से संबंधित तेज़ निर्णय भी आम तौर पर ग़लत निर्णय होते हैं। शांति से तीस या साठ मिनट बैठकर सोचें। अरस्तू ने एक बार कहा था, ''बुद्धिमत्ता यानी अच्छे निर्णय लेने की योग्यता अनुभव और मनन का मिश्रण है।'' आप अपने अनुभवों के बारे में सोचने के लिए जितना ज़्यादा समय लेते हैं, आप उनसे उतने ही ज़्यादा महत्त्वपूर्ण सबक़ सीखेंगे।

नियमित रूप से एकांत का अभ्यास करें। मौन में जाएँ। जब भी आप तीस मिनट से ज़्यादा समय तक एकांत में रहने का अभ्यास करते हैं, तो आप अपने अतिचेतन मन और सहज बोध को सक्रिय कर देते हैं। आपको भीतर की धीमी, छोटी आवाज़ से जवाब मिलता है।

बेहतर सोचने के लिए काग़ज़-क़लम लें और अपने सामने की समस्या का हर विवरण लिखें। कई बार तो जैसे ही आप विवरण लिखते हैं, यह पता चल जाता है कि क्या करना सही रहेगा।

ज़्यादा स्पष्टता से सोचने का एक और तरीक़ा यह है कि आप आधे से एक घंटे तक टहलें या व्यायाम करें। अक्सर जब आप व्यायाम करते हैं, तो आपको ऐसे विचार मिलेंगे, जिनसे आपको बेहतर सोचने और बेहतर निर्णय लेने में मदद मिलेगी।

आप अपने पसंदीदा व्यक्ति के साथ भी अपनी स्थिति पर बातचीत कर सकते हैं, जिस पर आप विश्वास करते हों और जो भावनात्मक दृष्टि से संलग्न ना हो। अक्सर एक अलग दृष्टिकोण आपके दृष्टिकोण को पूरी तरह बदल सकता है।

हमेशा पूछें, मेरी मान्यताएँ क्या हैं? आप स्थिति के बारे में क्या मानकर चल रहे हैं? टाइम मैनेजमेंट के विशेषज्ञ अलेक मैकेंज़ी ने एक बार लिखा था, ''हर असफलता की जड़ में ग़लत मान्यताएँ होती हैं।''

आपकी मान्यताएँ क्या हैं? आप किसे सच मानकर चल रहे हैं? क्या हो, अगर आपकी मान्यताएँ ग़लत हों? क्या हो, अगर आप ग़लत जानकारी के आधार पर चल रहे हों? हमेशा इस संभावना के प्रति खुले रहें कि आप अपने वर्तमान काम की दिशा में पूरी तरह ग़लत हो सकते हैं। कोई बिलकुल अलग चीज़ करने के प्रति खुले रहें। इस संभावना के प्रति खुले रहें कि आपके पास सारे तथ्य नहीं हैं या आपके पास सही तथ्य नहीं हैं।

दैनिक लक्ष्य निर्धारण

दूसरा अनुशासन जो आपको सफल बनाएगा, वह है *दैनिक लक्ष्य निर्धारण।* इसी अकेले अनुशासन ने मेरे जीवन को बदल डाला है और हज़ारों लोगों के जीवन को बदल डाला है।

आप जानते हैं कि एकाग्रता सफलता के लिए अनिवार्य गुण है। यह पूछकर शुरुआत करें, मैं सचमुच अपने जीवन में क्या करना चाहता हूँ। इस प्रश्न को तब तक पूछें, जब तक कि आपको स्पष्ट जवाब नहीं मिल जाता। कल्पना करें कि आपके पास नक़द 20 मिलियन डॉलर हैं, लेकिन आप सिर्फ़ दस वर्ष ही जीवित रहेंगे। आप अपने जीवन में तुरंत ही अलग तरीक़े से क्या करेंगे? कल्पना करें कि आपकी कोई सीमा नहीं है। कल्पना करें कि आप एक जादू की छड़ी लहरा सकते हैं और आपके पास वह सारा समय, धन, शिक्षा, अनुभव और संपर्क हैं, जिनकी ज़रूरत आपको किसी लक्ष्य को हासिल करने के लिए है। आप तब क्या करेंगे?

अब यह कुंजी है : एक स्पाइरल नोटबुक ख़रीदें और इसमें हर दिन लिखें। दस लक्ष्य लिखें : वर्तमान काल में, सकारात्मक अंदाज़ में और व्यक्तिगत रूप से। हर लक्ष्य को *मैं* शब्द से शुरू करें, जिसके बाद एक सक्रिय क्रिया आनी चाहिए।

मिसाल के तौर पर, आप लिख सकते हैं, "मैं इस निश्चित तारीख़ तक इतने डॉलर कमाता हूँ।"

हर दिन शुरू करने से पहले अपने शीर्षस्थ दस लक्ष्यों को वर्तमान काल में दोबारा लिखें, मानो आप उन्हें पहले ही हासिल कर चुके हैं और आप इस सफलता की जानकारी किसी दूसरे को दे रहे हैं।

पुराने काग़ज़ को देखे बिना अपने लक्ष्यों को एक साफ़ काग़ज़ पर लिखें। अपने लक्ष्यों को स्मृति से दोबारा लिखें। देखें कि हर दिन दोबारा लिखते समय आपके लक्ष्य समय के साथ कैसे विकसित होते और बदलते हैं। कई लोगों ने कहा है कि दैनिक लक्ष्य निर्धारण के अनुशासन ने उनकी ज़िंदगी इतनी तेज़ी से बदली है, जितनी उन्होंने कल्पना भी नहीं की थी।

एक बार मैं गैल्वेस्टन, टैक्सस में एक व्याख्यान दे रहा था। जिस व्यक्ति ने मेरा परिचय दिया, वह खड़े होकर बोला, "मैं आपको ब्रायन ट्रेसी के साथ अपने अनुभव के बारे में बताना चाहता हूँ।" एक जर्जर स्पाइरल नोटबुक को दिखाकर वह बोला, "जब मैं पहली बार ब्रायन से मिला था, तो उन्होंने मुझसे हर दिन अपने लक्ष्य लिखने को कहा था। मैंने यह करना शुरू कर दिया। इसने मेरी ज़िंदगी पूरी तरह बदल दी।" उसने अपनी नोटबुक को लहराते हुए कहा, "मैंने जो लक्ष्य लिखा, उस हर लक्ष्य को मैंने हासिल कर लिया। मैंने अपनी पूरी ज़िंदगी में इससे ज़्यादा शक्तिशाली चीज़ कभी नहीं देखी।" आप इसे ख़ुद कर सकते हैं। यह एक बेहतरीन अनुशासन है।

दैनिक समय प्रबंधन

तीसरा अनुशासन है *दैनिक समय प्रबंधन।* योजना में लगा हर मिनट क्रियान्वयन के दस मिनट बचाता है। आप जितनी ज़्यादा योजना बनाते हैं, आप अपने समय का उतना ही बेहतर उपयोग करते हैं और उतना ही ज़्यादा हासिल करते हैं। इस बात की कल्पना करें : अगर आप हर सुबह दिन की योजना बनाने में 10–12 मिनट लगाएँ (इसमें इतना ही समय लगता है), तो आप अपने लक्ष्य हासिल करने में हर दिन 120 मिनट या दो घंटे बचा लेंगे। यानी दिन की पहले से योजना बनाने से आपकी उत्पादकता 25 प्रतिशत बढ़ जाएगी।

हर करने वाले काम की सूची बनाकर शुरुआत करें। अपनी दैनिक सूची लिखने का सर्वश्रेष्ठ समय एक रात पहले है, ताकि आपका अवचेतन आपके सोते समय इस पर काम कर सके। अपनी सूची को काम शुरू करने से पहले प्राथमिकता के हिसाब से जमा लें। उन सारी चीज़ों को देखें, जो आपको करनी हैं और चुन लें कि सबसे ज़्यादा महत्त्वपूर्ण क्या है और क्या कम महत्त्वपूर्ण है।

80-20 के नियम का अभ्यास करें, जो कहता है कि आपके 80 प्रतिशत परिणाम आपकी 20 प्रतिशत गतिविधियों से मिलते हैं। आपकी सबसे मूल्यवान गतिविधियाँ कौन-सी हैं? प्राथमिकताएँ तय करने के लिए एबीसीडीई विधि का इस्तेमाल करें, जो जैसा हमने देखा है, किसी निश्चित काम को करने या ना करने के परिणामों पर विचार करने पर आधारित है।

इसे संक्षेप में दोहराता हूँ : ए काम वह है, जिसे आपको करना ही होगा : इसे पूरा ना करने के गंभीर परिणाम होते हैं। बी काम वह है, जो आपको करना चाहिए : इसे पूरा ना करने के केवल हल्के परिणाम होंगे। सी काम ऐसा है, जिसे करना अच्छा है, लेकिन इससे फ़र्क़ नहीं पड़ता कि आप इसे करते हैं या नहीं करते हैं। डी काम वह है, जो आप किसी दूसरे को सौंप सकते हैं (और आप अधिकतम चीज़ें दूसरों को सौंपते हैं)। ई काम ऐसा है, जिसे आप हटा सकते हैं (और आप अपने ज़्यादा समय को ख़ाली करने के लिए हर चीज़ को हटा देते हैं)।

एक बार जब आप अपने कामों के आगे एबीसीडीई लिख देते हैं, तो इसके बाद आप अपनी सूची को ए-1, ए-2, ए-3 के हिसाब से व्यवस्थित कर सकते हैं, फिर बी-1, बी-2, बी-3 के क्रम से आदि। सुबह सबसे पहले अपने ए-1 काम से शुरू करें। जब आप अपना ए-1 काम करें, तो ख़ुद को पूरी एकाग्रता से इसके प्रति अनुशासित कर लें, जब तक कि यह 100 प्रतिशत पूरा नहीं हो जाए।

अच्छे समय प्रबंधन का अनुशासन आत्म-अनुशासन के दूसरे रूपों में फैलता है। इसका त्वरित पुरस्कार मिलता है, क्योंकि इससे परिणाम बेहतर होते हैं। आपके जीवन और कामकाज की गुणवत्ता में आपको दीर्घकालीन पुरस्कार मिलेगा।

साहस

चौथा अनुशासन है *साहस।* साहस के लिए यह आवश्यक है कि आप ख़ुद से वह कराएँ, जो आपको करना चाहिए। आप अपने डरों से बचने या दूर भागने के बजाय उनसे मुक़ाबला करते हैं। जैसा मैं पहले ही बता चुका हूँ, सफलता की राह में सबसे बड़ी बाधा असफलता का डर है, जो *मैं नहीं कर सकता* भाव में व्यक्त होता है।

साहस एक आदत है, जिसे आप आवश्यकतानुसार अभ्यास करके डालते हैं। जैसा इमर्सन ने कहा था, "आप जिस चीज़ से डरते हैं, उसे कर दें और डर की मृत्यु तय है।" अपने डरों से कतराने के बजाय उनका सामना करने की आदत डालें। जब आप डर का सामना करते हैं और इसकी ओर जाते हैं - ख़ास तौर पर अगर यह दूसरा व्यक्ति या लोग या स्थिति हों - तो डर कम हो जाता है और आप ज़्यादा बहादुर व साहसी बन जाते हैं। अभिनेता ग्लेन फ़ोर्ड ने एक बार कहा

था, ''अगर आप वह चीज़ नहीं करते, जिससे आप डरते हैं, तो डर आपके जीवन को नियंत्रित करता है।'' अपने साहस और आत्मविश्वास को बढ़ाने के लिए मैं यह कर सकता हूँ, *मैं यह कर सकता हूँ*, वाक्य बार-बार दोहराएँ। यह वाक्य डरों को ख़त्म कर देता है।

आप साहस की आदत डालना शुरू करते हैं, जब आप अपने जीवन के एक डर को पहचानते हैं और इससे निबटने की ख़ातिर हर ज़रूरी चीज़ करने के लिए ख़ुद को अनुशासित करते हैं।

किसी डर को पहचानने और उसका सामना करने का ज़बर्दस्त पुरस्कार मिलता है। इससे आपको अपने जीवन में जीने का साहस और आत्मविश्वास मिलता है। इससे आपको डर उत्पन्न करने वाली दूसरी स्थितियों से निबटने का साहस भी मिलता है। याद रखें, आप साहस का जितना ज़्यादा अभ्यास करते हैं, आप पूरी तरह निडर बनने की उतनी ही ज़्यादा आदत डालेंगे।

उत्कृष्ट स्वास्थ्य आदतें

सफलता के लिए पाँचवाँ अनुशासन है *उत्कृष्ट स्वास्थ्य आदतें।* आपका लक्ष्य बेहतरीन शारीरिक स्वास्थ्य के साथ सौ साल तक जीने का होना चाहिए। अपने आदर्श शरीर की कल्पना करें। आपका शरीर कैसा दिखेगा, अगर यह हर मायने में आदर्श हो? यह आपका लक्ष्य बन जाता है।

स्वास्थ्य और फ़िटनेस की कुंजी को पाँच शब्दों के सारांश में बताया जा सकता है : *कम खाओ, ज़्यादा व्यायाम करो।* हर दिन व्यायाम करने का अनुशासन विकसित करें, भले ही यह पैदल घूमना हो। व्यायाम उठने के तुरंत बाद सबसे अच्छे परिणाम देता है, इससे पहले कि आपको इसके बारे में सोचने का समय मिले। उठें और चल दें। अगर आप यह काम 21 दिनों तक करते हैं, तो यह ज़िंदगी भर आपकी नियमित दिनचर्या का हिस्सा बन जाएगा।

व्यक्तिगत रूप से मैं अपने व्यायाम के कपड़े अपने बिस्तर के पास रखता हूँ। जब मैं उठता हूँ, तो मैं लगभग उन पर पैर रख देता हूँ। मैं उन्हें पहन लेता हूँ और चलने लगता हूँ, इससे पहले कि मुझे इसके बारे में सोचने का मौक़ा मिले। इसे ख़ुद आज़माएँ।

यहाँ उत्कृष्ट स्वास्थ्य आदतों की एक और कुंजी है : तीन सफ़ेद विषों से छुटकारा पाएँ : मैदा, शकर और नमक। हाल में मैं एक सज्जन से मिला, जिसे मैं बरसों से जानता हूँ। उसका वज़न तीस पौंड कम हो गया था और उसके कपड़े उसके शरीर पर ऐसे लटक रहे थे, जैसे हैंगर पर लटके हों। मैंने कहा, ''तुम्हारा इतना सारा

वज़न कैसे कम हो गया?'' उसने कहा, ''मैंने उन तीन सफ़ेद विषों को खाना छोड़ दिया, जिनके बारे में आप बरसों से बोल रहे हैं।''

मुझे कुछ समय पहले फ़्लोरिडा के एक सज्जन का पत्र मिला। वह अपने व्यवसाय में बहुत सफल था। वह बहुत ख़ुश था, सिवाय एक चीज़ के : उसकी उम्र लगभग तीस साल थी और उसका वज़न 25 पौंड ज़्यादा था। यह उसकी आत्म-छवि को चोट पहुँचा रहा था। यह उसे विपरीत लिंग के सदस्यों के प्रति अनाकर्षक बना रहा था और इससे उसे सचमुच तकलीफ़ हो रही थी। फिर उसने मेरा एक प्रोग्राम सुना, जिसमें मैंने तीन सफ़ेद विषों का ज़िक्र किया था। उसने कहा कि उसे इसमें समझदारी लगी और उसने उन चीज़ों को हटा दिया। अगले छह महीनों में उसका 25 पौंड वज़न कम हो गया और दोबारा कभी नहीं बढ़ा। उसकी आत्म-अवधारणा बदल गई; उसकी आत्म-छवि बेहतर हो गई। वह दूसरों को ज़्यादा आकर्षक लगने लगा। उसने कहा कि इन सफ़ेद विषों को हटाने भर से ही उसकी ज़िंदगी हमेशा-हमेशा के लिए बदल गई।

इन सफ़ेद विषों को हटाने भर से ही आपका वज़न नाटकीय रूप से कम हो जाएगा। इसका मतलब है कि आप हर वह प्रॉडक्ट खाना छोड़ देते हैं, जिसमें मैदा होता है : ब्रेड नहीं, पेस्ट्री नहीं, पास्ता नहीं। शकर वाली हर चीज़ छोड़ दें : सॉफ़्ट ड्रिंक नहीं, मिठाई नहीं, पेस्ट्री नहीं, पॉप नहीं। अंत में नमक हटा दें। कभी किसी चीज़ पर नमक नहीं डालें। आप जो भी खाते हैं, लगभग हर चीज़ में पहले ही ज़रूरत से ज़्यादा नमक डला होता है।

क्या इसमें अनुशासन की ज़रूरत होती है? ज़ाहिर है, होती है। आप इसे कैसे करते हैं? ज़्यादा सलाद खाएँ और ज़्यादा हल्के दूसरे आहार लें। आप वज़न बढ़ाए बिना अपने मुँह में ढेर सारा सलाद भर सकते हैं, क्योंकि सलाद में लगभग 90 प्रतिशत पानी होता है और यह आपके पेट को पूरा भर देता है। बस ज़्यादा सलाद खाने और ज़्यादा हल्के आहार लेने की आदत डालें। भारी स्टीक खाने के बजाय मछली खाएँ, जो ज़्यादा हल्का आहार है, ज़्यादा तेज़ी से पचती है और आपको प्रोटीन तथा ज़बर्दस्त पोषण देती है।

शाम को 6 बजे से पहले खाएँ और आधा पेट खाएँ। मेरी पत्नी और मैंने एक छोटी-सी दिनचर्या शुरू की है, जिसे हम ''छह बजे का सलाद'' कहते हैं। रात को देर से खाने के बजाय हम छह बजे सलाद खाने की कोशिश करते हैं, क्योंकि आपको रात को बहुत ज़्यादा खाने की ज़रूरत नहीं होती। आपको सोने से कम से कम तीन घंटे पहले खाना चाहिए। बस छह बजे सलाद खा लें। अगर आप यह आदत डाल लें, तो आप इस बात पर हैरान होंगे कि आप कितना हल्का महसूस करते हैं, आप कितनी अच्छी तरह सोते हैं, आप कितना ज़्यादा वज़न कम करते हैं और कई दूसरी अच्छी चीज़ें।

सौ साल तक जीने का एक और तरीक़ा नियमित मेडिकल और डेंटल चेकअप कराना है। एक दिन मेरे अच्छे मित्र हार्वे मैके ने मुझसे पूछा, ''क्या आपने हाल में मेडिकल चेकअप कराया है?''

मैंने कहा, ''नहीं, मैंने कुछ साल पहले कराया था, लेकिन मैं बेहतरीन महसूस करता हूँ।''

''ब्रायन,'' उन्होंने कहा, ''मैंने अभी-अभी मेडिकल चेकअप कराया और ऐसी चीज़ मिली, जिसे तुरंत सँभालने की ज़रूरत है। अगर मैं यह काम पाँच साल बाद कराने की सोचता, तो उन्हें मेरी अंत्येष्टि की व्यवस्था करनी पड़ती।''

नियमित मेडिकल चेकअप आपके जीवन में आठ-दस साल बढ़ा देते हैं, क्योंकि डॉक्टर बरसों पहले घातक रोगों को पकड़ सकते हैं और उन्हें तुरंत दूर कर सकते हैं। यह सलाह पाने के बाद मैंने हर साल फुल बॉडी चेकअप कराया है और आपको भी ऐसा ही करना चाहिए।

क्या आप नियमित रूप से अपने दाँतों की जाँच कराते हैं? दाँतों-मसूड़ों की सेहत और दीर्घायु में क़रीबी संबंध है। अपने दाँतों की सचमुच अच्छी देखभाल करें।

स्वास्थ्य की आदतों के संदर्भ में माइकल जॉर्डन तकनीक का इस्तेमाल करें : बस इसे कर दें। टालमटोल करने के बजाय बस इसे कर दें। याद रखें, आप अपने पूरे संसार में सबसे मूल्यवान व्यक्ति हैं। अपनी सचमुच अच्छी देखभाल करें।

बचत और निवेश करना

छठा अनुशासन जो आपकी मदद करेगा, वह है *नियमित बचत और निवेश करना,* जिस पर मैं पहले ही बात कर चुका हूँ। आज ही क़र्ज़ से बाहर निकलने, क़र्ज़ से बाहर रहने और वित्तीय दृष्टि से स्वतंत्र बनने का संकल्प लें। ऐसा करने का निर्णय लें। इच्छा, आशा या प्रार्थना करने से काम नहीं चलेगा; बस इसे कर दें। आपका (और हर व्यक्ति का) लक्ष्य जीवन में जल्दी से जल्दी वित्तीय स्वतंत्रता हासिल करना है। इसके लिए आपको कमाए गए हर डॉलर के संदर्भ में लगातार वित्तीय अनुशासन की ज़रूरत होती है। एक बार फिर, आपके लिए कुंजी यह है कि आप जीवन भर अपनी आमदनी का 10, 15 या 20 प्रतिशत तक बचाएँ। अगर आप पहले से ही क़र्ज़ में हैं, तो अपनी आमदनी का 1 प्रतिशत बचाकर शुरुआत करें और फिर बचे हुए 99 प्रतिशत में गुज़ारा करने के लिए ख़ुद को अनुशासित करें, जब तक कि इसकी आदत न पड़ जाए। मासिक बचत की राशि को 2-3 प्रतिशत तक और फिर 10, 15 या 20 प्रतिशत तक बढ़ाते जाएँ। बची हुई राशि में जीने के लिए ख़ुद को अनुशासित करें।

इसे करने का तरीक़ा यह है कि आप अपने बैंक जाकर एक नया बैंक ख़ाता खोल लें – अपना वित्तीय स्वतंत्रता ख़ाता। हर दिन जब आप घर लौटें, तो अपनी अतिरिक्त चिल्लर और नक़दी को अपने ड्रेसर या किचन में रखे एक जार में डाल दें। मान लें कि आप हर महीने 3,000 डॉलर कमाते हैं। इसका 1 प्रतिशत होता है 30 डॉलर। आप हर दिन जार में 1 डॉलर डालते हैं। हर महीने के अंत में वह पैसा ख़ाते में डाल दें। जब भी आपके पास थोड़ी अतिरिक्त नक़दी हो, तो इसे ख़ाते में डाल दें। जब आपको रिबेट या डिस्काउंट या चेक मिले, तो उसे ख़ाते में डाल दें। अपने सारे अतिरिक्त पैसे को उस अकाउंट में डालते रहें और इसे बढ़ने दें। आश्चर्यजनक रूप से, यह इतनी तेज़ी से बढ़ेगा, जिसकी आप आज कल्पना भी नहीं कर सकते। यह सब ख़ाता खोलने और उसमें कुछ डालने से शुरू होता है।

यह अत्यंत महत्त्वपूर्ण है कि आप अपनी सोच बदल लें। *मैं ख़र्च करने में आनंद लेता हूँ* की मानसिकता छोड़ दें। इसके बजाय *मैं बचत करने में आनंद लेता हूँ* की मानसिकता अपना लें। बचपन में जब आपको पैसा मिलता था, तो पहली चीज़ जो आप शायद करते थे, वह बाहर जाकर कैंडी ख़रीदना था। वयस्क के रूप में आप अब भी बचपन की उसी आदत के शिकार हैं। जब आपको पैसे मिलते हैं, तो आप बाहर जाकर वयस्क कैंडी ख़रीदने की सोचने लगते हैं : यात्रा पर जाना, कपड़े ख़रीदना, कार ख़रीदना, रेस्तराँ में जाना।

जब आप ज़्यादातर लोगों से पूछते हैं, ''अगर आपके पास ढेर सारे पैसे होते, तो आप क्या करते?'' तो वे कहते हैं, ''ओह, मैं यहाँ जाता और वह करता। मैं इस चीज़ पर ख़र्च करता और वह चीज़ ख़रीदता।'' उनकी पहली प्रतिक्रिया पैसे को ठिकाने लगाने की होती है।

इसलिए अपनी सोच को बदल लें। *मुझे ख़र्च करना पसंद है की सोच छोड़ दें। इसके बजाय मुझे बचत करने से प्रेम है की सोच अपना लें। मुझे पैसे को बचाकर रखने से प्रेम है।* मुझे उस पैसे को हर महीने बढ़ते देखने से प्रेम है। बहुत जल्दी आप अपनी पूरी मानसिकता को बदल लेते हैं और आप वित्तीय दृष्टि से सफल लोगों की तरह सोचने लगते हैं।

बड़ी ख़रीदारियों में तीस दिनों या अधिक समय तक विलंब करें। जैसा मैं पहले ही ज़ोर देकर कह चुका हूँ, कई बार जब आप किसी ख़रीदारी को टालते हैं, जिसे आप सचमुच ख़रीदना चाहते थे, तो कुछ समय बाद आपकी उसे ख़रीदने में रुचि ही नहीं रहेगी।

निवेश करने से पहले जाँच करें। निवेश के मामले में दो तिहाई सफलता ग़लतियों से बचना है। निवेश का अध्ययन करने में उतना ही समय लगाएँ, जितना उसे कमाने में लगा था। मैं जितने भी दौलतमंद व्यक्तियों को जानता हूँ, वे अच्छी

तरह तहक़ीक़ात करते हैं। वे पैसा डालने से पहले निवेश के हर पहलू का अध्ययन करते हैं। वे इसे ख़ुद करते हैं, अपने अकाउंटेंट्स से जाँच कराते हैं और यह सुनिश्चित करते हैं कि हर चीज़ सही हो। इससे यह गारंटी नहीं मिल जाती कि यह सफल होगा, लेकिन यह ग़लती होने की आशंका को काफ़ी कम कर देता है।

ज़्यादा से ज़्यादा चीज़ों के लिए नक़द भुगतान करें। अपने क्रेडिट कार्ड से छुटकारा पाएँ। जब आप नक़द पैसे देते हैं, तो आप जो राशि ख़र्च कर रहे हैं, वह ज़्यादा दिखती है और यह दर्दनाक होता है। कई युवा आज क़र्ज़ में इसलिए हैं, क्योंकि उन्हें क्रेडिट कार्ड डाक में मिल जाते हैं। वे इन्हें मुफ़्त पैसे की तरह देखते हैं। यह असली पैसा नहीं होता, जब तक कि बिल घर नहीं आते।

मेरा एक मित्र गंभीर वित्तीय मुश्किल में पड़ गया। उसके क्रेडिट कार्ड पर पहले महीने शून्य ब्याज था। दूसरे महीने यह 31 प्रतिशत था और पेनल्टी अलग।

मैं कुछ समय पहले एक वित्तीय विशेषज्ञ की बातें सुन रहा था। उन्होंने कहा, ''अगर आपके क्रेडिट कार्ड पर 2,000 डॉलर का क़र्ज़ है और आप न्यूनतम भुगतान करते हैं और यह 24 से 31 प्रतिशत की दर से बढ़ता रहता है, तो इसे चुकाने में आपको नौ साल लग जाएँगे। नौ साल।

लोगों को अंदाज़ा ही नहीं है कि क्रेडिट कार्ड क़र्ज़ कितना गंभीर हो सकता है।

डब्ल्यू. क्लीमेंट स्टोन की बात याद रखें : ''अगर आप पैसे नहीं बचा सकते, तो आपमें महानता के बीज नहीं हैं।'' अगर आप ऐसा कर सकते हैं, तो आपके वित्तीय जीवन में आप उल्लेखनीय चीज़ें हासिल कर सकते हैं।

कड़ी मेहनत

कड़ी मेहनत सातवाँ अनुशासन है। आपका लक्ष्य मेहनती होने की छवि बनाना है। जैसा थॉमस जेफ़रसन ने कहा था, ''आप जितनी कड़ी मेहनत करते हैं, आप उतने ही ज़्यादा खुशक़िस्मत बनते हैं।''

लोगों के अनुसार अमेरिका में औसत कामकाजी सप्ताह चालीस घंटों का होता है। दरअसल, यह 32 घंटों का ही होता है। ऐसा क्यों? क्योंकि लोग आधिकारिक रूप से आठ घंटों तक ऑफ़िस में रहते हैं, लेकिन लंच और कॉफ़ी ब्रेक में एक घंटा या ज़्यादा समय लग जाता है। यही नहीं, औसत इंसान अपने कामकाजी दिन का 50 प्रतिशत समय सहकर्मियों से गपशप करने, लंबे कॉफ़ी ब्रेक और लंच लेने, व्यक्तिगत कामकाज करने, अख़बार पढ़ने और इंटरनेट पर सर्फ़िंग में बिता देता है।

यहाँ सफलता का नियम है : जितने समय काम करें, सारे समय काम करें। जब आप काम करने बैठें, तो काम करें। कल्पना करें कि यह कामकाज का समय है : यह खेलने का समय नहीं है, यह स्कूल टाइम नहीं है, यह सामाजिक समय नहीं है। अपना सिर नीचे करें, काम में जुटें और दिन भर काम करें। अगर आप ऐसा करते हैं, तो आप अपनी उत्पादकता, प्रदर्शन और आउटपुट को दोगुना कर लेंगे। आप अपनी आमदनी को दोगुना कर लेंगे और आप वित्तीय दृष्टि से सफल हो जाएँगे।

अपने कामकाजी दिन को बढ़ाने के लिए एक घंटे ज़्यादा जल्दी शुरू करें और तुरंत काम में जुट जाएँ। अगर आप एक घंटे जल्दी आते हैं, तो आप सारे ट्रैफ़िक को हरा देते हैं और आपके पास अपना दिन शुरू करने के लिए, अपने अत्यंत महत्त्वपूर्ण कामों को नियंत्रण में लेने के लिए, अपने फ़ोन कॉल करने के लिए, अपनी योजनाएँ बनाने के लिए एक पूरा घंटा रहेगा, क्योंकि आपके काम में बाधा डालने के लिए वहाँ कोई नहीं होगा। फिर अपने लंच के घंटे में भी काम करते रहें और दिन भर काम करें; समय बरबाद नहीं करें।

ज़्यादातर लोग ऑफ़िस के बारे में यह सोचते हैं कि यह स्कूल जैसा ही है, जहाँ आप अपने मित्रों से बात करते हैं, क्लास में आस-पास बैठते हैं, लंच करते हैं, कॉफ़ी पीते हैं और बाद में सामाजिक मेल-जोल करते हैं। नहीं, नहीं : कामकाज का समय कामकाज का समय है और आप अपने काम को जितना बेहतर करते हैं, आपके पास अपने जीवन पर उतना ही ज़्यादा नियंत्रण होता है।

एक घंटे देर तक काम करें। सबसे अंत में ऑफ़िस छोड़ें। जब हर व्यक्ति चला जाए, तो इस समय का इस्तेमाल अपने सारे कामकाज को समेटने और अगले दिन की योजना बनाने में लगाएँ। मैं एक बार एक बड़े कॉरपोरेशन के लिए काम करने गया, जिसके चेयरमैन बहुत कड़ी मेहनत करते थे। पाँच बजे वह जगह इतनी तेज़ी से ख़ाली होती थी, मानो वहाँ बम की अफ़वाह फैल गई हो। मैं 5.30 या 6 बजे तक काम करता रहता था। एक दिन मैं हॉल में गया और मैंने पाया कि वे एकमात्र दूसरे व्यक्ति थे, जो काम कर रहे थे – 800 मिलियन डॉलर वाले कॉरपोरेशन के मुखिया। मैंने अंदर जाकर उनसे पूछा, ''सब कुछ कैसा चल रहा है?''

''बेहतरीन।''

''क्या मैं किसी तरह आपकी सेवा कर सकता हूँ?''

उन्होंने कहा, ''मेरे पास यह काम है और मेरे पास इसे सँभालने का समय नहीं है। क्या आप इसे मेरी ख़ातिर कर सकते हैं?''

मैंने कहा, ''बिलकुल।'' मैंने उसे लिया और तुरंत कर दिया।

अगले दिन मैं फिर से हॉल के गलियारे में गया और चेयरमैन तब भी वहाँ थे। हमने बैठकर बातचीत की। अगले साल मैं हर दिन के अंत में जाकर उनके साथ

आधे से एक घंटे तक बिताता था। हर बार वे मुझे नई ज़िम्मेदारियाँ दे देते थे। कुछ ही समय में मैं तीन विभागों का मुखिया बन गया था, मेरे नियंत्रण में 65 लोग काम कर रहे थे और मुझे एक साल पहले की तुलना में पाँच गुना ज़्यादा वेतन मिल रहा था। मेरी ज़िंदगी बदल गई, जब मैंने मुखिया जितनी कड़ी मेहनत शुरू की। सबसे आख़िर में जाने का निर्णय सचमुच महत्त्वपूर्ण है। उस समय सारे शीर्षस्थ लोग आपको वहीं मिलेंगे, जो उनका अतिरिक्त काम कर रहे होंगे।

कामकाज के तीन अतिरिक्त घंटे : एक घंटे जल्दी शुरू करना, लंच के घंटे में भी काम करना और एक घंटे बाद तक काम करना। इसका मतलब है छह घंटे की अतिरिक्त उत्पादकता। इससे आप अपनी कंपनी के सबसे उत्पादक इंसान बन जाएँगे। ख़ुद से पूछते रहें, इस वक़्त मेरे समय का सबसे मूल्यवान उपयोग क्या है? जवाब जो भी हो, उस पर हर दिन के हर घंटे काम करें। जब आपकी प्राथमिकताएँ बदलती हैं, तो ज़ाहिर है जवाब भी बदलेगा। जो भी उस वक़्त आपके समय का सबसे मूल्यवान उपयोग हो, उस पर काम करें।

कामकाज के संसार में किस चीज़ से सबसे ज़्यादा समय बरबाद होता है? दूसरे लोगों की वजह से। दूसरे लोग बात करना चाहते हैं। उनके जीवन में ज़्यादा कुछ नहीं चल रहा होता, इसलिए वे आपके साथ थोड़ी गपशप करना चाहते हैं। अगर कोई अंदर आए या बाधा डाले, तो आपको उनसे यह कहने की ज़रूरत होती है, ''आने के लिए धन्यवाद, लेकिन मुझे काम में जुटना है।'' कंपनी में ऐसे व्यक्ति की छवि बनाएँ, जो हमेशा काम में जुटा रहता है और लोग आपको परेशान करना तथा आपका समय बरबाद करना छोड़ देंगे।

लगातार सीखना

आठवाँ अनुशासन है *लगातार सीखना।* याद रखें, ज़्यादा कमाने के लिए आपको ज़्यादा सीखना होगा। जिम रॉन का मशहूर वाक्य है, ''ख़ुद पर कम से कम उतनी मेहनत करें, जितनी आप अपने कामकाज में करते हैं।'' अपने क्षेत्र में हर दिन आधे से एक घंटे तक पढ़ें। इसका मतलब है हर सप्ताह एक पुस्तक, एक साल में पचास पुस्तकें। जब आप कार से एक से दूसरी जगह तक जाएँ, तो अपनी कार में ऑडियो प्रोग्राम सुनें; इसका मतलब हर साल पाँच सौ से एक हज़ार अतिरिक्त घंटे का समय होगा।

सेमिनारों में जाएँ और अपने क्षेत्र के विशेषज्ञों के कोर्सों में जाएँ। एक कोर्स का एक विचार कई सालों की कड़ी मेहनत बचा सकता है।

लगन = आत्म-अनुशासन

आत्म-अनुशासन का सबसे बड़ा इम्तहान विपत्ति में लगन है : आप अपने कामों को 100 प्रतिशत पूरा करने के लिए ख़ुद को धकाते हैं, चाहे आप कैसा भी महसूस करें।

साहस के दो हिस्से होते हैं। पहला हिस्सा है शुरू करने का साहस, जबकि सफलता की कोई गारंटी ना हो। दूसरा हिस्सा है तब सहन करने और जुटे रहने का साहस, जब आप हताश और थके हुए महसूस करते हैं और काम छोड़ना चाहते हैं। आपकी लगन ख़ुद में और सफल होने की आपकी योग्यता में आपके विश्वास का पैमाना है। आप जो कर रहे हैं, उसकी अच्छाई और उसके सही होने में आप जितना ज़्यादा विश्वास करते हैं, आप उतनी ही लगन से जुटे रहते हैं। आप जितनी ज़्यादा लगन से जुटे रहते हैं, आप ख़ुद में और अपने काम में उतना ही ज़्यादा विश्वास करने की प्रवृत्ति रखते हैं।

ये सिद्धांत उलटे जा सकते हैं। लगन दरअसल, सक्रिय आत्म-अनुशासन है। आप जब लगन दिखाते हैं, तो आप अपने आत्म-अनुशासन का प्रदर्शन करते हैं, हालाँकि आपका मन छोड़ने या हार मानने जैसा हो रहा होता है। आत्म-अनुशासन आत्म-गौरव और व्यक्तिगत शक्ति के अधिक अहसास की ओर ले जाता है, जो ज़्यादा लगन की ओर ले जाता है, जो और ज़्यादा आत्म-अनुशासन की ओर ले जाता है; यह ऊर्ध्वगामी चक्र बन जाता है।

नेपोलियन हिल ने कहा था, ''लगन इंसान के चरित्र के लिए वैसी ही है, जैसा कार्बन स्टील के लिए होता है।'' आप जब छोड़ने जैसा महसूस करते हैं, तब जुटे रहकर आप ख़ुद को बेहतर, ज़्यादा शक्तिशाली इंसान बनाते हैं। आपका अपने ख़ुद के चरित्र के विकास पर पूरा नियंत्रण होता है। अंततः आप ऐसे बन जाते हैं, जिसे रोका नहीं जा सकता।

लाभ

आपके जीवन के हर क्षेत्र में आत्म-अनुशासन के अभ्यास के बहुत से लाभ होते हैं। यहाँ उनमें से कुछ बताए जा रहे हैं :

1. आत्म-अनुशासन की आदत जीवन में आपकी सफलता की लगभग गारंटी देती है, अपने साथ भी और दूसरों के साथ भी।
2. आप किसी दूसरी योग्यता के बजाय अनुशासन से ज़्यादा तेज़ी से ज़्यादा काम कर पाएँगे, जिसकी गुणवत्ता ज़्यादा ऊँची होगी।

3. आप जहाँ भी जाते हैं, आपको ज़्यादा भुगतान मिलेगा और ज़्यादा तेज़ी से तरक़्क़ी मिलेगी।
4. आपको आत्म-नियंत्रण, आत्मनिर्भरता और व्यक्तिगत शक्ति का ज़्यादा अहसास होगा।
5. आत्म-अनुशासन आत्म-गौरव, आत्म-सम्मान और व्यक्तिगत गर्व की कुंजी है।
6. आपका आत्म-अनुशासन जितना ज़्यादा होगा, आपका आत्म-विश्वास भी उतना ही ज़्यादा होगा और असफलता तथा अस्वीकृति का आपका डर उतना ही कम होगा; कोई भी चीज़ आपको रोक नहीं पाएगी।
7. आत्म-अनुशासन की बदौलत आपमें चरित्र की शक्ति होगी, जिससे आप सारी बाधाओं के बावजूद तब तक जुटे रहेंगे, जब तक कि आप सफल ना हो जाएँ।

आज ही अपने जीवन के हर क्षेत्र में आत्म-अनुशासन का अभ्यास करें। लगन से अभ्यास करें, जब तक कि यह साँस लेने और छोड़ने जितना स्वचालित ना हो जाए। जब आप पूरी तरह आत्म-अनुशासित व्यक्ति बन जाते हैं, तो इससे आपके भविष्य की गारंटी मिल जाती है।

11

चुनौती पर प्रतिक्रिया

कई बार ऐसा लगता है कि समस्याएँ जीवन का सबसे बड़ा सत्य हैं। जैसे ही आप एक को सुलझाते हैं, इसकी जगह पर दूसरी आ जाती है। यह प्रक्रिया अंतहीन दिखती है और सभी व्यावहारिक संदर्भों में यह शायद है भी। चाहे वे कोई भी हों या जो भी करते हों, हर व्यक्ति समस्याओं, मुश्किलों, अप्रत्याशित उलटफेरों और संकटों का अनुभव करता है, जो उन्हें असंतुलित कर देते हैं और अक्सर उनके सामने बचने का भी जोखिम पेश करते हैं। इसीलिए समस्या सुलझाना उन सब महत्त्वपूर्ण योग्यताओं में से एक है, जिसकी ज़रूरत आपको सफलता हासिल करने के लिए है।

अनुमान है कि हर व्यवसाय में हर दो-तीन महीने में एक संकट आता है, जिसे अगर जल्दी और प्रभावी ढंग से ना सुलझाया जाए, तो इसका अस्तित्व संकट में पड़ सकता है। इसी तरह हर व्यक्ति के जीवन में भी हर दो-तीन महीने में एक संकट आता है - चाहे यह व्यक्तिगत, वित्तीय, पारिवारिक या स्वास्थ्य संबंधी मामलों में हो। जब परिस्थितियाँ मुश्किल हो जाती हैं, तो सख़्तजान लोग चलने लगते हैं। सिर्फ़ मुश्किल समय में ही आप ख़ुद के और दूसरों के सामने यह दिखाते हैं कि आप किस मिट्टी के बने हैं। जैसा ग्रीक दार्शनिक एपिक्टेटस ने एक बार कहा था, ''परिस्थितियाँ इंसान को नहीं बनाती हैं। वे तो सिर्फ़ उसे ख़ुद के और दूसरों के सामने उजागर करती हैं।''

1934 और 1961 के बीच इतिहासकार अरनॉल्ड टॉयनबी ने अपनी बारह खंडों की श्रंखला *अ स्टडी ऑफ़ हिस्ट्री* लिखी, जिसमें उन्होंने तीन हज़ार सालों की छब्बीस सभ्यताओं के उत्थान और पतन की जाँच की। उन्होंने इन साम्राज्यों के

जीवन चक्र में जो खोजा, उसका ज़्यादातर हिस्सा छोटे-बड़े व्यवसायों और उद्योगों के उत्थान व पतन पर लागू होता है... और व्यक्तियों पर भी।

टॉयनबी ने पाया कि हर सभ्यता एक छोटे कुनबे या लोगों के समूह के रूप में शुरू हुई, जिसके सामने अचानक बाहर से कोई चुनौती आई, आम तौर पर किसी शत्रु क़बीले का हमला। इस बाहरी जोखिम से निबटने के लिए लीडर को तुरंत दोबारा व्यवस्थित होना पड़ा और प्रभावी प्रतिक्रिया देनी पड़ी, ताकि यह बच सके। अगर लीडर ने सही निर्णय लिए और सही काम किए, तो क़बीला चुनौती का सामना करता था, शत्रु को पराजित करता था और इस प्रक्रिया में ज़्यादा शक्तिशाली बनता था। ज़्यादातर शक्तिशाली बनने के बाद क़बीला एक और ज़्यादा बड़े शत्रु क़बीले से टकराव की स्थिति में आ जाता था, जिससे एक और चुनौती उत्पन्न हो जाती थी। जब तक लीडर्स और क़बीला अपने सामने की अवश्यंभावी चुनौतियों से उबरने के लिए उठते रहे, तब तक वे विकास करते रहे और बचे रहे। टॉयनबी ने यह भी पाया कि सभ्यताएँ तब तक विकास करती रहीं, जब तक उन्होंने बाहरी चुनौतियों से मुक़ाबला किया और जब वे ऐसा नहीं कर पाईं, तो हर सभ्यता का पतन हुआ। टॉयनबी ने इसे *सभ्यता का चुनौती प्रतिक्रिया सिद्धांत* कहा।

ये सिद्धांत आपके व्यक्तिगत जीवन पर भी लागू होते हैं। जब आप व्यवसाय में शुरू करते हैं, तो आपके सामने सभी तरह की समस्याएँ, मुश्किलें, असफलताएँ और चुनौतियाँ आएँगी। जैसे ही आप एक समस्या सुलझाएँगे, आपके सामने दूसरी समस्या आ जाएगी, जो अक्सर ज़्यादा बड़ी और ज़्यादा जटिल होगी। आपकी ज़िम्मेदारी का व्यक्तिगत स्तर आपके बचाव, सफलता, स्वास्थ्य, ख़ुशी और समृद्धि को तय करता है। हर चीज़ आपकी प्रतिक्रिया पर निर्भर करती है।

टॉयनबी ने यह भी पाया कि चुनौतियाँ बिन बुलाए बिन बताए आईं। कोई भी उनका पूर्वानुमान नहीं लगा सकता था या उनकी तैयारी नहीं कर सकता था : वे समीकरण के जिस एकमात्र हिस्से को नियंत्रित कर सकते थे, वह यह था कि चुनौती पर वे क्या प्रतिक्रिया देते हैं।

हर चीज़ प्रतिक्रिया में थी।

आपके साथ क्या होता है, यह महत्त्वपूर्ण नहीं है। महत्त्वपूर्ण तो यह है कि आप इस पर कैसी प्रतिक्रिया देते हैं। आप जो बनने में सक्षम हैं, वह हर चीज़ बनने और अपनी पूरी संभावना का अहसास करने का एकमात्र तरीक़ा यह है कि आप मुश्किल दौर से अच्छी तरह निबटें। आपके सारे लक्ष्यों को हासिल करने का एकमात्र तरीक़ा दिन-प्रतिदिन के जीवन के अवश्यंभावी संकटों पर प्रभावी प्रतिक्रिया देना है।

अच्छी ख़बर यह है कि इस समय आपके भीतर वह हर चीज़ है, जिसकी ज़रूरत आपको किसी भी समस्या या संकट से निबटने के लिए होगी, जिसका आप सामना करेंगे। ऐसी कोई समस्या नहीं है, जिसका समाधान आप अपनी बुद्धि और सृजनात्मकता का इस्तेमाल करके नहीं खोज सकते। अगर आप पर्याप्त संकल्पवान और लगनशील हों, तो कोई बाधा नहीं है, जिससे आप नहीं उबर सकते या जिससे आप बच नहीं सकते।

शांत रहें

मुश्किल समय में बचे रहने और समृद्ध होने का पहला नियम है *शांत बने रहें।* जब आपको अचानक झटका लगता है, तो आपका पहला काम अपने विचारों तथा भावनाओं को नियंत्रित करना है। आपको यह सुनिश्चित करना है कि आप अपने सर्वश्रेष्ठ स्तर पर काम करें। जब चीज़ें ग़लत होती हैं, तो स्वाभाविक प्रवृत्ति अति प्रतिक्रिया या नकारात्मक प्रतिक्रिया की होती है। आप नाराज़ हो सकते हैं, विचलित हो सकते हैं या डर सकते हैं। तनावपूर्ण विचार और नकारात्मक भावनाएँ तुरंत ही आपके मस्तिष्क के बड़े हिस्सों को बंद करना शुरू कर देती हैं, जिनमें आपके मस्तिष्क का सोचने वाला हिस्सा नियोकॉर्टेक्स शामिल है - जिसका इस्तेमाल आप विश्लेषण करने, आकलन करने, समस्याओं को सुलझाने और निर्णय लेने के लिए करते हैं।

स्थितियाँ गड़बड़ होने पर अगर आप चेतन रूप से और तुरंत मानसिक व भावनात्मक नियंत्रण नहीं लेते हैं, तो आप स्वचालित रूप से लड़ो-या-भागो प्रतिक्रिया दे सकते हैं। आप भावनात्मक दृष्टि से प्रतिक्रिया करने लगेंगे, क्योंकि आपके पास शांति से और स्पष्टता से सोचने की क्षमता ही नहीं होगी।

किसी संकट में शांत बने रहने का शुरुआती बिंदु स्वचालित और बिना सोचे प्रतिक्रिया करने से इंकार करना है। कल्पना करें कि हर स्थिति आपका इम्तहान लेकर देखना चाहती है कि आप सचमुच किस मिट्टी के बने हैं। कल्पना करें कि हर व्यक्ति देख रहा है कि आप कैसे प्रतिक्रिया करेंगे। आप अच्छी मिसाल पेश करने, दूसरों के लिए रोल मॉडल बनने और किसी बड़ी समस्या से निबटने का सही तरीक़ा प्रदर्शित करने का संकल्प लेकर ख़ुद को शांत रख सकते हैं, मानो आप कोई सबक़ सिखा रहे हों। याद रखें, संकट पर आपकी प्रतिक्रिया ही सब कुछ है। यही इम्तहान है।

कुंठित अपेक्षाएँ नकारात्मक भावनाओं का बुनियादी स्रोत हैं : आप किसी चीज़ के किसी ख़ास तरीक़े से होने की उम्मीद कर रहे थे, लेकिन कोई अलग ही चीज़ हो गई। दो बड़े क़िस्म के नकारात्मक भाव सक्रिय हो जाते हैं, जो हमारे

पुराने शत्रु हैं : असफलता का डर और अस्वीकृति का डर। इनमें से कोई भी क्रोध, डिप्रेशन या लक़वे तक को उत्पन्न कर सकता है।

आप असफलता का डर तब अनुभव करते हैं, जब आप धन, ग्राहकों, पद, प्रतिष्ठा या किसी दूसरे व्यक्ति के जीवन या कल्याण की संभावित क्षति का सामना करते हैं। आप अस्वीकृति के डर का अनुभव तब करते हैं (जो आलोचना तथा नापसंदगी के डरों से क़रीबी रूप से जुड़ा है), जब कोई चीज़ ग़लत हो जाती है और आप महसूस करते हैं, मानो आप सक्षम ना हों या दूसरे आपके बारे में ख़राब सोचेंगे।

आपके विचार, भाव और काम काफ़ी हद तक आपकी व्याख्या की शैली से तय होते हैं : जिस तरह आप ख़ुद के सामने चीज़ों को स्पष्ट करते हैं या उनकी व्याख्या करते हैं। आपकी पूरी 95 प्रतिशत सकारात्मक या नकारात्मक भावनाएँ उस तरीक़े से उत्पन्न होती हैं, जिस तरह आप अपने आस-पास होने वाली चीज़ों की व्याख्या करते हैं। हालाँकि आपका मस्तिष्क हज़ारों विचार सोच सकता है, लेकिन यह एक समय में केवल एक ही विचार अपने अंदर रख सकता है। आप किसी भी पल उस विचार का चुनाव करने के लिए हमेशा स्वतंत्र होते हैं।

यहाँ एक उदाहरण है : *समस्या* या *संकट* शब्द का इस्तेमाल करने के बजाय बस *स्थिति* शब्द का इस्तेमाल करें। समस्या नकारात्मक होती है, जबकि स्थिति तटस्थ होती है। आप कहते हैं, ''हमारे सामने एक रोचक स्थिति है।'' इससे आप और हर व्यक्ति शांत रहता है।

इससे भी बेहतर, *चुनौती* शब्द का इस्तेमाल करें : ''यह एक रोचक चुनौती है, जिसकी हमें उम्मीद नहीं थी।'' या इससे भी बेहतर, किसी झटके या मुश्किल का वर्णन करने के लिए यह कहें, ''यह एक अवसर है।'' इन शब्दों का इस्तेमाल करने से आपका मस्तिष्क सकारात्मक तथा सृजनात्मक रहता है और यह आपको पूरे नियंत्रण में भी रखता है।

समस्या को विपत्ति साबित करने से इंकार कर दें और शांत रहें। बहुत कम चीज़ें उतनी बुरी होती हैं, जितनी वे शुरुआत में दिखती हैं। दूसरे शामिल लोगों से प्रश्न पूछें और धैर्य से उनके जवाब सुनें। अपने जीवनसाथी या विश्वसनीय मित्र से समस्या पर बात करने से आपको शांत व नियंत्रित रहने में काफ़ी मदद मिल सकती है।

आपके सामने जो भी समस्या हो, हर समस्या के भीतर समान या ज़्यादा बड़े लाभ का बीज होता है। जब आप हर स्थिति में अच्छाई देखने के लिए ख़ुद को अनुशासित करते हैं और उसमें मूल्यवान सबक़ खोजते हैं, तो आप स्वचालित रूप से शांत, सकारात्मक और आशावादी बन जाते हैं।

आत्मविश्वास रखें

मुश्किल स्थितियों पर विजय पाने की एक और कुंजी अपनी योग्यताओं पर विश्वास करना है। किसी अप्रत्याशित झटके पर स्वाभाविक प्रतिक्रिया स्तब्ध होने, सदमा लगने और नाराज़ होने की होती है, मानो आपके भावनात्मक पेट में मुक्का मारा गया हो। हालाँकि यह सामान्य है, लेकिन यह याद रखें कि आपमें हर चुनौती से उबरने की योग्यता है।

ख़ुद से सकारात्मक अंदाज़ में बात करें। अपने आत्मविश्वास को दोबारा बनाने के लिए इस तरह की बातें कहें, *मैं ख़ुद को पसंद करता हूँ, मैं किसी भी चीज़ को सँभाल सकता हूँ* या *मैं अपने सामने आने वाली किसी भी चीज़ को सँभाल सकता हूँ।* असफलता के डर से प्रेरित नकारात्मक भावनाओं को आप यह दोहराकर ख़त्म कर सकते हैं, *मैं यह कर सकता हूँ, मैं यह कर सकता हूँ, मैं इसे सँभाल सकता हूँ।* ख़ुद से सकारात्मक अंदाज़ में बात करें। ख़ुद से कहें कि आप अपने मन में जो ठान लें, वह हर चीज़ कर सकते हैं। ख़ुद को बताएँ कि ऐसी कोई समस्या नहीं है, जिसे आप नहीं सुलझा सकते।

चिंता भगाने का फ़ॉर्मूला

किसी भी संकट या समस्या से निबटने का एक अद्‍भुत तरीक़ा है और इसे *चिंता भगाने का फ़ॉर्मूला* कहा जाता है। हर स्थिति में इसका इस्तेमाल करें। इसके चार हिस्से होते हैं :

1. समस्या को स्पष्टता से परिभाषित कर लें, बेहतर होगा कि इसे लिखकर करें। ज़्यादातर समस्याओं को सुलझाया जा सकता है, अगर उन्हें पहले स्पष्टता से परिभाषित कर लिया जाए। याद रखें, चिकित्सा में कहा जाता है कि सटीक निदान आधा इलाज होता है।

    जब हमारी कंपनी में कोई चुनौती आती है, तो मैं अक्सर लोगों को बैठाकर पूछता हूँ, "ठीक है, सटीकता से स्थिति क्या है?" हम इसे एक फ़्लिप चार्ट पर या व्हाइटबोर्ड पर लिखते हैं। जब हम ऐसा करते हैं, तो लोग कहते हैं, "देखिए, यह सटीकता से ऐसा नहीं है। यह कैसा रहेगा?" हम इसे तब तक लिखते रहते हैं, जब तक कि स्थिति का वर्णन पूरी स्पष्टता से नहीं हो जाता। एक बार जब यह हो जाता है, तो 50 प्रतिशत मामलों में एक स्पष्ट समाधान दिख जाता है और हम काम में जुट जाते हैं।

2. ख़ुद से पूछें, इस समस्या का सबसे बुरा संभावित परिणाम क्या है? वह सबसे बुरी चीज़ क्या है, जो हो सकती है? हर चीज़ को देखें : आपका

पैसा, आपका समय, आपका ग्राहक, आपका व्यवसाय जा सकता है। जो सबसे बुरी चीज़ हो सकती है, उसे स्पष्टता और ईमानदारी से पहचानें।

3. सबसे बुरे को स्वीकार करने का संकल्प करें। यह कहें, ''ठीक है, अगर यह होता है, तो इससे मेरी जान नहीं जाएगी।'' जब आप सबसे बुरे को स्वीकार करने का निर्णय ले लेते हैं, तो आपका मस्तिष्क स्पष्ट और शांत हो जाता है। आप भविष्य के बारे में सोचना शुरू कर सकते हैं, क्योंकि आपका सारा तनाव चला गया है।
4. सबसे बुरे को बेहतर बनाने का काम तुरंत शुरू करें। तुरंत शुरू करके यह सुनिश्चित करें कि सबसे बुरी चीज़ ना हो। आप इस स्थिति को सुलझाने के लिए इस समय क्या कर सकते हैं? यह जो भी हो, सबसे बुरे संभव परिणामों को कम करने के लिए एकाग्रता से काम करें और आप स्थिति पर पूरा मानसिक नियंत्रण हासिल कर लेते हैं। चिंता का एकमात्र सच्चा इलाज आपके लक्ष्यों की दिशा में उद्देश्यपूर्ण कर्म है।

आत्मविश्वास और आत्म-गौरव आपके लक्ष्यों की दिशा में आगे बढ़ने की भावना से उत्पन्न होते हैं। अपनी समस्याओं के समाधानों पर काम करने में इतने व्यस्त हो जाएँ कि आपके पास यह चिंता करने का समय ही ना रहे कि क्या हुआ है, ख़ास तौर पर ऐसी चीज़ें, जिन्हें आप बदल नहीं सकते। फिर आगे बढ़ जाएँ।

लीडर्स के गुण

युगों-युगों से लीडर्स का सबसे आम गुण भविष्यदृष्टि रहा है। लीडर्स के पास एक स्पष्ट, रोमांचक *भविष्यदृष्टि* रहती है कि वे कहाँ पहुँचना चाहते हैं और भविष्य में क्या हासिल करना चाहते हैं।

लीडर्स का दूसरा सबसे आम गुण है *साहस।* सच्चाई यह है कि डर सबको लगता है। हम सभी में विभिन्न प्रकार के डर होते हैं, छोटे-बड़े, छिपे हुए और स्पष्ट। जैसा मार्क ट्वेन ने कहा था, ''साहस डर का प्रतिरोध है, डर पर विजय है - डर की अनुपस्थिति नहीं है।''

असफलता के डर का सबसे बुरा परिणाम यह है कि इससे आप पंगु हो सकते हैं। लोग भावनात्मक सदमे की अवस्था में चले जाते हैं। इमर्सन ने एक बार लिखा था, ''अगर आप सफल होना चाहते हैं, तो आपको अपने डरों से मुक़ाबला करने का संकल्प लेना चाहिए। अगर आप वह चीज़ करते हैं, जिससे आप डरते हैं, तो डर की मृत्यु तय है।'' आप अपने डरों का सामना करके और उन चीज़ों को करके

अपने अंदर साहस विकसित करते हैं, जिन्हें करने में आपको सबसे ज़्यादा डर लगता है।

आमना-सामना करने का डर व्यावसायिक और व्यक्तिगत जीवन में सबसे आम डर है। आपको अपने जीवन में मुश्किल लोगों का सामना करने का साहस विकसित करना होगा, ताकि स्थिति को सुलझाया जा सके। सौभाग्य से, आप साहस के साथ काम करके साहस विकसित कर सकते हैं। जब आप कोई ऐसी चीज़ करते हैं, जिससे आप डरते हैं, तो आप ज़्यादा साहसी महसूस करते हैं।

जीवन में साहस साहसी व्यवहार के बाद आता है। जैसा इमर्सन ने लिखा था, ''चीज़ कर दें और आपके पास शक्ति होगी।'' एक बूढ़े आदमी ने एक बार अपने पोते से कहा था, ''साहस के साथ काम करोगे, तो अदृश्य शक्तियाँ तुम्हारी मदद के लिए आ जाएँगी।'' लेखिका डोरोथिया ब्रांडे ने एक बार लिखा था कि उन्हें जो सबसे महत्त्वपूर्ण सलाह मिली, वह यह थी : ''इस तरह काम करो, मानो असफल होना असंभव है और ऐसा ही होगा।''

वास्तविकता सिद्धांत

जनरल इलेक्ट्रिक के प्रेसिडेंट जैक वेल्च ने कहा था कि सारे नेतृत्व सिद्धांतों में सबसे महत्त्वपूर्ण वास्तविकता सिद्धांत था : संसार का सामना उस तरह करना जैसा यह है, बजाय उसके जैसा आप इसे चाहते हैं। किसी मुश्किल स्थिति में यह पूछकर शुरुआत करें, वास्तविकता क्या है?

हैरोल्ड जेनीन वे एक्ज़ीक्यूटिव थे, जिन्होंने आईटीटी को 560 अरब डॉलर का अंतरराष्ट्रीय दिग्गज बनाया। उन्होंने कहा था कि समस्याएँ सुलझाने का सबसे महत्त्वपूर्ण तत्व तथ्य हासिल करना है। उन्होंने कहा था कि आपको वास्तविक तथ्य हासिल करने चाहिए, तथाकथित तथ्य नहीं, माने हुए तथ्य नहीं, आशा वाले तथ्य नहीं, ना ही काल्पनिक तथ्य। अगर कोई चीज़ हुई, ख़ास तौर पर अगर यह अतीत की ऐसी घटना है, जिसे बदला नहीं जा सकता, तो यह तथ्यों की श्रेणियों में आती है।

जब भी आप अपने जीवन या व्यवसाय में मुश्किल समय का सामना करते हैं, तो टाइम आउट लें और वह सारी जानकारी हासिल करने पर ध्यान केंद्रित करें, जो आप कर सकते हैं। प्रश्न पूछें और सावधानी से जवाब सुनें। स्थिति सटीकता से क्या है? क्या हुआ? यह कैसे हुआ? यह कब हुआ? यह कहाँ हुआ? तथ्य क्या हैं? हमें कैसे मालूम कि ये सही हैं? कौन शामिल है? कौन ख़ास चीज़ें करने या ना करने के लिए ज़िम्मेदार है? कभी किसी तथ्य, या किसी ऐसी चीज़ की चिंता ना करें, ना ही क्रोधित हों, जिसे आप बदल नहीं सकते।

गुस्सा करने या दूसरों की ग़लतियों या कमियों के लिए उन्हें दोष देने के प्रलोभन का प्रतिरोध करें। किसी भी चीज़ के लिए किसी को भी दोष नहीं दें। जैसे ही आप दूसरे लोगों को दोष देना छोड़ते हैं और भविष्य की ज़िम्मेदारी लेते हैं, आपकी नकारात्मक भावनाएँ थम जाती हैं, आपका मस्तिष्क शांत व स्पष्ट हो जाता है और आप बेहतर निर्णय लेने लगते हैं। इसके बजाय स्थिति को समझने और ख़ास कामों को तय करने पर ध्यान केंद्रित करें।

आप किसी संकट में जो दो सर्वश्रेष्ठ प्रश्न पूछ सकते हैं, वे ये हैं, हम क्या करने की कोशिश कर रहे हैं और हम इसे कैसे करने की कोशिश कर रहे हैं? इस स्थिति में हमारी क्या मान्यताएँ हैं? अगर हमारी मान्यताएँ ग़लत हों, तो क्या होगा? अगर हमारी कोई एक मान्यता ग़लत हुई, तो इसका क्या मतलब होगा? हमें क्या अलग तरीक़े से करना होगा? कभी यह मानकर नहीं चलें कि आपके पास सारी जानकारी है या आपके पास जो जानकारी है, वह सही है।

सह-संबंध को कारण मानने की ग़लती नहीं करें। ज़्यादातर लोग निष्कर्षों पर बहुत जल्दी कूद पड़ते हैं। कई मामलों में जब दो घटनाएँ एक साथ होती हैं, तो लोग यह मान लेते हैं कि एक घटना दूसरी घटना का कारण है। लेकिन अक्सर होता यह है कि हालाँकि दोनों घटनाएँ एक साथ हुईं, लेकिन दोनों का ही एक-दूसरे से कोई संबंध नहीं था। दोनों में से एक को कारण मानने से दुविधा होती है और ग़लत निर्णय लिया जा सकता है। अपने साथ यह ना होने दें।

अपने मस्तिष्क को नियंत्रित करें

जब स्थितियाँ ग़लत होती हैं, तो आपमें नकारात्मकता, डर और क्रोध से प्रतिक्रिया करने की प्रवृत्ति होगी। जब भी आप आहत महसूस करते हैं या आपके सामने क्षति या आलोचना का जोखिम होता है, तो आप लड़ो-या-भागो प्रतिक्रिया देकर अपनी रक्षा करने की कोशिश करते हैं। लेकिन लीडर के रूप में आपका पहला काम अपने मस्तिष्क और भावनाओं पर दृढ़ नियंत्रण रखना है और फिर स्थिति पर नियंत्रण करना है – इसी क्रम में।

लीडर्स अतीत पर नहीं, भविष्य पर ध्यान केंद्रित करते हैं। वे इस बात पर ध्यान केंद्रित करते हैं कि इस समय समस्या को सुलझाने या स्थिति को बेहतर बनाने के लिए क्या किया जा सकता है। वे उस पर ध्यान केंद्रित करते हैं, जो उनके नियंत्रण में होता है और वे अपने अगले निर्णयों व कार्यों पर ध्यान केंद्रित करते हैं और आपको भी यही करना चाहिए।

जब कोई कंपनी गंभीर मुश्किल में पड़ती है, तो संचालक मंडल अक्सर विद्यमान प्रेसिडेंट को नौकरी से निकाल देता है और टर्नअराउंड विशेषज्ञ को लाता

है, जो तुरंत संगठन पर पूरा नियंत्रण कर लेता है। वह अपने ऑफ़िस में सारे निर्णयों को केंद्रीकृत कर देता है। वह सारे व्ययों का नियंत्रण ले लेता है, हर चेक पर हस्ताक्षर करने तक, ताकि उसे सटीकता से पता रहे कि कितना पैसा कंपनी से बाहर जा रहा है और किसे दिया जा रहा है। फिर वह साहस के साथ काम करता है और अक्सर बेरहमी से। जिन भी मुश्किल निर्णयों की आवश्यकता होती है, वह उन्हें लेता है और कंपनी को बचाने के लिए जो भी आवश्यक होता है, वह करता है।

अपने ख़ुद के टर्नअराउंड विशेषज्ञ बनने के लिए आपको पहली चीज़ जो करनी चाहिए, वह यह है कि आज के बाद होने वाली हर चीज़ और ख़ुद की 100 प्रतिशत ज़िम्मेदारी स्वीकार करें। लीडर्स ज़िम्मेदारी स्वीकार करते हैं और नियंत्रण में रहते हैं। ग़ैर-लीडर्स ज़िम्मेदारी से बचते हैं और चीज़ें दूसरों पर ढोल देते हैं। आपको ख़ुद को ख़ास तौर पर सकारात्मक और केंद्रित रखना चाहिए। आप ये शब्द ख़ुद को याद दिलाकर यह काम करते हैं : *मैं ज़िम्मेदार हूँ, मैं ज़िम्मेदार हूँ।* या जैसा हैरी ट्रूमैन ने कहा था, ''गेंद यहाँ पर रुकती है। मैं प्रभारी हूँ।'' ख़ुद से कहें, *अगर यह होना है, तो यह मुझ पर निर्भर करता है।*

दुख की छह अवस्थाएँ

मनोवैज्ञानिक एलिज़ाबेथ कुबलर-रॉस ने उन अवस्थाओं का वर्णन किया है, जब व्यक्ति किसी प्रियजन की मृत्यु या ख़ुद की मृत्यु (लाइलाज बीमारी के निदान के बाद) का सामना करता है। उन्होंने दुख की पाँच अवस्थाओं को पहचाना है : अस्वीकृति, क्रोध, दोषारोपण, डिप्रेशन और स्वीकार करना। जीवन के संकटों के लिए हम छठी अवस्था को जोड़ सकते हैं : *पुनरुत्थान* या नियंत्रण लेना।

किसी बड़े झटके पर आपकी पहली प्रतिक्रिया अक्सर अस्वीकृति की होगी : आप सदमे में होंगे और महसूस करेंगे कि यह नहीं हो सकता। आपकी पहली प्रतिक्रिया इसे बंद करने और यह आशा करने की होगी कि यह सच नहीं है।

किसी बड़े झटके से निबटने में दूसरी अवस्था है क्रोध। आपमें उन लोगों पर गुस्सा उतारने की प्रवृत्ति होगी, जिन्हें आप अपनी समस्याओं के लिए ज़िम्मेदार मानते हैं।

मृत्यु या निराशा से निबटने की तीसरी अवस्था है दोषारोपण। व्यवसाय में यह काफ़ी आम है कि दोष देने के लिए काफ़ी ज़ोर-शोर से खोज की जाती है कि किसे दोष देना है और किस चीज़ के लिए देना है। यह व्यवहार कई लोगों की इस गहरी आवश्यकता को संतुष्ट करता है कि जब भी कोई चीज़ ग़लत हो जाए, तो अपराधी को खोजा जाए।

निराशा से निबटने में चौथी अवस्था है डिप्रेशन। वास्तविकता हावी हो जाती है : एक ऐसा झटका लगा है, जिसे सुधारा नहीं जा सकता, नुक़सान हो चुका है और पैसा जा चुका है। डिप्रेशन के साथ अक्सर आत्म-करुणा का भाव आता है, शिकार होने की भावना आती है। आप अक्सर ऐसा महसूस करते हैं कि दूसरों ने आपको नीचा दिखाया या धोखा दिया। आप ख़ुद के लिए अफ़सोस महसूस करते हैं।

मुश्किलों से निबटने की पाँचवीं अवस्था है स्वीकृति। आप अंतत: उस अवस्था में पहुँच जाते हैं, जहाँ आपको अहसास होता है कि संकट आ चुका है और इसे बदला नहीं जा सकता, जैसे टूटे हुए काँच के बर्तन या फैल गए दूध के मामले में कुछ नहीं किया जा सकता। आप नुक़सान से सामंजस्य बैठाते हैं और भविष्य की ओर देखना शुरू करते हैं।

किसी बड़े झटके से निबटने में अंतिम अवस्था है पुनरुत्थान। आप स्थिति में ख़ुद पर पूरा नियंत्रण लेते हैं और इस बारे में सोचना शुरू करते हैं कि समस्या को सुलझाने और आगे बढ़ने के लिए आप क्या कर सकते हैं।

हर व्यक्ति पहली पाँच अवस्थाओं से गुज़रता है। यह काफ़ी आम और स्वाभाविक है। एकमात्र प्रश्न यह रहता है, आप यह काम कितनी जल्दी कर लेते हैं? मानसिक रूप से स्वस्थ लोगों का चिह्न यह है कि वे जीवन के अवश्यंभावी उतार-चढ़ावों पर प्रतिक्रिया में काफ़ी लचीले होते हैं। जैसा महान वक्ता चार्ली जोन्स ने कहा था, ''महत्त्वपूर्ण यह नहीं है कि आप कितनी दूर गिरे, महत्त्वपूर्ण तो यह है कि आप पलटकर कितने ऊँचे उछले।'' इस बात को पहचानें कि ग़लतियाँ हर व्यक्ति करता है। चीज़ें सारे समय गड़बड़ होती हैं। यहाँ तक कि सबसे अच्छे और सबसे सक्षम लोग भी कभी-कभार मूर्खतापूर्ण चीज़ें कर देते हैं और आप भी इसका अपवाद नहीं हैं।

अगर किसी दूसरे ने गेंद गिरा दी है, तो उस पर नाराज़ होने या उसे दंडित करने के बजाय उस व्यक्ति से दयालुता और करुणा का व्यवहार करें। हमेशा यह मानने की कोशिश करें कि सामने वाला सबसे अच्छे इरादों से काम कर रहा है और फिर समस्या सुलझाने तथा काम करने पर ध्यान केंद्रित करें।

सृजनात्मक परित्याग

मैनेजर्स इंस्टीट्यूट के अनुसार इक्कीसवीं सदी में व्यवसाय में सफलता के लिए आवश्यक सबसे महत्त्वपूर्ण गुण है लचीलापन। ज्ञान और प्रौद्योगिकी में विस्फोट हो रहा है, जिसके साथ ही प्रतिस्पर्धा, प्रॉडक्ट्स, सेवाओं, प्रक्रियाओं, बाज़ारों और

ग्राहकों का तीव्र विकास हो रहा है, इसलिए परिवर्तन आज पहले की तुलना में ज़्यादा तेज़ गति से हो रहे हैं।

शून्य आधारित सोच शायद वह सबसे महत्त्वपूर्ण औज़ार है, जिसका इस्तेमाल आप उथलपुथल के समय में लचीले और अनुकूलनशील बने रहने के लिए कर सकते हैं। आप रुकते हैं, पीछे खड़े होते हैं और निरपेक्ष ढंग से अपने व्यवसाय को देखते हैं, जैसे कोई बाहरी व्यक्ति देख रहा हो। आप यह प्रश्न पूछते हैं : क्या कोई ऐसी चीज़ है, जिसे मैं आज कर रहा हूँ, जिसे मैं वर्तमान जानकारी के आधार पर नहीं करूँगा, अगर मैं दोबारा शुरू करूँ? ख़ुद को यह प्रश्न पूछने और इसका जवाब ईमानदारी से देने के लिए नियमित रूप से अनुशासित करें। जब भी आप ऐसा करते हैं, तो आप चीज़ों को एक अलग रोशनी में देखते हैं। क्या कोई ऐसा प्रॉडक्ट या सेवा है, जिसे आप अपने वर्तमान ज्ञान के आधार पर आज बाज़ार में नहीं उतारेंगे, अगर आपको यह दोबारा करना पड़े? अगर ऐसा है, तो आपका अगला प्रश्न यह होना चाहिए, मैं इस प्रॉडक्ट या सेवा को बेचना कैसे बंद कर सकता हूँ और मैं कितनी तेज़ी से यह काम कर सकता हूँ?

पीटर ड्रकर इसे *सृजनात्मक परित्याग की प्रक्रिया* कहते हैं। आपको हर उस प्रॉडक्ट या सेवा का त्याग करने के लिए तैयार रहना चाहिए, जो आपके समय और संसाधनों को चूस रहा है, जिनका बेहतर उपयोग ज़्यादा लोकप्रिय और लाभदायक प्रॉडक्ट्स व सेवाओं की बिक्री तथा डिलिवरी में किया जा सकता है। क्या कोई ऐसी गतिविधि या व्यावसायिक प्रक्रिया है, जिसे अपने वर्तमान ज्ञान के आधार पर आप दोबारा शुरू नहीं करेंगे? क्या आपके व्यावसायिक संचालन में कोई ऐसा ख़र्च, प्रणाली या तरीक़ा है, जिसे अपने वर्तमान ज्ञान के आधार पर आप दोबारा शुरू नहीं करेंगे? क्या आपके व्यवसाय में कोई ऐसा व्यक्ति है, जिसे अपने वर्तमान ज्ञान के आधार पर आप आज नियुक्त नहीं करेंगे? क्या आपके व्यवसाय में कोई ऐसा व्यक्ति है, जिसे अपने वर्तमान ज्ञान के आधार पर आप तरक़्क़ी नहीं देंगे या कोई ख़ास ज़िम्मेदारी नहीं सौंपेंगे?

व्यक्तिगत स्तर पर क्या आपके व्यक्तिगत जीवन में कोई ऐसा संबंध या स्थिति है, जिसे अपने वर्तमान ज्ञान के आधार पर आप दोबारा शुरू नहीं करेंगे, अगर आप इसे दोबारा नए सिरे से कर सकें?

अपने नुक़सान को कम करने का एक और तरीक़ा यह कल्पना करना है कि आप एक सुबह अपने ऑफ़िस में पहुँचते हैं और यह पाते हैं कि आपका पूरा व्यवसाय जलकर राख़ हो चुका है। सौभाग्य से आपका स्टाफ़ सुरक्षित है और पार्किंग लॉट में खड़े होकर इमारत को लपटों में जलते हुए देख रहा था। सड़क के उस पार कई ऑफ़िस उपलब्ध हैं, जिनमें आप तुरंत जा सकते हैं और अपने व्यवसाय को दोबारा शुरू कर सकते हैं।

अगर यह आपके साथ हो, तो आप तुरंत बिक्री के लिए किन प्रॉडक्ट्स और सेवाओं का उत्पादन शुरू करेंगे? किन ग्राहकों से आप तुरंत संपर्क करेंगे? आप सबसे पहले किन व्यावसायिक गतिविधियों में संलग्न होंगे? सबसे महत्त्वपूर्ण बात, अगर आपको दोबारा शुरू करना पड़े, तो कौन-सी व्यावसायिक गतिविधियाँ, प्रक्रियाएँ और व्यय आप दोबारा नहीं करेंगे?

अगर आप कभी छँटनी करें यानी अपने व्यवसाय को बचाने के लिए किसी व्यक्ति या चीज़ को हटाएँ, तो आपको मुश्किल समय में इसे तुरंत करना चाहिए। देर ना करें : सारे ग़ैर-अनिवार्य ख़र्च में कटौती करें और सारी ग़ैर-अनिवार्य गतिविधियों को ख़त्म कर दें। बुनियादी चीज़ों पर लौटें। अपने 20 प्रतिशत प्रॉडक्ट्स, सेवाओं और लोगों पर ध्यान केंद्रित करें, जो आपके ज़्यादातर परिणामों के लिए ज़िम्मेदार हैं।

किसी संकट के प्रबंधन के चार क़दम

जैसा मैंने कहा है, किसी उथल-पुथल भरे, तेज़ी से बदलते, बेहद प्रतिस्पर्धी परिवेश में आपको हर दो-तीन महीने में एक संकट का सामना करना होगा - व्यावसायिक संकट, वित्तीय संकट, पारिवारिक संकट और व्यक्तिगत संकट या स्वास्थ्य संबंधी संकट। यह आपके व्यवसाय या जीवन का अति महत्त्वपूर्ण पल है। यह इम्तहान का समय है। आप जो भी करते हैं या करने में असफल रहते हैं, वह असाधारण रूप से महत्त्वपूर्ण हो सकता है। इसके आपके व्यवसाय या आपके जीवन के भविष्य पर महत्त्वपूर्ण सकारात्मक या नकारात्मक परिणाम हो सकते हैं।

जब कोई संकट उत्पन्न होता है, तो चार चीज़ें हैं, जो आपको तुरंत करनी चाहिए।

1. ख़ून बहना रोकें। नुक़सान नियंत्रण का अभ्यास करें; नुक़सान पर हर संभव सीमा लगा दें। व्यवसाय में हर क़ीमत पर नक़दी की रक्षा करें।
2. जानकारी इकट्ठी करें। तथ्य हासिल करें, मुख्य लोगों से बात करें और सटीकता से पता लगाएँ कि आप किस चीज़ से निबट रहे हैं।
3. ख़ुद को केवल समाधानों के संदर्भ में सोचने के लिए अनुशासित करें : आप नुक़सान को न्यूनतम करने और समस्याओं को सुलझाने के लिए तुरंत क्या कर सकते हैं।
4. कर्मकेंद्रित बनें। अपने अगले क़दम के बारे में सोचें। अक्सर कोई भी निर्णय; निर्णय ना लेने से बेहतर होता है।

संकट की प्रत्याशा

संकट प्रत्याशा व्यावसायिक और व्यक्तिगत सफलता की एक मुख्य रणनीति है। आप भविष्य में तीन, छह, नौ और बारह महीने आगे तक देखकर संकट प्रत्याशा का अभ्यास करते हैं, जब आप पूछते हैं कि आपके व्यावसायिक और व्यक्तिगत जीवन को बाधित करने के लिए क्या हो सकता है। वे कौन-सी सबसे बुरी संभव चीज़ें हैं, जो भविष्य में किसी समय हो सकती हैं? अपने ख़ुद के दिमाग़ के साथ खेल ना खेलें। यह इच्छा, आशा या नाटक करना छोड़ दें कि कुछ चीज़ें आपके साथ कभी नहीं होंगी। "अगर यह हुआ, तो क्या?" मानसिकता विकसित करें। भले ही एक छोटी-सी संभावना हो कि कोई विनाशकारी चीज़ हो सकती है, श्रेष्ठ विचारक उस समस्या के सभी संभावित परिणामों पर सावधानी से विचार करता है और उसी अनुरूप काम करता है। संभावित आपातकालीन स्थितियों और संकटों से निबटने की आपातकालीन योजना बनाएँ।

अगर कोई चीज़ गंभीर रूप से ग़लत हो जाए, तो आप कौन से क़दम उठाएँगे? आप सबसे पहले क्या करेंगे? आप दूसरे नंबर पर क्या करेंगे? आप कैसे प्रतिक्रिया देंगे? भविष्य की राह पर आगे देखें। कल्पना करें कि क्या हो सकता है ओर फिर वर्तमान तक पीछे आएँ, ताकि आप संभावित घटना की पहले से योजना बना सकें।

संकट दोबारा उत्पन्न नहीं हो, यह सुनिश्चित करने के लिए प्रश्न पूछें। सटीकता से क्या हुआ था? यह कैसे हुआ? हमने क्या सीखा? यह दोबारा नहीं हो, यह सुनिश्चित करने के लिए हम क्या कर सकते हैं? स्टैनफ़र्ड युनिवर्सिटी के अनुसार फ़ॉरचून 1,000 कॉरपोरेशनों के शीर्ष सीईओ का सबसे महत्त्वपूर्ण गुण संकट से निबटने की उनकी योग्यता है।

आप अवश्यंभावी संकट का प्रबंधन कैसे करते हैं, यह आपकी बुद्धिमत्ता और परिपक्वता के स्तर का सच्चा पैमाना है। संकट का पूर्वानुमान लगाने और इससे सीखने की आपकी योग्यता आगामी संकटों से निबटने की आपकी योग्यता के लिए अनिवार्य हैं।

शुरुआत में उन तीन सबसे बुरी चीज़ों को पहचानें, जो अगले साल आपके व्यावसायिक या वित्तीय जीवन में हो सकती हैं। आप इन संकटों से होने वाले नुक़सान को न्यूनतम करने के लिए आज क्या कर सकते हैं? सबसे बुरी चीज़ों को पहचानें, जो आपके व्यक्तिगत और पारिवारिक जीवन में हो सकती हैं। फिर यह सुनिश्चित करने के लिए क़दम उठाएँ कि वे ना हों। अपने व्यवसाय और व्यक्तिगत जीवन के हर हिस्से पर शून्य आधारित सोच को लागू करें। क्या आप ऐसी कोई चीज़ कर रहे हैं, जिसे अपने वर्तमान ज्ञान के आधार पर आप आज दोबारा शुरू नहीं करेंगे?

कल्पना करें कि आप आज अपने व्यक्तिगत या व्यावसायिक जीवन को दोबारा शुरू कर सकते हैं। आप किन कामों में अंदर जाएँगे? आप किन कामों से बाहर निकलेंगे? आप क्या शुरू करेंगे? आप क्या छोड़ेंगे?

समस्या के लिए पूरी ज़िम्मेदारी स्वीकार करें, कमान हाथ में लें, प्रभार लें और जल्दी से जल्दी दुख की पाँच अवस्थाओं से गुज़र जाएँ। किसी चीज़ के लिए किसी को दोष नहीं दें, सिर्फ़ यह स्वीकार करें कि लोगों से ग़लतियाँ हो जाती हैं। किसने क्या किया और किसे दोष देना चाहिए, इसके बजाय समाधान पर ध्यान केंद्रित करें।

अपने ख़ुद के परामर्शदाता बनें। किसी समस्या को लें, जिसका आप आज सामना कर रहे हैं। कल्पना करें कि आपको इसका पूरा विश्लेषण करने के लिए नियुक्त किया गया है और आपको अपने ग्राहक को समाधान की अनुशंसाएँ देना है। शांत और निरपेक्ष रहें, मानो आप बाहरी परामर्शदाता हों। सारे प्रासंगिक तथ्य हासिल करके समस्या की प्रकृति को तय करें। अक्सर आपके पास सही तथ्य ही नहीं होते। अक्सर जो समस्या या संकट नजर आता है, वह उतना गंभीर होता ही नहीं है, सिर्फ़ इसलिए क्योंकि आपने केवल आधी कहानी सुनी है। एक बार जब आप बाक़ी कहानी सुन लेते हैं, तो आपको अहसास होता है कि मामला उतना बड़ा नहीं है। प्रतिक्रिया करने से पहले पूरी तरह से जाँच करने का समय लें।

किसी व्यक्ति, स्थिति या कार्य को पहचानें, जिससे आप डरते हैं। इसका तुरंत सामना करने और इसे अपने पीछे करने का संकल्प लें। जीवन भर उन चीज़ों को करने की आदत डालें, जिनसे आप डरते हैं और डर की मृत्यु तय है।

अगर आपकी जान दाँव पर हो, तो आप जो निर्णय लेंगे, उन्हें अभी ले लें; देर नहीं करें। दैनिक जीवन के अवश्यंभावी संकटों से प्रभावी ढंग से निबटने की आपकी योग्यता ही आपके चरित्र और व्यक्तित्व की सच्ची निशानी है।

मुश्किल समय से प्रभावी ढंग से निबटने का शुरुआती बिंदु किसी भी अनपेक्षित समस्या या झटके के सामने शांत रहने की कल्पना करना है। ख़ुद को अपनी कल्पना में इस तरह देखें, मानो आप पूरी तरह से स्थिति के नियंत्रण में हैं। फिर जब वह स्थिति अप्रत्याशित रूप से उत्पन्न होती है, तो आप मानसिक रूप से अपना सर्वश्रेष्ठ प्रदर्शन करने के लिए तैयार होंगे।

याद रखें, ऐसी कोई समस्या नहीं है, जिसे आप नहीं सुलझा सकते, कोई बाधा नहीं है, जिससे आप उबर नहीं सकते और कोई लक्ष्य नहीं है, जिसे आप हासिल नहीं कर सकते, बशर्ते आप अपनी स्थिति पर अपने मस्तिष्क को लगा दें। कभी हार नहीं मानें।

12

अपने जीवन को सरल बनाएँ

आज हर एक के पास बहुत सारे काम हैं और समय बहुत कम है। आप कर्तव्यों, कामों और ज़िम्मेदारियों के बोझ तले दबे हुए महसूस करते हैं। आपकी चुनौती अपने जीवन को इस तरह सरल बनाना है कि आप उन चीज़ों को करने में ज़्यादा समय बिताएँ, जो आपके लिए सबसे महत्त्वपूर्ण हैं और उन चीज़ों को करने में कम समय बिताएँ, जो बिलकुल भी महत्त्वपूर्ण नहीं हैं। इस अध्याय में आप अपने जीवन को पुनर्गठित और पुनर्व्यवस्थित करने के बहुत सारे तरीक़े, तकनीकें और रणनीतियाँ सीखेंगे, जिनका इस्तेमाल करके आप अपनी गतिविधियों को सरल बना सकते हैं, ज़्यादा काम कर सकते हैं और अपने परिवार के साथ तथा अपने व्यक्तिगत जीवन में ज़्यादा समय का आनंद ले सकते हैं।

अपने जीवनमूल्यों को तय करें

आपके जीवन को सरल बनाने का शुरुआती बिंदु सटीकता से यह तय करना है कि आपके लिए सबसे ज़्यादा महत्त्वपूर्ण क्या है। आपके जीवनमूल्य क्या हैं? आपके मूल विश्वास क्या हैं? आप किन चीज़ों की सबसे ज़्यादा परवाह करते हैं? आपको जीवन भर यह सबसे महत्त्वपूर्ण प्रश्न पूछना चाहिए और इसका जवाब देना चाहिए, मैं अपने जीवन में सचमुच क्या करना चाहता हूँ? आप अपने जीवन में जो करना चाहते हैं, वह हमेशा उसकी अभिव्यक्ति होगी, जिसे आपका घनीभूत सार कहा जाता है, वह व्यक्ति जो आप गहराई में होते हैं।

अपने जीवन को सरल बनाने के लिए मानसिक शांति को अपना सर्वोच्च लक्ष्य बनाएँ और फिर अपने जीवन को इसके आस-पास व्यवस्थित करें। जो भी आपको शांति, संतुष्टि, आनंद और मूल्य व महत्त्व का भाव देता है, वह आपके लिए सही है। जो भी आपको तनाव देता है, भटकाता है, दुख या चिढ़ देता है, वह आपके लिए ग़लत है। आपमें अपने जीवन को इस तरह व्यवस्थित करने का साहस होना चाहिए, ताकि आप उन चीज़ों को ज़्यादा करें, जो आपको सबसे ज़्यादा ख़ुशी और संतुष्टि देती हों और वे चीज़ें कम करें, जो आपकी ख़ुशी और संतुष्टि को कम करती हों।

निर्णय लें कि आप क्या चाहते हैं

नाख़ुश लोगों के हर अध्ययन में मैंने पाया है कि उनमें एक चीज़ साझा होती है : उनका कोई स्पष्ट लक्ष्य नहीं होता - दिशा का कोई अहसास नहीं होता। उनकी कई इच्छाएँ, आशाएँ और कामनाएँ होती हैं, लेकिन उनके पास कोई लक्ष्य नहीं होते, जिनके प्रति वे समर्पित हों। फलस्वरूप उनका जीवन गोल-गोल घूमता है, जिससे वे ज़्यादातर समय असंतुष्ट और ख़ाली महसूस करते हैं।

उन दस लक्ष्यों की सूची बनाएँ, जिन्हें आप हासिल करना चाहते हों। फिर पूछें, वह कौन-सा एक लक्ष्य है, जिसे अगर मैं अगले 24 घंटों में हासिल कर लूँ, तो उसका मेरे जीवन पर सबसे ज़्यादा सकारात्मक प्रभाव पड़ेगा? यह लक्ष्य आम तौर पर पन्ने से आपकी ओर उछल पड़ता है। इसके चारों ओर गोला लगा लें।

आप अब अपने जीवन को पुनर्गठित करने और अपनी गतिविधियों को सरल बनाने के लिए तैयार हैं। आपका सबसे महत्त्वपूर्ण लक्ष्य आपका बड़ा, निश्चित उद्‌देश्य बन जाता है। यह निकट भविष्य के लिए आपका केंद्रबिंदु बन जाता है।

आप उस लक्ष्य को हासिल करने के लिए जो कुछ कर सकते हों, हर उस चीज़ की सूची बना लें। फिर तुरंत उस सबसे महत्त्वपूर्ण चीज़ को शुरू कर दें, जो आप अपने सबसे महत्त्वपूर्ण लक्ष्य को हासिल करने के लिए कर सकते हों।

दिन भर अपने लक्ष्य के बारे में सोचें। जब आप सुबह उठें, तो अपने लक्ष्य के बारे में सोचें। जब आप रात को सोने जाएँ, तो अपने लक्ष्य के बारे में सोचें। हर दिन कुछ न कुछ करें, जो आपको अपने सबसे महत्त्वपूर्ण लक्ष्य को हासिल करने की दिशा में आगे बढ़ाए। सिर्फ़ यही काम आपके जीवन को इतना सरल कर देगा, जिसकी आप इस समय कल्पना नहीं कर सकते।

अपने जीवन को संतुलन में लाएँ

संतुलन की कुंजी यह सुनिश्चित करना है कि आपकी बाहरी गतिविधियाँ आपके अंदरूनी जीवनमूल्यों के सामंजस्य में हों। आप ख़ुशी, शांति, आनंद और राहत का अनुभव तब करते हैं, जब आप अपने जीवनमूल्यों की ओर लौटते हैं और यह सुनिश्चित करते हैं कि आप जो भी करते हैं, हर चीज़ उनके सामंजस्य में हो। दूसरी ओर, आपका ज़्यादातर तनाव, अप्रसन्नता, नकारात्मकता और असंतुष्टि बाहरी संसार में वे चीज़ें करने से आती हैं, जो आपके सबसे महत्त्वपूर्ण आंतरिक जीवनमूल्यों के विरोध में होती हैं।

20–10 अभ्यास का इस्तेमाल करें : कल्पना करें कि आपके पास बैंक में 20 मिलियन डॉलर हैं, जो करमुक्त हैं। यह भी कल्पना करें कि आपके पास जीवित रहने और इस 20 मिलियन डॉलर को ख़र्च करने तथा आनंद लेने के लिए सिर्फ़ 10 वर्ष का समय है। आप अपने जीवन में कौन से बदलाव करेंगे?

जीवन को सरल बनाने की एक महत्त्वपूर्ण कुंजी यह कल्पना करना है कि जो आप बनना चाहते हैं, करना चाहते हैं या पाना चाहते हैं, उसकी कोई सीमा नहीं है। कल्पना करें कि आपके पास ज़रूरत का सारा समय और पैसा है। कल्पना करें कि आपके पास सारी आवश्यक योग्यताएँ हैं। कल्पना करें कि आपके पास सभी आवश्यक मित्र और संपर्क हैं। कल्पना करें कि आप कोई भी चीज़ कर सकते हैं, जो भी आप चाहें। यह क्या होगी?

"मैं ग़लत था"

जैसा हमने पिछले अध्याय में शून्य-आधारित सोच में देखा था, आप अपने हर निर्णय या प्रतिबद्धता के नीचे एक रेखा खींच देते हैं। फिर आप ख़ुद से यह प्रश्न पूछते हैं : *अपने वर्तमान ज्ञान के आधार पर क्या कोई ऐसी चीज़ है, जो मैं आज कर रहा हूँ, लेकिन अगर मुझे यह दोबारा शुरू करना पड़े, तो उसे मैं आज दोबारा शुरू नहीं करूँगा।*

अपने जीवन को सरल बनाने के लिए आपको यह स्वीकार करने के लिए तैयार रहना होगा कि आप आदर्श नहीं हैं। मैं ग़लत था, ये जादुई शब्द बोलने के लिए तैयार रहें। आप इसे जितनी जल्दी स्वीकार कर लेते हैं, उतनी ही जल्दी आप अपने जीवन को सरल और बेहतर बना सकते हैं। यह कहने के इच्छुक रहें, *मैंने एक ग़लती की।* इसमें कुछ भी ग़लत नहीं है : हर व्यक्ति इसी तरह सीखता और विकास करता है। ग़लत तो यह है कि ग़लती को सही करने से इसलिए इंकार किया जाए, क्योंकि हमारा अहं हमें सही साबित करना चाहता है। मनोवैज्ञानिक जेरॉल्ड

जैम्पोल्स्की ने एक बार पूछा था, "आप सही होना चाहते हैं या आप ख़ुश रहना चाहते हैं?" अपने लिए यह निर्णय आपको ख़ुद लेना होगा।

अंत में, नियमित रूप से यह कहना सीखें, मैंने अपना इरादा बदल लिया है। यह आश्चर्यजनक है कि कितने सारे लोग तनाव, क्रोध, कुंठा और असंतुष्टि के गड्ढों में ख़ुद को गहरा धँसा लेते हैं, क्योंकि वे यह मानने के लिए तैयार ही नहीं होते कि उन्होंने अपना इरादा बदल लिया है।

आपको ऐसा नहीं करना चाहिए। आपको पीछे हटकर खड़े होना चाहिए और अपने पूरे जीवन को देखना चाहिए। क्या आपके जीवन में कोई ऐसी चीज़ है, जिसे आप दोबारा नहीं आने देंगे, अगर आपको दोबारा शुरू करने का मौक़ा मिले? अगर कोई ऐसी चीज़ है, तो यह स्वीकार करने का साहस रखें कि आपने ग़लती की है - जो सभी लोग करते हैं - और फिर परिवर्तन के क़दम उठाएँ।

अपनी गतिविधियों को पुनर्गठित करें

आपके जीवन की गुणवत्ता को बदलने के सिर्फ़ चार तरीक़े हैं : आप कुछ चीज़ें ज़्यादा कर सकते हैं। आप बाक़ी चीज़ें कम कर सकते हैं। आप कोई ऐसी चीज़ करना शुरू कर सकते हैं, जिसे आप आज नहीं कर रहे हैं। आप कोई चीज़ करना छोड़ सकते हैं। इनमें से एक या अधिक को अपने जीवन के हर हिस्से में लागू करें, ताकि यह सरल बन जाए।

पीछे पलटकर अपने जीवन को देखें, ख़ास तौर पर उन हिस्सों को, जिनकी वजह से तनाव और कुंठा उत्पन्न हो रही है। आप इन क्षेत्रों को दोबारा कैसे व्यवस्थित कर सकते हैं, ताकि आप वे चीज़ें ज़्यादा से ज़्यादा करें, जो आपको सबसे ज़्यादा ख़ुशी देती हैं और बाक़ी चीज़ें कम से कम करें?

अपने जीवन को इस तरह व्यवस्थित करें, ताकि आप एक समय में एक ही तरह के काम ज़्यादा करें। थोड़ा जल्दी शुरू करें, थोड़ी ज़्यादा मेहनत से काम करें, थोड़ी देर तक रुकें और एक जैसे काम अलग-अलग समय पर करने के बजाय उन्हें एक साथ करें। लगातार सोचते रहें कि आप कैसे अपने जीवन को ज़्यादा सरल और बेहतर बना सकते हैं।

अपने काम को पुनर्गठित करें। आप जो भी करें, हर चीज़ में 80-20 के नियम को लागू करने को याद रखें। आप जो करते हैं, उस हर चीज़ का 80 प्रतिशत मूल्य आपके किए 20 प्रतिशत कामों में होगा। इसका मतलब है कि आप जो काम करते हैं, उसमें से 80 प्रतिशत का बहुत कम मूल्य होता है या ज़रा भी मूल्य नहीं होता। आपके काम और जीवन को पुनर्गठित करने का रहस्य यह है कि आप उन

20 प्रतिशत चीज़ों को करने में ज़्यादा से ज़्यादा समय लगाएँ, जो आपके जीवन और कामकाज में सबसे ज़्यादा योगदान देती हैं। साथ ही, उन चीज़ों को करने में कम से कम समय लगाएँ, जो बहुत कम योगदान देती हैं; कई बार तो आपको उन्हें करना पूरी तरह छोड़ देना चाहिए। समय का सबसे बुरा उपयोग उसे बहुत अच्छी तरह करना है, जिसे करने की ज़रूरत ही नहीं है।

अपने व्यक्तिगत जीवन की दोबारा इंजीनियरिंग करें

दोबारा बनाने की पूरी प्रक्रिया किसी प्रक्रिया में क़दम घटाने के अभ्यास पर आधारित है। व्यवसाय में हम लोगों को प्रोत्साहित करते हैं कि वे किसी ख़ास कार्य प्रक्रिया के सारे क़दमों की सूची बनाएँ। फिर हम पहली बार में उन क़दमों की संख्या को कम से कम 30 प्रतिशत घटाने के उपाय खोजते हैं। यह आम तौर पर काफ़ी आसान होता है। अपने जीवन को दोबारा ढालने, क़दमों को कम करने और आपकी गतिविधियों को सरल बनाने की तीन कुंजियाँ हैं :

1. हर वह चीज़ दूसरों को सौंप दें, जिसे आप दूसरे लोगों को सौंप सकते हैं। आप कम मूल्य की जितनी ज़्यादा चीज़ें दूसरों को सौंप सकते हैं, आप अपना उतना ही ज़्यादा समय ख़ाली करते हैं। तब आपके पास उन चीज़ों के लिए ज़्यादा समय रहेगा, जिन्हें सिर्फ़ आप कर सकते हैं और जिनसे सच्चा फ़र्क़ पड़ता है।
2. अपने व्यवसाय में हर चीज़ को आउटसोर्स कर दें, जिसे दूसरी कंपनियाँ कर सकती हैं, जो उस गतिविधि की विशेषज्ञ हैं। ज़्यादातर कंपनियाँ ऐसी गतिविधियों में उलझी रहती हैं, जिन्हें दूसरी कंपनियाँ उनसे ज़्यादा अच्छी तरह और ज़्यादा कार्यकुशलता से और आम तौर पर कम क़ीमत में कर सकती हैं।
3. कम मूल्य और शून्य मूल्य की सारी गतिविधियों को हटा दें। जैसा नैन्सी रीगन ने कहा था, हर उस चीज़ को "बस नहीं कह दें," जो आपके समय का उच्च और सबसे अच्छा उपयोग ना हो।

ख़ुद को नियमित रूप से नया बनाएँ

कल्पना करें कि आपकी कंपनी, आपकी नौकरी और आपका करियर रातों-रात ग़ायब हो गया है और आपको सब कुछ दोबारा शुरू करना होगा। आप क्या अलग तरीक़े से करेंगे?

कल्पना करें कि आपको अपनी शिक्षा और अनुभव का मिश्रण करके किसी नए करियर या गतिविधि के क्षेत्र में जाना है। अगर आपके पास आवश्यक सारी योग्यताएँ और पैसे हों, तो आप सचमुच क्या करना पसंद करेंगे? आपको ख़ुद को नियमित रूप से नया बनाते रहना चाहिए, कम से कम हर साल एक बार। आपको पीछे हटकर खड़े होना चाहिए और अपने जीवन तथा करियर को देखना चाहिए और ख़ुद से पूछना चाहिए, अगर मैं इस समय यह नहीं कर रहा होता, तो क्या मैं अपने वर्तमान ज्ञान के आधार पर इसमें जाता? अगर जवाब नहीं है, तो आपका अगला प्रश्न है, *मैं इससे बाहर कैसे निकलूँ और कितनी तेज़ी से?*

प्राथमिकताएँ तय करें

अपने जीवन को सरल करने का एक बेहतरीन तरीक़ा अपनी प्राथमिकताओं को पुनर्गठित करना है। यह अहसास करें कि आप जो चीज़ें करते हैं, उनमें से 80 प्रतिशत का बहुत कम मूल्य होता है या होता ही नहीं है। प्राथमिकताएँ तय करके आप अपना ज़्यादा से ज़्यादा समय उन कम चीज़ों को करने पर केंद्रित करते हैं, जो आपके जीवन में सचमुच फ़र्क़ डाल सकती हैं – वे चीज़ें जो आपको सचमुच ख़ुश करती हैं।

प्राथमिकताएँ तय करने में सबसे महत्त्वपूर्ण शब्द है *परिणाम।* अगर कोई चीज़ महत्त्वपूर्ण है, तो उसे करने या ना करने के संभावित परिणाम ऊँचे होते हैं। अगर कोई चीज़ महत्त्वहीन होती है, तो उसे करने या ना करने के संभावित परिणाम गौण होते हैं। हर दिन के हर घंटे ख़ुद से पूछें, मैं और सिर्फ़ मैं ऐसा क्या कर सकता हूँ, जिसे यदि अच्छी तरह किया जाए, तो उससे सच्चा फ़र्क़ पड़ेगा? इस प्रश्न का आपका जो भी जवाब हो, उस पर बाक़ी सबसे पहले काम करें।

सीमाएँ तय करें। आप अपने जीवन को सरल बना सकें और अपने समय का नियंत्रण अपने हाथ में ले सकें, इसका एकमात्र तरीक़ा कुछ चीज़ें करना छोड़ना है। आप पहले ही बहुत ज़्यादा व्यस्त हैं। आपका कार्ड भरा हुआ है। यह आपके लिए असंभव है कि आप ज़्यादा कार्यकुशल और प्रभावी बनना सीखकर अपने जीवन को सरल बना सकते हैं। आपको तो ज़्यादा से ज़्यादा चीज़ें करना छोड़ना होगा।

किसी नए काम को शुरू करने के लिए आपको किसी पुराने काम को छोड़ना होगा। किसी नई चीज़ के अंदर जाने के लिए आपको किसी पुरानी चीज़ से बाहर निकलना होगा। आप पहले ही ज़रूरत से ज़्यादा काम कर रहे हैं। आप इस समय जो कर रहे हैं, आप उससे ज़्यादा नहीं कर सकते। उन कामों और गतिविधियों के मामले में सृजनात्मक परित्याग का अभ्यास करें, जो दूसरे कामों जितने महत्त्वपूर्ण नहीं हैं। इसके बजाय कम चीज़ें करें, लेकिन ज़्यादा मूल्यवान चीज़ें करें।

अपने समय की योजना बनाएँ

एक पुरानी कहावत है : उचित पूर्व योजना ख़राब प्रदर्शन को रोकती है। इसे छह क़दमों का फ़ॉर्मूला कहा जाता है। योजना बनाने में लगाया गया हर मिनट क्रियान्वयन के दस-बारह मिनट बचाता है। इसका मतलब है कि अगर आप हर क़दम की पहले से योजना बना लें, तो आप दिन भर में अपना 90 प्रतिशत तक समय बचा सकते हैं; यह लगभग चमत्कारी होता है।

अपने साल की योजना पहले से बनाएँ, ख़ास तौर पर अपने परिवार और मित्रों के साथ छुट्टियों की। उन्हें बुक कर दें, उनके लिए पैसे दे दें और उन्हें अपने कैलेंडर में दर्ज़ कर लें, मानो वे आपके सबसे बड़े और सबसे महत्त्वपूर्ण ग्राहक के साथ अपॉइंटमेंट हों।

हर महीने की योजना पहले से बना लें : इसे अपने सामने रखें और तय करें कि आप कैसे समय बिताने वाले हैं। आप यह देखकर आश्चर्यचकित हो जाएँगे कि आप कितने ज़्यादा उत्पादक हैं और महीने की पहले से योजना बनाने के काम से आपका जीवन कितना ज़्यादा सरल हो गया है।

अगले सप्ताह की योजना पहले से बना लें, अच्छा रहेगा कि वीकएंड के दौरान। बैठकर हर दिन की योजना बनाएँ और 70 प्रतिशत के नियम का इस्तेमाल करें। नियम कहता है कि आपको अपने 70 प्रतिशत समय की ही योजना बनानी चाहिए। अपने शेड्यूल में थोड़ा समय ख़ाली छोड़ दें, ताकि आपके पास अप्रत्याशित आपातकालीन स्थितियों और देरियों के लिए समय रहे।

हर दिन की योजना पहले से बना लें, बेहतर होगा कि एक रात पहले। आपको जो करना है, हर चीज़ की सूची बनाएँ और इसे प्राथमिकता के क्रम में जमा लें। अपना ए-1 काम चुनें और उस पर सुबह सबसे पहले काम शुरू कर दें।

हर संभव चीज़ दूसरों को सौंप दें

जब आप अपना करियर शुरू करते हैं, तो आपको हर चीज़ ख़ुद करनी पड़ती है।

अगर आप विकास करना चाहते हैं और ज़्यादा प्रभावी बनना चाहते हैं और ज़्यादा भुगतान चाहते हैं, तो आपको हर संभव चीज़ किसी ऐसे व्यक्ति को सौंप देनी चाहिए, जो उस काम को कर सकता हो। पैमाने के रूप में अपनी प्रति घंटे दर का इस्तेमाल करें। आप प्रति घंटे कितना कमाते हैं? अगर आप हर साल 50,000 डॉलर कमा रहे हैं, तो आपकी प्रति घंटे दर लगभग 25 डॉलर है। हर चीज़ किसी ऐसे व्यक्ति को सौंप दें, जो उस काम को इससे कम प्रति घंटे दर में कर सकता हो। कम भुगतान वाले कई काम आपको थका देते हैं और आपका समय खाते

हैं। उन्हें करने के बजाय कई बार बैठना और कुछ नहीं करना बेहतर होता है। इस दौरान आप सोच सकते हैं और अपनी सृजनात्मक शक्तियों का इस्तेमाल कर सकते हैं।

जब आप दूसरों को काम सौंपते हैं, तो यह सुनिश्चित करें कि उनमें उस काम को करने की आज़माई हुई योग्यता हो। काम सौंपना ज़िम्मेदारी का परित्याग नहीं है : एक बार जब आप काम सौंप चुकें, तो आपको इसकी निगरानी करके यह सुनिश्चित करना चाहिए कि यह समय पर और बजट में हो जाए। आप जो अपेक्षा रखते हैं, उसकी जाँच करें।

ज़्यादा मूल्यवान कामों पर ध्यान केंद्रित करें। अपने काम को व्यवस्थित करते रहें, ताकि आप उन कामों पर ज़्यादा से ज़्यादा समय बिताएँ, जिनका सर्वोच्च संभव मूल्य है।

समय प्रबंधन का सबसे महत्त्वपूर्ण प्रश्न पूछते रहें, जो आपको हर दिन के हर घंटे पूछना चाहिए और उसका जवाब देना चाहिए : *इस समय मेरे समय का सबसे मूल्यवान उपयोग क्या है?* इस प्रश्न का जो भी जवाब हो, यह सुनिश्चित करें कि आप हर दिन के हर मिनट उस पर काम कर रहे हों।

एकाग्र मानसिकता से काम करें

अपने सबसे महत्त्वपूर्ण काम - अपनी सूची के ए-1 काम - को चुनें, उसे शुरू कर दें और फिर ख़ुद को एकाग्र मानसिकता से इस पर काम करने के लिए अनुशासित करें, जब तक कि यह पूरा ना हो जाए। टाइम मैनेजमेंट के विशेषज्ञों ने पाया है कि अगर आप किसी काम को कई बार शुरू करते और छोड़ते हैं, तो इसे पूरा करने का समय पाँच गुना तक बढ़ सकता है। आप इसे पाँच गुना ज़्यादा लंबा कर लेते हैं।

दूसरी ओर, जब आप पूरी एकाग्र मानसिकता से किसी काम पर ध्यान केंद्रित करते हैं, तो आप लगने वाले समय की मात्रा को 80 प्रतिशत तक कम कर सकते हैं। इससे आपको अपने समय और ऊर्जा के निवेश पर 400 प्रतिशत रिटर्न ऑन इनवेस्टमेंट मिलता है। इस सारे अतिरिक्त समय में आप दूसरी चीज़ें कर सकते हैं, जो आपको ज़्यादा आनंद और संतुष्टि देती हैं।

अपने काग़ज़ी काम को घटाएँ

अपने काग़ज़ी काम को घटाने और बहुत सारे अख़बारों व पत्रिकाओं के लिए ट्राफ़ (TRAF) प्रणाली का इस्तेमाल करें। टी का मतलब है फेंक *(टॉस)* दें। ये ऐसी चीज़ें हैं, जिन्हें आप पढ़े बिना तुरंत फेंक देते हैं। सिर्फ़ इसी आदत से आपका बहुत

सारा समय बच जाएगा और जीवन सरल हो जाएगा। आर का मतलब है *सौंपना (रेफ़र)।* ये वे चीज़ें हैं, जिन्हें आप ख़ुद करने के बजाय दूसरे लोगों को करने के लिए दे देते हैं। तीसरा अक्षर है ए, जिसका मतलब है *कर्म (ऐक्शन)।* ये वे चीज़ें हैं, जिन पर आपको व्यक्तिगत रूप से काम करने की ज़रूरत है : आप इन्हें पढ़ने वाली फ़ाइल में रख देते हैं और आप प्राथमिकता से व्यवस्थित करने के बाद दिन भर उन पर काम करते हैं।

आख़िरी अक्षर है एफ़ यानी *फ़ाइल करना।* ये वे चीज़ें हैं, जिन्हें आपको बाद के लिए फ़ाइल करनी होती हैं। दो चीज़ें याद रखें : आप फ़ाइल में जो चीज़ें रखते हैं, उनमें से 80 प्रतिशत को दोबारा कभी नहीं देखा जाएगा; वे बस आपकी जगह भरती हैं। दूसरे, जब भी आप किसी चीज़ को फ़ाइल करने का आदेश देते हैं, तो आप किसी दूसरे का काम बढ़ाते हैं तथा जटिल बनाते हैं। जब तक यह बेहद अनिवार्य ना हो, तब तक इसे नहीं करें।

चीज़ों को छोड़ें

जब आप यात्रा करें, ख़ास तौर पर अपने परिवार और मित्रों के साथ, तो अपने रेडियो को बंद रखने की आदत डालें। जब आप रात को घर लौटें, तो टीवी बंद रहने दें। जब भी आप रेडियो और टीवी को बंद रखते हैं, तो आप ध्वनि का निर्वात उत्पन्न करते हैं, जिसे बातचीत और पारिवारिक तथा व्यक्तिगत जीवन के सच्चे आनंदों से भरा जाता है। इसके बजाय विज्ञापन के बिना अपनी पसंद के कार्यक्रमों को रिकॉर्ड करने के लिए टीवो सिस्टम का इस्तेमाल करें, ताकि आप उन्हें अपनी सुविधा से अपने मनचाहे समय पर देख सकें।

जब आप सुबह उठें, तो टीवी चलाने के प्रलोभन का प्रतिरोध करें। इसके बजाय कुछ मिनट तक कोई शैक्षणिक या प्रेरक सामग्री पढ़ें। अपने दिन की योजना बनाने में कुछ समय लगाएँ। अपने दिमाग़ को अंतहीन टीवी या रेडियो के शोर से भरने के बजाय इस बारे में सोचें कि आप कौन हैं और आप क्या चाहते हैं।

संबंधों को पहले स्थान पर रखें

आपको जीवन में जो ज़्यादातर आनंद और संतुष्टि मिलती है, वह दूसरों के व्यवहार से मिलती है। अपने जीवन के महत्त्वपूर्ण लोगों को अपनी प्राथमिकताओं में सबसे ऊपर रखें। बाक़ी हर चीज़ को इन लोगों से नीचे रखें।

कल्पना करें कि आपके पास सिर्फ़ छह महीने का जीवन बचा है। आप क्या करेंगे? आप अपना समय कैसे बिताएँगे? इसको लेकर आपका जवाब जो भी हो,

मुझे यक़ीन है कि इसमें ज़्यादा पैसे कमाना या फ़ोन कॉल का जवाब देने के लिए ऑफ़िस लौटना शामिल नहीं होगा।

अगर आपके पास वह सारा पैसा हो, जो आप चाहते हैं या जिसकी आपको ज़रूरत है, तो आप अपना जीवन किस तरह बदलेंगे? लगभग हर मामले में आप उन चीज़ों के बारे में सोचेंगे, जो आप उन लोगों के साथ करेंगे, जिनकी आप सबसे ज़्यादा परवाह करते हैं। अपने जीवन में सबसे ज़्यादा महत्त्वपूर्ण लोगों के साथ ज़्यादा समय बिताना शुरू करने के लिए उस दिन का इंतज़ार नहीं करें, जब आप वित्तीय दृष्टि से स्वतंत्र हों या आपके पास सिर्फ़ छह महीनों का जीवन बचा हो। इसे अभी कर दें।

अपने स्वास्थ्य की देखभाल करें

आप कम और बेहतर खाकर, नियमित रूप से व्यायाम करके और ज़्यादा छरहरे बनकर, नियमित मेडिकल और डेंटल चेकअप कराकर, उचित आहार खाकर और ख़ुद की उत्कृष्ट देखभाल करके अपने जीवन को सरल बना सकते हैं।

कल्पना करें कि आप बहुत अमीर बन गए और आपने एक मिलियन डॉलर का रेसहॉर्स ख़रीदा। आप उस घोड़े को कैसा आहार देंगे? मैं आपसे वादा करता हूँ कि आप उस घोड़े को फ़ास्ट फूड, जंक फूड, सोडा या आलू के चिप्स नहीं खिलाएँगे। आप उस घोड़े को वह सबसे अच्छा आहार खिलाएँगे, जो आपको पूरे संसार में मिल सकता हो।

देखिए, आप किसी एक मिलियन डॉलर के रेसहॉर्स से हज़ार गुना ज़्यादा मूल्यवान हैं। ख़ुद को वैसा ही आहार दें, जिस तरह आप मिलियन डॉलर के घोड़े को देंगे। अपनी सेहत की अच्छी देखभाल करें।

एकांत का दैनिक अभ्यास करें

हर दिन एकांत में आधे से एक घंटे तक मौन बैठें। ख़ुद को और अपनी अंदरूनी आवाज़ को सुनने का समय निकालें। एकांत का अभ्यास आपके जीवन का कायाकल्प कर देगा। एकांत में आपको ऐसे विचार और ज्ञान की कौंधें मिलती हैं, जो हर चीज़ को बदल सकती हैं। जब आप एकांत का अभ्यास नियमित रूप से करते हैं, तो आपको शांति, शांत सृजनात्मकता और आराम का भारी अहसास होगा। जब आप एकांत की अवधि से बाहर निकलेंगे, तो अपने तथा अपने जीवन के बारे में अद्‌भुत महसूस करेंगे।

एकांत उन सबसे अद्भुत आनंदों में से एक है, जो इंसान के लिए उपलब्ध है। इसमें कुछ ख़र्च नहीं होता। आपको तो बस नियमित रूप से अकेले आधे से एक घंटे तक शांति से बैठने के अनुशासन की ज़रूरत होती है। इसे आज़माकर देखें।

जीवन का लक्ष्य

आप इन विचारों का बार-बार अभ्यास करके अपने जीवन को सरल बना सकते हैं, जब तक कि वे स्वचालित और आसान नहीं बन जाते। कम लेकिन ज़्यादा महत्त्वपूर्ण चीज़ें करने के तरीक़ों की तलाश करने की आदत डालें। अपने जीवन को सरल बनाने की आदत डालें। साथ ही अपने आनंद और संतुष्टि को बढ़ाने की भी आदत डालें।

आपका लक्ष्य आनंद और संतुष्टि से भरा लंबा, ख़ुशहाल जीवन जीना है, अपनी क्षमता तक पहुँचना है और हर वह चीज़ बनना है, जो बनने में आप सक्षम हैं। अरस्तू शायद अब तक के सबसे महान दार्शनिक रहे हैं और उन्होंने यह बताया कि सारे मानव जीवन और व्यवहार का चरम उद्देश्य ख़ुशी हासिल करना है। यह सारी मानवीय गतिविधि का बुनियादी उद्देश्य है। तो फिर हम ख़ुश होने के लिए कैसे जिएँ?

आपके जीवन में संतुलन हासिल करने का शुरुआती बिंदु अपनी ख़ुद की ख़ुशी को अपने जीवन का बुनियादी लक्ष्य बनाना है। इसके बाद आपको अपने हर काम को इस लक्ष्य को हासिल करने के इर्द-गिर्द व्यवस्थित करना है। अगर आप जीवन में हर चीज़ हासिल कर लें, लेकिन आप ख़ुश नहीं हैं, तो आप अपनी पूरी संभावना तक पहुँचने में असफल रहे हैं।

आपकी पूरी 85 प्रतिशत ख़ुशी दूसरे लोगों के साथ आपके संबंधों से मिलती है, घर पर, ऑफ़िस में और आपके जीवन के हर क्षेत्र में। आपको ख़ुश रहने के लिए अपने कामकाज और अपने व्यक्तिगत जीवन के बीच संतुलन की आवश्यकता होती है।

चार मुख्य क्षेत्र

जीवन के चार मुख्य क्षेत्र हैं, जिन्हें आपको एक-दूसरे के साथ संतुलित करने की ज़रूरत है :

1. **स्वास्थ्य, ऊर्जा और व्यक्तिगत फ़िटनेस।** आपको स्वास्थ्य और फ़िटनेस के लिए पर्याप्त समय निकालने की ज़रूरत है। आपको सही आहार खाने, व्यायाम करने और पर्याप्त आराम करने की ज़रूरत है।

2. **परिवार और संबंध।** आपको अपने जीवन में सबसे महत्त्वपूर्ण लोगों के साथ काफ़ी समय बिताने की ज़रूरत है। आपको ऐसी चीज़ें करने की ज़रूरत है, जो आपको सबसे ज़्यादा ख़ुशी और संतुष्टि दें।
3. **कामकाज और करियर।** आपको वह काम करने की ज़रूरत है, जिसमें आपको आनंद मिलता हो, जो आपको व्यक्तिगत संतुष्टि का अहसास देता हो, जो आपको अच्छा भुगतान देता हो और जिसे आप उत्कृष्ट अंदाज़ में करते हों।
4. **वित्तीय स्वतंत्रता।** अपनी वित्तीय स्थिति को नियंत्रित करें, नियमित रूप से बचत और निवेश करें और यह महसूस करें कि आप क़दम दर क़दम वित्तीय स्वतंत्रता की दिशा में बढ़ रहे हैं।

इसके अलावा, आपको सीखने तथा विकास करने, अपने समुदाय में योगदान देने और आध्यात्मिक विकास करने की ज़रूरत है। अगर आप इनमें से किसी क्षेत्र में कमतर हैं, तो आपका जीवन जल्दी ही असंतुलित हो जाता है। तनाव तब उत्पन्न होता है, जब आपके बाहरी काम उसके सामंजस्य में नहीं होते, जो अंदर आपके लिए सचमुच महत्त्वपूर्ण है।

एक बहुत महत्त्वपूर्ण प्रश्न यह है, जो आप अपने जीवन के हर हिस्से में ख़ुद से पूछ सकते हैं, ख़ास तौर पर निर्णय लेने में : *यहाँ सचमुच महत्त्वपूर्ण क्या है?* 80–20 नियम को याद रखें : आपकी 80 प्रतिशत ख़ुशी और संतुष्टि आपकी की हुई 20 प्रतिशत चीज़ों से आएगी।

आपकी सबसे महत्त्वपूर्ण योग्यता सोचने की योग्यता है। आप जितना बेहतर सोचते हैं, आप उतने ही बेहतर निर्णय लेते हैं। आप जितने बेहतर निर्णय लेते हैं, आप उतने ही बेहतर काम करते हैं। आप जितने बेहतर काम करते हैं, आपको हर क्षेत्र में उतने ही बेहतर परिणाम मिलते हैं।

आपके जीवन में सचमुच क्या कारगर है? आपके जीवन के कौन-से हिस्से आपको ख़ुशी और संतुष्टि की सबसे ज़्यादा भावनाएँ देते हैं? कौन-से लोग और गतिविधियाँ आपको सबसे ज़्यादा सुखी बनाते हैं? क्या कारगर नहीं है? कौन-सी चीज़ तनाव, कुंठा या अप्रसन्नता उत्पन्न कर रही है? इन दो प्रश्नों – *क्या कारगर है? और क्या कारगर नहीं है?* – का जवाब देने में आप जितने ज़्यादा स्पष्ट होते हैं, उतनी ही ज़्यादा तेज़ी से आप अपने जीवन में संतुलन हासिल कर सकते हैं। इंसान आदतों का गुलाम होता है। वे अक्सर किसी दिनचर्या या आरामदेह दायरे में पहुँच जाते हैं, जहाँ वे कुछ चीज़ें बार-बार करते हैं, हालाँकि वे चीज़ें अब कारगर नहीं हैं या उन्हें सुखी नहीं बनाती हैं।

वयस्क जीवन में तनाव का एक मुख्य कारण इंकार है। इंकार तब उत्पन्न होता है, जब हम अपने जीवन के किसी महत्त्वपूर्ण हिस्से में सत्य का सामना करने से इंकार करते हैं। शायद हम अपनी नौकरी से असंतुष्ट हैं। शायद कोई संबंध हमारे लिए अब सही नहीं है। शायद हमने कोई ग़लत निर्णय ले लिया है या जीवन में ग़लत चयन कर लिया है। इंकार का हर काम आपके जीवन को असंतुलित कर देता है, तनाव बढ़ाता है और आपको सर्दी तथा बुखार जैसे सभी तरह के मनोदैहिक रोगों के प्रति असुरक्षित कर देता है। वास्तविकता सिद्धांत का अभ्यास करें। संसार को उसी तरह देखें, जैसा यह सचमुच है। इसे उस तरह ना देखें, जैसा आप इसे देखना चाहते हैं।

कभी किसी ऐसी चीज़ के बारे में विचलित ना हों, जिसे आप बदल नहीं सकते। आप लोगों को नहीं बदल सकते और आप अतीत की घटनाओं को नहीं बदल सकते। इंकार का विपरीत है स्वीकृति। जब आप यह स्वीकार कर लेते हैं कि लोग और स्थितियाँ जैसे हैं, वैसे हैं और उनके बदलने की कोई संभावना नहीं है, तो इंकार का तनाव ग़ायब होने लगता है।

इंसान चुनाव करने वाले जीव हैं; हम चयन करते हैं। हर दिन के हर मिनट आप एक चुनाव करते हैं कि क्या ज़्यादा महत्त्वपूर्ण है और क्या कम महत्त्वपूर्ण है। आपके चयन और निर्णय आपके जीवन के पूरे तंत्र और गुणवत्ता को तय करते हैं। जीवन को संतुलन में लाने का एकमात्र तरीक़ा अलग चुनाव करना और अलग निर्णय लेना है।

छोड़े गए विकल्प का नियम कहता है कि एक चीज़ करने का मतलब है कोई दूसरी चीज़ नहीं करना : किसी ख़ास गतिविधि के चयन का मतलब है सारे अन्य चयनों और गतिविधियों की अस्वीकृति, जो आप उस समय में कर सकते थे। इससे पहले कि आप अपने समय को समर्पित करें, आपको इस बारे में सोचना चाहिए कि अगर आप कोई चीज़ करते हैं, तो आप क्या चीज़ नहीं कर पाएँगे।

पारिवारिक समय की शक्ति

जब आप अपने परिवार के साथ हों, तो 100 प्रतिशत समय उनके साथ रहें। चीज़ों को छोड़ दें। शाम को घर में घुसकर तुरंत टीवी चालू करने का प्रलोभन त्याग दें। जैसे ही टीवी चलता है, सारा संवाद ख़त्म हो जाता है और टीवी स्क्रीन परिवार का केंद्र बन जाता है। इसे अपने परिवार में ना होने दें।

जब आप अपने परिवार के साथ हों, तो उन्हें देने के लिए समय निकालें, जिसकी ज़रूरत उन्हें भावनात्मक पोषण और समर्थन के लिए है। जैसा मैंने कहा है, पुरुष और महिलाएँ कई मायनों में अलग हैं। पुरुषों को उनके काम के लिए मान्यता,

उनके प्रयासों के लिए श्रेय, दिन में उन्होंने क्या किया, यह बताने के अवसर और तनावरहित होने के समय की ज़रूरत होती है। महिलाओं को ध्यान, सम्मान, स्नेह और सुनने की ज़रूरत होती है। उन्हें बात करने और यह महसूस करने की ज़रूरत होती है कि उनके जीवन का सबसे महत्त्वपूर्ण व्यक्ति उनकी बातों को सम्मान से सुन रहा है।

बच्चों को बिना शर्त की सकारात्मक परवाह की ज़रूरत होती है - स्वीकृति, सम्मान, ध्यान और ख़ास तौर पर उनके अभिभावकों का समय। बच्चे के लिए *प्रेम* शब्द की स्पेलिंग क्या है? स-म-य।

काम-जीवन संतुलन हासिल करने में समय का नियम कहता है कि जो महत्त्वपूर्ण है, वह है कामकाज में समय की गुणवत्ता और घर पर समय की मात्रा। ऑफ़िस में आप उच्च मूल्य के उच्च प्राथमिकता के काम करते हैं, ताकि आप बहुत सारा काम कर लें और आप सबसे अव्वल रहें। घर पर यह समय की मात्रा है, लंबी अटूट मात्रा जब आप बैठते हैं, बात करते हैं, चलते हैं और बस अपने परिवार के सदस्यों के साथ समय बिताते हैं।

लोग कहते हैं कि हम जीवन बरसों में जीते हैं, लेकिन हम इसका अनुभव पलों में करते हैं। आप कभी वह सटीक पल तय नहीं कर सकते, जब आप अपने परिवार के किसी सदस्य के साथ कोई अद्भुत अनुभव हासिल करेंगे। आपको इन बिल बुलाए पलों के लिए बहुत-सा समय देना होगा। अपने व्यक्तिगत जीवन को इस तरह व्यवस्थित करें, ताकि आप सबसे महत्त्वपूर्ण लोगों के साथ पर्याप्त समय बिताएँ। हर सप्ताह कम से कम एक पूरे दिन का अवकाश लें, जिस दौरान आप कोई काम ना करें। आप सिर्फ़ अपने परिवार के सदस्यों या अपने जीवन के सबसे महत्त्वपूर्ण व्यक्ति के साथ समय बिताते हैं।

यदि आप विवाहित हैं, तो हर तीन महीने में तीन दिनों की वीकएंड छुट्टियाँ लेकर बाहर जाएँ और अपने जीवनसाथी के साथ समय बिताएँ। हर साल दो बार एक-दो सप्ताह की वैकेशन लें, जिस दौरान आप कोई काम ना करें। इससे आपके जीवन में इतनी तेज़ी से संतुलन आएगा, जितना किसी दूसरी चीज़ से नहीं आ सकता।

पर्याप्त आराम करें

आपके जीवन को संतुलन में लाने के लिए आपको पर्याप्त आराम की ज़रूरत होती है : हर रात कम से कम सात-आठ घंटे। जब आपकी नींद बहुत कम होती है, तो आप नींद की कमी का शिकार हो जाते हैं, जिस वजह से आप पूरा दिन कोहरे में बिताते हैं। चूँकि आपको पर्याप्त आराम नहीं मिल पाया, इसलिए उच्च मूल्य की

गतिविधियों पर ध्यान केंद्रित करना मुश्किल हो जाता है, जो आपकी सफलता के लिए ज़िम्मेदार हैं। इसके बजाय, चूँकि आप थोड़े थके हुए हैं, इसलिए आप ज़्यादा आसान और कम प्राथमिकता के काम करते हैं, जो आपके करियर में बहुत कम योगदान देते हैं।

हर रात एक घंटे जल्दी सोने जाने से ही - हर रात एक-दो घंटे की अतिरिक्त नींद से - आपके जीवन का पूरी तरह कायाकल्प हो सकता है और यह आपके पूरे जीवन को संतुलन में ला सकता है।

हर सप्ताह 200 से 300 मिनट तक व्यायाम करें, भले ही आप हर दिन तीस-चालीस मिनट सिर्फ़ टहलें। इससे आपकी ऊर्जा बढ़ेगी, आपकी फ़िटनेस बेहतर होगी, आपका दिमाग़ शांत होगा, आपको बेहतर नींद आएगी और आपका जीवन संतुलित होगा। इससे भी बेहतर है, अपने जीवनसाथी या अपनी किसी संतान के साथ घूमने जाएँ। तब आपको उस गतिविधि से और ज़्यादा लाभ होंगे।

जब आप अपने जीवन को संतुलन में ले आते हैं, तो अपने बारे में ज़बर्दस्त महसूस करें। आप ऑफ़िस और घर में ज़्यादा काम करेंगे, आपको ज़्यादा ख़ुशी और संतुष्टि का अनुभव होगा और आप अपने जीवन के हर हिस्से में ज़्यादा सफल होंगे।

कई बार लोग मुझसे संतुलित जीवन जीने का रहस्य पूछते हैं। मैं उनसे यह कहता हूँ : टाइटरोप पर चलने वाला जब तार पर होता है, तो कितनी बार संतुलन बनाता है? सारे समय। यही आपके लिए भी सच है। आप संतुलन तुरंत और आसानी से हासिल नहीं करते; यह तो ऐसी चीज़ है, जिस पर आपको हर दिन काम करना पड़ता है।

अच्छी ख़बर यह है कि आप जो चीज़ बार-बार करते हैं, वह अंततः आदत बन जाती है। आप सुखद, सफल और अच्छी तरह संतुलित जीवन जीने की आदत डाल सकते हैं, बशर्ते आप इन विचारों का बार-बार अभ्यास करें, जब तक कि वे आपके जीवन का नियमित हिस्सा ना बन जाएँ।

13

पूर्ण कायाकल्प

हम कायाकल्प की अपनी यात्रा में काफ़ी दूर तक आ चुके हैं। शायद शुरुआत में आप दिशाहीन रहे हों, अपने जीवन से असंतुष्ट रहे हों, शिकार जैसा महसूस कर रहे हों और अपनी मुश्किलों के लिए हर किसी को दोष दे रहे हों।

पहली चीज़ जो आपने सीखी, वह यह है कि शिकार जैसा महसूस करना बेतुका और ग़लत है, क्योंकि आपका मस्तिष्क इस ब्रह्मांड में सबसे शक्तिशाली शक्ति तक पहुँच सकता है। आपने यह भी सीखा कि इस प्रबल शक्ति का दोहन करने का पहला क़दम अनचाही चीज़ों के बजाय अपनी मनचाही चीज़ों पर ध्यान केंद्रित करना है। सिर्फ़ यही क़दम आपको बहुसंख्यक लोगों से आगे पहुँचा देगा।

अगली चीज़ आपने यह सीखी कि आशावाद और असीमित संभावनाओं की पड़ताल जैसे शक्तिशाली साधनों द्वारा ख़ुद को शिखर प्रदर्शन के लिए कैसे प्रोत्साहित करें। मिसाल के तौर पर क्या हो, अगर आप मस्तिष्क की शक्ति की वजह से इस विचार पर ध्यान केंद्रित करने मात्र से वर्तमान की तुलना में दस गुना ज़्यादा पैसे सचमुच कमा सकें – भले ही पहलेपहल आपको इस पर विश्वास ना हो।

सफलता का स्व-प्रेरणा से बहुत ज़्यादा संबंध है, लेकिन यह पर्याप्त नहीं है। जैसा हमने देखा है, मनुष्य सामाजिक जीव है और आप अपने तय किए हुए लक्ष्य सिर्फ़ तभी हासिल करेंगे, जब आप दूसरों के साथ काम करना सीखेंगे और उनकी मनचाही चीज़ें हासिल करने में उनकी मदद करके उनसे अपनी मनचाही चीज़ पाना सीखेंगे।

हमने लक्ष्य तय करने का महत्त्व भी देखा, जो आपके जीवन में एकाग्रता लाने में सबसे महत्त्वपूर्ण घटक हो सकता है। लक्ष्य तय करना, उन्हें लिखना और

उन्हें हासिल करने के तरीक़ों की सूची बनाना सफलता के लिए केंद्रीय है। हमने आदर्श समय प्रबंधन द्वारा इन लक्ष्यों की दिशा में बढ़ने के सबसे कार्यकुशल तरीक़े की पड़ताल भी कर ली है।

फिर आपने दौलत के सृजन के सिद्धांत सीखे। हालाँकि अपने प्रिय काम को करना महत्त्वपूर्ण है, लेकिन आपका चरम लक्ष्य पूर्ण वित्तीय स्वतंत्रता है, ताकि आपके पास पर्याप्त पैसा आता रहे, चाहे आप काम करें या ना करें।

ज़ाहिर है, दौलत के सृजन के कई मार्ग हैं, लेकिन सांख्यिकी की दृष्टि से, सबसे बड़ा मार्ग उद्यमिता का है – अपना ख़ुद का व्यवसाय शुरू करना। ज़्यादातर मामलों में संसार के सबसे अमीर लोगों ने अपनी दौलत उनका ख़ुद का व्यवसाय शुरू करके हासिल की। उन्होंने ऐसे प्रॉडक्ट या सेवा प्रदान करके यह काम किया, जो या तो अनूठे थे या बाक़ी सबसे ज़्यादा श्रेष्ठ थे। हम उद्यमिता के बुनियादी सिद्धांतों को देख चुके हैं।

इसके बाद हमने इस तथ्य की जाँच की कि समस्याएँ जीवन का बुनियादी हिस्सा हैं। चाहे आप कितने भी स्वस्थ, दौलतमंद और सफल हों, फिर भी आप नियमित रूप से समस्याओं का सामना करेंगे। इसलिए पूर्ण विकसित जीवन के लिए आपको यह समझने की ज़रूरत है कि समस्याओं का सामना कैसे करें और उन्हें कैसे सुलझाएँ।

अंत में हमने देखा कि जीवन का सच्चा लक्ष्य ख़ुशी है और हम सभी के लिए ख़ुशी का मतलब दूसरों के साथ हमारे संबंध हैं। हमने देखा कि अपने जीवन को सरल कैसे बनाएँ, ताकि आपके पास सचमुच महत्त्वपूर्ण चीज़ के लिए समय और ऊर्जा रहे – जो लगभग हमेशा आपके सबसे क़रीबी लोग होते हैं।

अगर आप इन सिद्धांतों को पढ़ते हैं, पचाते हैं और इन पर अमल करते हैं, तो आप असंतुष्टि भरे जीवन से ऐसे जीवन की ओर बढ़ सकते हैं, जो सबसे महत्त्वपूर्ण चीज़ों में समृद्ध होता है। आप ख़ुद को एक सामान्य पक्षी से भव्य फ़ीनिक्स में बदल सकते हैं।

आइए अंत में मैं दोहरा दूँ कि हम मानव इतिहास के सर्वश्रेष्ठ समय में रह रहे हैं। आज आपके लिए ज़्यादा लंबा जीवन जीने और ज़्यादा बेहतर जीवन जीने के इतने ज़्यादा अवसर और संभावनाएँ हैं, जितनी पहले कभी इस संसार में नहीं रहीं। आपका काम मानव जाति के इस स्वर्ण काल का पूरा लाभ लेकर वह हर चीज़ बनना है, जो बनने में आप सक्षम हैं, उन सभी चीज़ों का आनंद लेना है, जिसके आपने सपने देखे हैं और लंबा, सुखद जीवन जीना है। मुझे आशा है कि ऐसा ही होगा। शुभकामनाएँ।

अनुवादक के बारे में

डॉ. सुधीर दीक्षित ने 225 से अधिक विभिन्न प्रकार की पुस्तकों का अनुवाद किया है, जिनमें *हैरी पॉटर सीरीज़, द सीक्रेट, रिच डैड पुअर डैड, 7 हैबिट्स ऑफ़ हाइली इफ़ेक्टिव पीपल, हाउ टु विन फ्रेंड्स, द पावर ऑफ़ पॉजिटिव थिंकिंग, द पावर ऑफ़ योर सबकॉन्शस माइंड* और *थिंक एंड ग्रो रिच* जैसी कालजयी पुस्तकें शामिल हैं।

उन्होंने मशहूर बेस्टसेलर 'टाइम मैनेजमेंट' सहित 7 मौलिक पुस्तकें लिखी हैं तथा उनकी पुस्तकों का अन्य भाषाओं में अनुवाद भी हो चुका है। डॉ. दीक्षित ने पीएससी (प्रोफेसर) परीक्षा में अंग्रेजी साहित्य की प्रावीण्य सूची में प्रथम स्थान अर्जित किया था। वर्तमान में वे शासकीय नर्मदा महाविद्यालय, नर्मदापुरम (म.प्र) में अंग्रेजी साहित्य के प्रोफ़ेसर हैं। उनसे sdixit123@gmail.com पर ईमेल द्वारा संपर्क किया जा सकता है।